"字码头"读库

那时候我们长尾巴

◎ 侯德云 著

大连出版社

侯德云

1966年出生，中国作家协会会员，大连市作家协会副主席。出版小说、散文随笔集十三部，主编各种文集三十余部。早年致力于微型小说写作，微型小说集《似我非我》收入中国微经典丛书。近年以散文随笔写作为主，是全国多家报刊签约作家、专栏作家。现供职于瓦房店市文联。

留住阅读和写作的心

——"字码头"读库总序

滕贞甫

网络时代,很多人似乎慢慢丢掉了阅读的习惯,在市场力量的推动下,消费性的写作也成为了当下的文学主流。

大连是个现代化的海滨城市,在这里工作和生活着一批全国知名的文学作家。他们中间有恪守文学表现时代传统的50后、60后作家,也有表现人物成长和个人生活、侧面展现历史的近70后作家。"字码头"读库推出十二位作家的经典文学作品集,包括作家自选的中短篇小说集、散文集、随笔集。这些作品关注和表现的题材十分丰富，涵盖了历史、现实、农村、工厂、部队、知识阶层、都市时尚生活、现代女性和新人类。写作方面各具特点，有简捷明快、以故事情节引人入胜者，也有的以对人、事、物细腻的描绘和铺陈见长。如，孙惠芬对北方乡村农民及民工人物内心的丰富变化的细腻描绘，马晓丽对部队生活的深刻体验及对人物内心世界的深广、丰富的描述。陈昌平的小说让小人物走进历史，他书写普通人不同历史时期的卑微心理和悲凉人生，在貌似松弛的叙述中透出内在的凌厉无比的锋芒。

该读库作品的另外一个特点是既有故事情节，又能把这一故事讲述得娓娓动人，叙述得有技巧。津子围的小说宁静、平和、自由、开放，没有过多的笔墨渲染心理分析，而是在委婉地讲述着一个个故事，那些现代性的感受和先锋思考，在他的作品中深深地隐匿于个性的皮肉之下。

"字码头"读库中的散文和随笔也有着鲜明

的特点。邓刚、素素、宁明,他们的作品从不同的角度思考着"文革"、知青、改革、文化、历史、社会、人生问题,这些问题同时也是社会关注的焦点,他们力图通过他们的作品回应着历史、现实提出的问题,引领和解答着人们的思考。宁明的飞行散文有着重要的拓展与探索意义,不仅填补了国内散文创作领域书写飞行题材的空白,还为零距离状写蓝天体验提供了文本借鉴。

"字码头"读库与中国社会的发展进程相一致,从中我们找回了历史与记忆,找回了哲学的思考,她承载着当代文学的审美追求,展示着中国文坛梦的趋向与特征。她不仅是对文学资源的一种深度挖掘和发现,同时对当下中国文化的空间、文化的积淀、文化的推动,具有双向的拓展和深化作用。网络时代,我们更加相信,品质上佳的作品还会让人不自禁地想多读些书,让人静下心来投入写作,因为系统的阅读、精致的写作最终是让知识体系完整而不是碎片化。

最后寄语读者、作家：请留住你们阅读和写作的心。

（作者系中共大连市委宣传部常务副部长、大连市文联主席）

目录

NASHIHOU WOMEN ZHANG WEIBA

叙　事　001

生于1966　002

油灯下的瞎话　006

露天电影　013

当上"红小兵"　018

"营长"之死　022

一条"三八线"　025

年年相约看桃花　030

老哥俩和一头骡子　036

历史的陌生人　040

跟大哥唠家常　043

给骗子开门　047

沉默的朋友　052

那时候我们长尾巴　056

001

那些年我们很单纯	059
伪球鞋	062
五元钱的故事	065
贴年画	068
队长家的狗	071
运动会	074
杀年猪的日子	077
二哥和公羊	080
苹果的气味	085
阳台上的牵牛花	089
作家的旅行	093
四月的行乐	096
又是五月槐花香	101
远远看见蒲公英	104
白鹭山"打"白鹭	107
酒话	112
喝茶的好时光	119
欢欢喜喜去种菜	124

读 书　　　　　　　127

洞察诗的秘密　　　　128

我的大文学观　　　　133

民歌　　　　　　　　136

人与书的情感传奇　　140

两个女人的《傲慢与偏见》　144

拐个弯儿上天堂　　　150

鲁迅的"好玩"　　　153

梁实秋的抱怨　　　　156

谷崎润一郎的郁闷　　160

你读过赫拉巴尔么？　166

找个舒服的姿势活着　169

玩物不如玩书　　　　172

好老师王小妮　　　　175

淘书的四种途径　　　178

所以悲伤着你的悲伤　182

雅与俗的融合　　　　185

孙犁的"三不读"　　188

最理想的语文老师	191
沈屯子三忧，老侯也三忧	194
乡村：诗意的另一面	197
曾经有梦	200
凤凰	203
土匪的手段	206
畅销书和"不腰疼"	209
流水的时光呀，你快快流	213

说　古　　　　　　　217

祖宗留下来的东西	218
女人小脚与男人大脑	221
陌上花开	224
我与中郎两相知	227
明朝也有活雷锋	230
海瑞的愤慨	233
那一回，乾隆说"不"	236
乾隆的闹剧	241

纪晓岚的真面孔　　244

道光的道德之光　　247

Q 人与 Q 国　　250

马修·佩里与"黑船祭"　　253

李鸿章以"诚"为守　　256

酒桌上的玄机　　259

由鹦鹉想到李鸿章　　262

慈禧的生活费　　265

帕森斯，眉头紧皱　　268

废帝宣统召见胡适　　271

末代皇帝的染缸　　275

马士眼里的中国　　278

狼对羊的指责　　281

老侯不如袁世凯　　284

老天不佑詹天佑　　287

晚清的气味　　290

论 今 295

什么地方叫大学 296

"大学不培养作家"是何道理 299

人是最可笑的动物 302

吃素·吃荤·吃素 305

叫一声孩子很沉重 308

走狗 311

钓鱼是很可笑的事情 314

说猫说狗说其他 317

好玩的日本作家 320

文化讲座里的广告 323

漫天飞舞的文学奖 326

女儿 329

"作家"这个称谓 332

我的疲劳之书 335

叙事

在历史的宏大叙事当中,小人物的生活,从来都是省略号,只能自己珍惜自己的小事。

生于1966

我们家，有两个人很厉害，一个是我爹，一个是我。我爹生于1911年，当年发生辛亥革命，哗啦一声，大清帝国支离破碎；我生于1966年4月13日，一个多月后，"文革"发动，红色中国变得更红。

我的出生地，辽宁省旅大市新金县皮口公社西城大队卡拉房小队，现在的说法是，辽宁省大连市普兰店市皮口镇西城村卡拉房居民组。乡下人不习惯叫"居民组"，还是沿袭老称呼，叫"屯"。我可真会选择，不生到北京上海，不生到苏州杭州，不生到革命干部家庭，不生到书香门第，偏偏生到一个土里土气的屯子里，甘做农二代。小样，还挺有牺牲精神。

后来想，哪怕生到皮口镇一个普通工人家庭也好。怎么偏偏……那时候，皮口公社和皮口镇是平行的两个党政建制，后来合并，称"皮口镇"。镇里的人，是"非农户"，吃商品粮；镇外的人，是农民，土里刨食，还吃不饱。镇里镇外，是两重天。

迎接我来到人间的，是一张粗糙的麻袋片。我的襁裸，竟然是麻袋片。呵呵，麻袋片。

他们用麻袋片包我。他们穷成什么样子。

很多年以后我才知道这事。很多年，至少是四十岁左右才知道。是我堂嫂说的。我堂嫂，是我爹他哥——我大爷家的儿媳妇。堂嫂的儿子，比我还大一岁，叫我老叔。

大爷一家住在夹河镇。我后来在一个名叫瓦房店的小城市工作，回老家皮口，要路过夹河镇。有时候，顺路去看看堂哥堂嫂。那时候，大爷和大娘，已不在人世。

那年春节前，我到堂嫂家串门，聊天时说到过去的穷日子，堂嫂说："那时候你家穷得连炕席都没有……你生下来，是用麻袋片包的，你知不知道？"

我怎么能知道？谁都不告诉我。

我怀疑，我性格中的种种粗糙，都跟麻袋片有关。

也就是那天，堂嫂还跟我说起她的"爱情故事"。

堂嫂是从山东某地嫁到辽东半岛来的。在我出生前两年。我大爷和大娘，也包括我爹，都是从山东逃到东北来的。"闯关东"嘛。我堂哥，个子很矮，在当地张罗不到媳妇，回山东老家去张罗。这就张罗到堂嫂头上。

那年堂嫂十八岁。

堂嫂说："说嫁是好听的，其实是我妈把我卖了，六十元。"

记住啊，20世纪60年代，祖国形势"不是小好，而是大好"，山东那地方，还有卖女儿的。

我堂哥到山东领堂嫂，堂嫂不高兴。她说："一见面我就不愿意，那么小的个头，高的摸不着，矮的提不动，我怎么能看上他？"

堂嫂跟她妈闹脾气，不干不干，就是不干，对她妈说，你喜欢，你跟他走！她妈生气，用棒子打她。她逃出家门，被抓回去，继续打。实在熬不住，只得同意跟堂哥走。

从山东某地到辽南，两个人有时步行，有时坐车，有时坐船。步行的时候，一个在路的左边，一个在右边，木着脸，谁也不看谁。

堂嫂的叙述里，透露出一个重要细节。那时候，从山东某地到辽南某地，车船费加在一起，两个人，共花销三元五角。这样说来，当时堂哥买媳妇的六十元，是很大一笔钱。

等到了辽南这边，堂嫂只能同意跟堂哥结婚。"没地方去呀，怕死呀，一点儿办法也没有呀。"

嗨，堂嫂的"爱情"，比麻袋片，还要粗糙。

再回老家，我得问问麻袋片的事。问妈，她不承认。问大哥，他说什么麻袋片，不记得。说完嘻嘻笑。大哥比我大二十岁，他哪能不记得。他的笑里边，有勾当。

考证到此结束，麻袋片的事，是真的。我坚信不疑。

"穷得连炕席都没有",也是真的。

祖国形势"不是小好,而是大好",可我家那么穷。

那么穷的家,干吗生孩子?那么穷的国,干吗鼓励生孩子?

我一点儿都不计较,这个世界上,有我没我。没我,不在乎;有我,也不感谢谁。

这不是气话。

心平气和告诉你,要是有下辈子,我就托生成一只鸟,小鸟也行,在深山老林,在枝头上,啁啾。

油灯下的瞎话

我的文学启蒙,从童年开始。

乡下人早晨起得早,晚上睡得也早。日出而作,日落而息。不是读了《黄帝内经》,用这法子来养生,是日子逼的。吃了晚饭,啥事没有,熬灯油做什么?赶紧睡,省油就是省钱。

家里弄点儿零花钱不容易,靠鸡屁股,靠赶海。养鸡不能超过几只,超了就是"走资本主义道路";赶海也不行,被称作"赶小海",也是"走资本主义道路"。皮口镇有国营捕捞场,需要大量渔网,把渔线分发给附近农家,织网,挣手工费,生产队也不允许。"织大网""赶小海",都在批判之列。那时候"资本主义"可真多,可谁家里,都没有资本。

后来有了电灯,普遍使用小瓦数的,十五瓦,叫"小泡";瓦数大的,叫"大泡"。用到六十瓦,不得了,明晃晃,刺眼。只有工人阶级家庭,才用得起"大泡"。屯里有几家,家里有工人。那些工人,懒得跟农民说话。

总停电,还得用油灯。油是煤油,火苗尖上冒一条黑线，是油烟。煤油灯一般都有灯罩，我家没有。点灯时挨得近，鼻孔是黑的。

那时候时兴串门。后街老钟家，好热闹，晚上来很多人串门。唠嗑，说这说那，还骂娘。一般人家，不喜欢晚上有人串门。吃过饭，都早早去老钟家。说起来是小心眼，为自家省点儿灯油。

爱串门的大多是中青年男人。女人少。

常来我家串门的，只有一个人，东子二哥。他家也是从山东来的。说起来整个屯，绝大多数，都是从山东来的。区别在于早和晚。早的，大清国的时候就来了，晚的，民国时候才来。我爹和东子他爹，算晚的，民国时期才来。两家来得晚，感情上亲。

印象中，一到吃完晚饭，大哥他们几个就没影了。家里，剩下爹妈和我。东子二哥，不是天天来。爹从来不串门。他在屯子里，显得有些另类。他一辈子改不了的山东口音，是另类的符号之一。

说是"赶紧睡"，也不能一推饭碗就睡。要是东子二哥来了，也不能撵人家走，总得唠扯点儿什么。

爹在油灯下，给我讲瞎话。

现在知道，瞎话的意思，有两种。一种是指"假话，谎言"，《红楼梦》里说："姑娘不信，只拿宝玉的身子说起，这样大病，怎么做得亲呢？姑娘别听瞎话，自己安心保重才好。"第二种是指话本，古代说书人多为瞎子，才有这一说，"瞎话盲词"嘛。

我觉得这两种解释并不完整。我认为"瞎话"也泛指讲故事，没有话本作依托，自编的也算。爹对我讲的"瞎话"，有依据话本的，也有不依托话本的。他不识字，哪能看得懂话本。我缠着他讲，他只好瞎编。

爹给我讲过多少段瞎话，记不得。不会太多。他总在重复。今天讲过，过几天，还讲这段。多数是"薛礼征东"的故事，唐代贞观年间的事。薛礼受李世民重用，带兵收复辽东，三打高丽。弄得辽东辽南地界，至今还有薛礼的蛛丝马迹。这座山，岩石有一个坑，像马蹄子坑，就说是薛礼的马蹄印；那座山，有一个石槽，就说是薛礼饮马处；还有哪座山上，有薛礼的兵营……传说多了。

薛礼征东的故事，有点儿话本的意思。现在坊间还流传着评书《薛礼征东》，可为之佐证。

爹讲的薛礼故事，我一点儿不记得。不过当年记得牢，能完整复述下来。

爹的瞎话里，还有一个童话故事。这个倒还记得一点点。一个书生，家里穷，在破庙里读书用功，准备进京赶考，有一天晚上来了些虎精狼精狐狸精什么的，吓得半死。虎精啥的，还说人话呢。说"觑觑鼻子生人味儿，抓住生人活扒皮儿"。呵呵。一个老道，给书生出点子，弄点儿炒黄豆，揣兜里。晚上虎精啥的又来，书生吃黄豆，嘎巴嘎巴，把虎精们吓得，以为破庙要倒，嗖嗖跑掉，再也不来了。书生安心读书，后来考上状元。大概就这意思。

我好奇的，不是读书考状元，是动物会说人话，是炒黄豆那么厉害。

等认识字，读了《安徒生童话》才知道，童话都那个德性，什么什么都会说人话。只是，爹的童话，跟安徒生比，水平差得太远。

爹的瞎话，存货太少，三骨碌两骨碌，我都学会了。从此，家里待不下，也爱去串门。小地溜子，夹在大人的腿缝里，东窜西窜。东子二哥来，也拴不住我。他不会讲瞎话，没意思。

我在老钟家讲过瞎话。小屁孩，让人抱上炕，讲。周围一群大人，围着听。

我大舅也在，听几句，走了。那时候，我大舅，喜欢寻找一切机会，向我们家所有人，包括他姐，也就是我妈，表达他的藐视。

三舅不那样。三舅结婚那天，还"请"我去讲瞎话。晚上去的。房间里很红。窗帘很红，被子褥子很红，三舅母也很红。那个谁把我背着去的。讲一段，三舅母抓给我一把水果糖。那个谁，又把我背走。走吧，别打搅三舅结婚。

有了这次经历,我在屯子里就红了。都说,老侯家小五子,不简单,会讲瞎话。话说到大舅面前,大舅用嘴角表达看法,说"嗤"。

上小学后,同学也缠着我讲。高年级的,低年级的,都要我讲。高年级那个谁,冬天,他把我拖到山坡下,避风,躺着讲,躺着听。调皮捣蛋的"尖把梨",放学后,让我给他讲一路,不讲不行,不讲就要揍我。我个子小,打不过他。给他讲,添油加醋,用瞎话骂他,他听出来了,嘻嘻笑。

不是我讲得好,是那时候,文化生活贫乏。到处都是"毛泽东思想",广播里,报纸上,到处都是。乡下人弄不懂,糊里糊涂,才对瞎话感兴趣。瞎话属于"地下文学",上不得台面,只能偷偷摸摸讲。

到1979年,我的瞎话碰壁了。那年9月3日开始,鞍山人民广播电台播出刘兰芳的评书《岳飞传》。我一个同学,姓马,马什么亮,家里有收音机。(他爸是皮口镇捕捞场的,船员,挣工资,手头宽裕,买得起。纯粹的农民家庭,谁家也买不起)马什么亮,听完刘兰芳,到学校里讲。"叽唠唠三声炮响,人欢马乍"什么的,还有"金兀术"和"牛皋"什么的,一下子把同学们"拿"住了。每次下课,马什么亮,身边围一圈人,听他讲。放学路上,尾随一圈人,还是听他讲。我也在听。

叙事

我的瞎话时代彻底结束。马什么亮的《岳飞传》时代开始了。

真正大出风头的是刘兰芳。据说,那年收音机卖疯了。我家,到年底,生产队分了红,也买了一台小半导体。爹每天守着半导体,听刘兰芳。那时候,《岳飞传》还没讲完,才讲到下集。

有人感叹,刘兰芳讲评书那些年,全国的犯罪率,大幅度下降。不知这说法,是不是真的。

我把爹的瞎话掏空了,很不甘心。那时候还没上学,就对小人书很向往。不识字,看画。小人书是从别人家看到的,翻翻,不敢借。借了也看不懂。很想识字,很想知道小人书里的故事。但没人教。那时候四哥还在上学,求他教,不耐烦。也没见他正经写过作业。

不知怎么有了两毛钱,三哥说他要去皮口镇,把两毛钱给他,求他给我买一本小人书。买回来,是《铁道卫士》,一个电影故事,电影剧照编成的。黑乎乎,不满意。小人书才一毛多钱,剩下几分钱,不敢跟三哥要。好多天,拿着那本黑乎乎的《铁道卫士》,看。看得糊里糊涂。站在窗边,往外望。外边明晃晃。盼自己快快长大。长到能自己去皮口镇,买可心的好看的小人书。

长大一点儿,能"远足"到皮口镇了。真高兴。经常去新华书店,买小人书。钱是捡破烂挣来的。扛一筐,先卖了破烂，再买小人书。有时也买点儿水果糖。

对皮口镇最熟悉最有好感的地方，一是废品收购站，二是新华书店。

不买黑乎乎的，买白描的，线条画。

有时恨恨地想，我什么时候能识字。

露天电影

小时候最开心的事,看电影,露天电影。每天都盼,墙上的有线广播,能响起熟悉的声音。那声音现在还在耳边响:"下面播送通知,下面播送通知,贫下中农同志们、社员同志们,今天晚上在我大队放映电影,影片是《野火春风斗古城》。"

那是天底下最好听的声音。一般情况下,都会重复三次。

那个《野火春风斗古城》,不是一成不变,经常换来换去。

放电影,一般都是在大队青年点门前的空地上放。那地方宽敞。有时也在各个生产队放。那是各生产队自己请的放映队,只是,也要在广播里播送一下。

露天电影,一般都是在农闲季节放映。夏天和冬天,放映的次数最多。春秋两季,忙播种秋收,社员们累得不行,放电影等于添乱。你以为农民傻啊,他们一点儿都不傻。

在正式通知下达以前,会有小道消息四处乱窜。喊喊喳喳之后,各家各户早早做饭。不早点儿不行,小孩子闹。

小男孩见面,一个问:"今天的电影,打不打?"另一个说:"打!"都高兴。所谓"打不打",是问电影里打不打仗,是不是战斗片。小男孩喜欢战斗片。

看电影时,还要问:"中国美国?"是指电影里的人物,是好人还是坏人。说"中国",是好人;说"美国",是坏人。下边都盼着,"中国"赶紧把"美国"打死。

小男孩都这样。小女孩怎样,不知道。

哪次放映的片子,要是"不打",心里就不得劲,提不起精神。什么《李双双》,哪有《英雄儿女》好看,哪有《冰山上的来客》好看。

特别喜欢八一电影制片厂。这个厂出品的电影,都"打"。片头,一个大的五角星,不断地放光芒,看着,心里那个痛快。

那时候看过的露天电影,现在还能想起名字的,有《红色娘子军》《暴风骤雨》《白毛女》《小兵张嘎》《大浪淘沙》《渡江侦察记》《奇袭》等等。当然还有八个样板戏。

特别喜欢《冰山上的来客》里边的插曲,喜欢到现在。

很多年后某一天突然打个激灵,那时候的电影,跟上小学后才看得懂的小人书一样,大多数是在培育仇恨。恨美国鬼子,恨日本鬼子,恨国民党,恨地主富农,恨坏分子。

这是仇恨教育。

这恨现在还在继续,只是把恨的范围,缩小到日本鬼子身上。有一天看电视,连换了几个台,都在"抗日"。

当然也有"爱"。"爱憎分明不忘本"嘛。爱党,爱毛主席,爱雷锋。爱父母不行,父母是贫下中农还好,要是"地富反坏右",你得跟他们"划清界限"。

有人回忆,小时候看露天电影,天很黑了,放映员还不来,终于来了,满身酒气。这事不假。放映员是个好工种,走哪都好招待。我的朋友中,有两位年长的,年轻时当过放映员。都承认,当放映员,有油水,喝点儿小酒不难。临走还要带点儿花生鸡蛋啥的。挺滋润。

小时候听说,哪个屯的大姑娘,跟放映员跑了。问朋友,当年有没有大姑娘对他们眉来眼去。都嘻嘻笑,脸色暧昧起来。

"特权",啥时候都有,不只是目下。

看露天电影,也是打群架的好机会。这个生产队跟那个生产队,愣头青之间打。也跟"知青"打。我们大队的"知青",都是从大连来的,很嚣张,常常跟本地青年,打来打去。

我胆小怕事,哪敢去打。那时候年龄小,不怕事也

轮不到我去打。

写《乱时候,穷时候》的老太太姜淑梅说:"人穷的时候最有劲。"说得好。那么有劲,打吧,不打留着做什么。

冬天看露天电影,遭罪。总觉得小时候的冬天,比现在冷。一冬天,地面都是白的。一场雪连着一场雪。在小学,大北风天,跑操,把我冻得,眼泪哗哗流。流到脸腮,冻住了。心里说,把人往死里边冻,活着没意思。回到教室,泪还在流。室内有火炉,这回泪水冻不住,淌到地上。同桌的小女生害怕,连声问,你怎么了?你怎么了?我不理她。我觉得活着没意思。

活着没意思,但看电影有意思。再冷的天,也要看。把脑袋缩到肩膀里,勾着腰,看。耳朵又红又硬。回家,搓耳朵。爹说,别搓,小心搓掉。

还是我爹厉害,管他什么电影,一律不看,早早睡觉。我妈,有时候去看,有时不去。

现在我跟爹一样厉害。别说露天电影,不露天的,离家很近的影院,什么什么大片贺岁片,一律不看。电视上遇到,有时瞟两眼,当作休息。感觉不如看书来劲。

偶尔,也到皮口镇看电影。看日本电影《追捕》,半夜场次,看完接近凌晨两点。出门吓一跳,电影院外边,黑压压，全是人头。

后街老钟家大小子，绰号"黑小子"，皮肤黑，眼睛大，三十岁了，没娶上媳妇。皮口镇放映《天仙配》，总共放七天，他天天晚上去，连看七场。都说黑小子看上七仙女了。说起这事，说的听的，都嘻眯嘻眯笑。

那时候不光肚子饿，脑袋也饿。

当上"红小兵"

小学一年级下学期,我当上了"红小兵"。那时候不叫少先队员,叫"红小兵"。上面还有个"红卫兵"。"红小兵"戴红领巾,"红卫兵"不戴,人家戴红袖标。

老师反反复复告诉我们,红领巾是红旗的一角,是用无数革命先烈的鲜血染成的。教科书上也这么说。太吓人了。我害怕。那一小块布上,有血。

害怕只是瞬间的事。老师还说,当上"红小兵"有多么光荣,要多光荣有多光荣。光荣是好事。我二哥当兵,家里已经光荣一回。不妨再光荣一回。

何况,也不是谁想当就能当上。我们一年一班,第一批当上"红小兵"的,也就五六个学生。都是学习成绩好的。那时候不知道,后来一批一批的,几乎都当上了。一个班,也就三五个调皮捣蛋成绩极差的,才当不上。

是春天的时候。天气有点儿热,不过还都穿着长袖。全体集合,搞个仪式,给新加入的"红小兵"戴红领巾。还有代表发言,表决心,什么什么的。

我没当上代表,只管抻着脖子,等高年级的大"红小兵"给我戴上红领巾。说起来，就是个群众演员。没想到，小角色，也引人注目。

走到队伍前面，排成一列，面向全体师生，等。学校里有个简陋的鼓乐队，他们在奏乐。小破鼓在敲，咚巴啦咚，咚巴啦咚，巴啦巴啦咚咚……还有号，在吹，吹什么调，忘了。

真光荣。

我抻着脖子，等。来了，一个女生，花衣裳，两手端着红领巾，走到我面前。我心里打起小破鼓，巴啦巴啦咚咚，巴啦巴啦咚。

那女孩愣在我面前，一动不动。别人都忙着戴。她不戴，她在发愣。

我很快明白，问题出在我身上。我的脸，腾一下，红了。大概比红领巾还红。

我的脖子上没有衣领。没有衣领啊，戴红领巾，你让她往哪戴？

那是我第一次为衣着感到羞耻。此前没有羞耻心，现在有了。正式戴上红领巾那一天，有了。从那一天开始，我知道什么叫"自卑"。

那时候，我浑身补丁。破破烂烂的一身，还脏。看着像要饭花子。别的同学，身上也有补丁，可都比我的衣服补得好。最高档的，是用缝纫机补的，踩一圈一圈的小针脚,好看。我妈补得最差劲,粗针大线,胡乱对付。妈不是一个称职的家庭主妇,一辈子粗针大线,胡乱对付。

我身上最离谱的补丁,是洗得发白的蓝上衣上,补了一块"料子"补丁,厚,还新,不知从哪弄的。家里人,谁都没穿过料子大衣,怎么就有了料子补丁?来历极为可疑。我的料子补丁,让女同学捡了个笑,嘻嘻嘻嘻笑个不停,笑得弯下腰。那是当上"红小兵"以后的事。没说的,又自卑一下。

有了第一次、第二次,以后自卑起来,容易多了,顺当多了。有时,一天能自卑好几回。虱子多了不咬人,自卑的次数多了,也不"咬"人。挺好的。

别人的红领巾都戴上了。我面前的女生,还在发愣。她的脸也红,像红领巾那样红。

我和她面对面,发愣,脸红。

我低下头,不敢看她。"地富反坏右"低头认罪,我也低头认罪。向那女生认罪,向无数革命先烈认罪。我有罪。

一个老师,发现情况不对。是我们体育老师。走过来,弯下腰,从女生手上扯过红领巾,往我脖子上一绕,绾个疙瘩,再用力一抻,完事。

我喘不上气来。那个体育老师,有劲,差点儿把我勒死。

整个过程，我感觉到，操场上所有的目光，像箭，都射到我身上。箭箭穿心。

不光勒脖子，还要穿心。这事闹的。

后边发生什么，不知道。谁当代表发言，表了些什么决心，不知道。鼓乐队是不是继续吹吹打打，也不知道。脑子里空。不光空，还白，是"一穷二白"那个"白"。

有时想，不知道"红小兵"被红领巾勒死，算不算革命烈士。

从那时起，我坐下一个病。看人，先看脖子，看脖子上有没有衣领。看久了，竟然成了脖子专家。这事一般人我不告诉。可以告诉你的是，几年前我写过一篇小说，就叫《脖子》。有位女士看过小说，赶紧用纱巾把脖子缠起来，不让别人看。尤其不让我看。呵呵。

"营长"之死

张同学死了。死得蹊跷。一种怪异的气氛笼罩着我们班。大概是读小学四年级，1977年，秋天。

张同学是大个子，比老师还高。我们跟他说话，得仰起脑袋；他跟我们说话，得低着头。不知听谁说的，说他身高有一米八。我跟他吵过嘴，吵得很辛苦。他扬言要打我。此后，我不理他了。同学们说，他有神经病。

一米八的大个子，怎么跟我们同班，这事现在说不清楚。好像是半路插班进来的。他有个妹妹，也在我们班。

张同学叫什么名字，想不起来。他妹妹，叫张什么英。好像是"秀"。就叫她张秀英吧。

有一天张同学兄妹俩都没来上学。第二天也没来，第三天也没来。跟他们住一个屯的同学说，他家出事了，张同学死了，张秀英在家里哭，没法来上学。大家问，张同学是怎么死的？说，是院墙倒了，砸死的。都奇怪，张同学那么高的个子，怎么会让院墙砸死。乡下的院墙才多高啊，一米五撑死了。

四五天以后，张秀英来了。都围上去问，你哥到底怎么死的?

一问,张秀英的眼泪就下来了,咿咿咿,边哭边说,断断续续,一截一截说。我们把断续的一截一截按时间先后连接起来,都傻眼了。

事情是这样:星期天,早晨起来,张同学开始闹人,跟父母要新衣服穿,不给不行,哭,还满地打滚。一米八的大个子,在地上打滚,那是什么景象。父母犟不过他,给他新衣服穿。光给新衣服穿还不行,还要好东西吃。那时候的好东西,就是肉。不答应不行,还是哭,还是打滚。父母也答应了。张同学穿着新衣服,中午吃了一顿好饭,饭后到自家墙头上玩。骑着墙,就像骑着马。墙是土墙,经不住骑,没多久,倒了,把张同学砸死了。

大家议论纷纷,张同学是不是知道自己要死了?不年不节,穿什么新衣服,吃什么好东西,很反常啊。那时候,谁的衣服上不是打着补丁,谁不是整天玉米饼子玉米粥,能吃饱就不错了。大家的结论是,张同学行为反常,他肯定是预感到自己要死了。

张秀英那阵子让大家问得不耐烦,这个问完那个问,弄得她哭了一场又一场。

不知是谁,给死去的张同学起了一个绰号,"营长"。我们把埋死人的地方叫"茔地"。他埋在茔地里,就是"茔长"了。我们不知道"茔"字怎么写,以为就是"营"。

这绰号旋风一样传遍整个班级,又旋风一样传到别的班级。

我们就在张秀英面前议论她哥,一口一个"营长"。张秀英听不下去,躲开。周围全是同学,她怎么躲得开。这个叫完那个叫,直到把她叫哭。

有那么一段时间,张秀英天天哭。

把张秀英弄哭,是我们下课后最热衷的游戏。没人顾忌张秀英的感受。

我们一群小孩儿,很残忍,就像那个残忍的时代一样。也没人来制止我们。老师不管这事,班干部更不管。我就是班干部,是班长,我从来不管。不光不管,也跟着叫"营长"。

什么祖国的花朵,什么向日葵,什么"人之初性本善",都是扯淡。我们是一群戕害心灵的刽子手。

突然一天,张秀英没来上学。第二天也没来,第三天也没来。问她同屯的同学,也不知道怎么回事。据说老师去家访了,带回消息说,张秀英退学了。

现在知道,是我们把张秀英上学的路给堵死了。一群小王八蛋。

可那时候谁也没有自责。太阳照样每天升起降落,我们照样把脖子扭来扭去。只是,谁也不提"营长"。

到这时候,"营长"才真死了。

一条"三八线"

有一本书,叫《我们的70年代》,说的当然是20世纪70年代,读起来很亲切。老实说,这本书,是我钩沉往事的"药引子",不少事,它不提醒,我想不起来。关于"三八线",就是由它提醒之后,眼前才清晰起来。

书中说,70年代的中学,男生与女生之间,是不说话的。要是同桌,第一件事就是在课桌上画一条"三八线"。看到这里,我笑了。

我的"三八线",是读小学时候画的,不是中学。读中学时,一直是跟男生同桌。那时候确实男女生之间很少说话。不过也不是一句不说。

小学时,男女生之间没有井水河水之分。两小无猜嘛。都是一个生产大队的孩子,何况,一个屯的孩子同班的也不少,哪能不说话。不说话,是有了性别意识之后,用我们老师的话说,是"思想长毛"。

很长时间,我都跟一个小个子女生同桌。她名字里有一个"红",就叫她小红吧。那时候我也是小个子。

我对小红记忆深刻。她爸,是个医生,原本住在皮口镇。右派,全家下放到我们大队。先是挑大粪,后来,在大队卫生院当医生。小学六年级时,右派平反,全家回到皮口镇。小红也到镇里读初中。小红走了,我心里空了一大块。不知怎么弄的,心里空荡荡。

不说空荡荡,接着说我跟她同桌的时候。小红学习成绩很好。我当班长,她是学习委员。我跟她的关系还不错。我们的桌子上,没有"三八线"。

后来发生一件事。那时候我喜欢看小人书,有时拿到学校显摆,小红看都不看一眼。很快知道,那些她都看过。她说她家里有一箱子小人书。箱子,这个词,引发我的无限遐想。多大的箱子呀,不知道。可不管多大,总归是箱子,不是盒子。

有一天下午小红说,你看过高尔基《我的大学》没有?什么,你说什么?我追问。小红重复一遍,我还是晕头晕脑。"高尔基"是什么东西?"大学"又是什么东西?不知道。不知道才更好奇。我说,没看过。小红笑了,还甩了一下小辫子,说,我家里有,可好看了。我立刻赔笑,可怜巴巴说,明天借我看看好不好?小红看我一眼,说,行,就看一天啊。这下把我乐得,一下午心里边笑眯眯。心说,一个女孩家,要是叫小红,那肯定是一个好丫头。

晚上没睡好觉。革命歌曲里唱:"夜半三更哟,盼

叙 事

天明。"我就是那样,像被压迫人民盼望救星毛主席一样,盼着小红借我一本《我的大学》看看。

第二天一见到小红,就问,小人书呢?小红不理我。再问,小红说,不想借给你看。这扯不扯,不借你早说啊,害得我……我生气,妈的这小丫头片子,玩我啊,我得报复她。怎么报复呢?想了半天才想起来。其实也不是想起来,是看见别的男女生桌子上有"三八线",受到启发。我捡一粉笔头,在桌子中间画一道线,警告小红,不准越界,越界我打你。

没心思听课,一整天瞄着那条"三八线"。趴在桌子上写作业,一不小心,小红的胳膊肘就越线了,我嗖的一拳,打得小红一愣。再越界,再嗖的一拳。那天,我把小红打得一愣一愣的。

这丫头也是死心眼儿。我等她说,明天借给你看。她要是说了,我肯定不会再打,可她偏偏不说,宁愿挨打,宁愿一愣一愣,也不说。怪不怪。

从此,我跟小红的外交关系,变得很冷淡,比无产阶级和资产阶级阵营的冷战还冷淡。这事,都赖高尔基。

很多年后,大概是读大学期间,假期,我见到小红,愣了。还是老样子,感觉个头还是上小学时那么高。两句话不到,我脱口而出,这么多年,你怎么没长啊。年轻人不懂事,怎么能这么说话。小红的脸,腾一下红了。

小红变红了。好看。

之后对小红有了一点儿了解。她爸回到皮口镇,先在医院里工作,退休后办私人诊所。西城大队,尤其卡拉房小队,好多人都到小红她爸的诊所去看病。我大哥四哥他们也去。听说,小红她爸有时也打听打听我的消息。那时候,"老侯家小五子",在西城大队,挺有名气,在卡拉房,更不用说。

又过了好多年,四嫂对我说,小红她爸,原先有意让小红跟我谈谈恋爱。全家人还一起商量来着。最后,小红她妈叹口气,说,孩子是好孩子,就是家里太穷,咱帮扶不起啊。得,一桩有可能挺美满的姻缘,让小红她妈一口气,吹得无影无踪。

四嫂是当笑话跟我说的。那时候,我女儿都上小学了。

说起来也奇怪,听到这事之后,我做了一个梦,梦见跟小红一起过日子,住一间小房子,家里有一箱子小人书。还梦见,小红跟我闹别扭,我差点儿在床上给她画一条"三八线"。

参加工作之后,我还见过小红一面。是另一个小学同学约的。那同学姓范,暗恋小红很多年,不知怎么跟小红联系上了。见面的时候,小红带来一个男生,是她大学同学。她这么一整,弄得我和范同学,都拘谨起来。

叙 事

不知道小红带来的那家伙，跟她什么关系。

见面，吃一顿饭，兴致都不高。后来通一两封信，兴致也都不高。

不知道小红还记不记得，当初，我和她，桌上有一条"三八线"。

年年相约看桃花

曾经有那么几年，不不，也许是今生今世，每当春天来临，都会有一个熟悉的声音对我说："侯哥，桃花开了，不想去看看么？"

我笑了。我笑着说："好吧好吧，我们一起看桃花。"

我并不是每次都这么说。有时我会说："好吧，老头，我们一起看桃花。"

这个情形，我会时常想到，在春天，在桃花初绽的时刻。"侯哥，桃花开了，不想去看看么？"这个声音，会永远在我的耳边响起，在我的心中响起。没有什么能阻止它到来，除非我们永远失去春天。

对你怎么说好呢？那时候我很年轻，在一个名叫普兰店的小县城里，像枝头的一苞花蕾，我文学旅途中最珍贵的一段友情，不知不觉就出现了。或者也可以说，那一段最珍贵的友情，一直在人生的枝头等待着我，等待着我的到来。

我想我是来晚了。我是一个性情懒散的人，人生的很多重大场合，我都是一个迟到者。这一次也是这样。

叙 事 ●

如果能早一些,再早一些,比如从我的高中时代开始,就邂逅那个名叫曾祥明的人,我的人生,会不会是另外一番模样?我想一定是的。在一个优秀教师的导引之下,我肯定会为自己的人生描画出更加艳丽的色彩。

认识曾祥明的时候,他已经不是教师了。他是一名督学。那是1989年,县政府成立了督学室,他是为数不多的几名督学之一。我想象中的督学应该是这个样子:肃着面孔,在校园里走来走去,一边走一边嘟嘟囔囔说着什么。他却不是这样。他是一个爱笑的人。我觉得他的笑声有点儿像鸟鸣。不知道是什么鸟,但肯定是一只极为美丽的鸟,像他的心灵,美丽而迷人。

在他面前,我也是一个爱笑的人。他说我的笑声回响着钢铁的共鸣。我偷偷聆听过几次,不错,确实是这样。

我常常登门拜访,在狭小拥挤的书房里,听他侃侃而谈。那时候我还没有结婚,是一个自由自在的人。晚上,或者星期天,单身宿舍里堆满无聊的时候,我就会来到他面前,听他谈论有关文学和人生的某些话题。他是一个著名的杂文家。在全省,乃至全国,都拥有响亮的名声。当时我也在写杂文。我们都是鲁迅先生的追随者。无论走到哪里,我们都带着杀向时弊的投枪和匕首。但我们并不愤怒。我们热爱生活。当某种勾当伤害了我们的热爱,我们就用投枪和匕首来对付它。

谈话总是非常愉快。我们用笑声剪断谈话的进程,然后又用笑声把它缝合得天衣无缝。

时间久了，我和他一家人之间便少了拘谨，说话的方式变得随意起来。他的两个儿子都叫我"侯哥"，他也笑嘻嘻地跟着叫我"侯哥"。我呢，也学他两个儿子的语气，叫他"老头"。这是一种没有秩序的称呼，它用没有秩序的方式证明了我们之间曾经有过的亲密关系。

现在回想起来，我的频频打扰，一定影响了他的写作。那时候我没有想到这一点。我太年轻，还没有学会用理性来控制自己的行为。现在很后悔，可是太晚了。他走得过于匆忙，匆忙得来不及给我留一点点道歉的时间。

我还记得，有一天晚上，告辞的时候，他执意要送我。在橘黄色的路灯下面，由东向西，沿着大街，缓缓踱步。到了我的宿舍，我又执意要送他回去。那天晚上，我们一定是喝了酒。他常常请我到家里喝酒。酒后他的谈兴很浓。我也是。那时候他已经五十岁了，我呢，才刚刚二十出头。志趣的相通，缩小了年龄上的距离。像两个儿童，兴致勃勃在沙滩上玩耍，对自己所关注的东西过于执着，对生活中的风云变幻浑然不知。多年以后，在人际关系的方方面面，我觉得自己稚拙得像个孩子。用同样的目光来审视他，我发现他甚至比我还要稚拙。我们都不是那种圆滑的人，我们不懂得生存的哲学。命中注定，我们会磕磕绊绊地行走在生活的途中。不管文学上的成就如何，我们都是那种纯粹的文人。我们不得不用一生的精力，来捍卫自己的清澈。除此以外，别无选择。

后来我放弃了杂文，转向其他文体的写作。用投枪和匕首这两种古老的武器跟时弊较量，我有些厌倦。我是杂文的叛徒。而他仍然坚守阵地，像勇敢的战士那样，直到最后的时刻，直到生命的终点。

说不清从哪一年开始，我们相约看桃花。

春天，以及春天的原野，到处都有我们的足迹。有桃花处，必有我们的身影。静坐，或者行走，头顶是蓝天白云，脚下是如茵绿草，耳边有风声，有天籁的私语。满眼桃花，粉红粉白，婆娑含情，大地的羞涩竟是如此动人。

从此，我们年年相约看桃花。

这是不能改变的约定。即使我离开普兰店，到几十公里之外的另一个县城定居之后，也从来没有失约。

那年春寒，我们去得太早，桃花还没有开。他经常用这件事情来取笑我。我也经常用这件事情来取笑他。

2001年的春天，他却失约了。

他在电话里对我说："侯哥，今年我不能陪你看桃花了。我浑身没有一点儿力气，上下楼都很困难。我真的不能陪你看桃花了。"

说着说着，他突然笑了起来。他笑着说："让一个糟老头子陪你有啥意思？"

他最后说："以后，以后恐怕我每年都不能陪你了……"

这怎么行呢？

5月7日，我去看他。他的脸色枯黄。我知道，已经是癌症晚期了。他决定第二天到重庆去住院治疗。重庆是他的老家，他已经很多年没有回去了。我隐隐觉得，他的决定，似乎还包含了另外一层意思。

我预感到了，这很可能是我跟他的诀别。我一直用调笑的语气跟他说话，像以前那样。我的心中充满悲伤，但我不能用悲伤的声音为他送行。

如果闭上眼睛，只听他说话，你不会想到他是一个病人。他的底气很足，声音响亮。他没有卧床。他穿着一套西装，像是刚刚从外面回来，或者是准备马上就出门。他斜倚着床头跟我说这说那，面带微笑，有时还会情不自禁地哈哈大笑起来。

他说："我要跟病魔做最后的斗争！"

我很想请他吃一顿饭，到最好的饭店，只要他高兴，吃什么都行。但已经不可能了。他只能吃一点点很稀的米粥，别的，什么也吃不下。

临走，我向他伸出了手。他犹豫了一瞬，才向我伸出手来。这是我们之间的第一次握手，也是最后一次握手。

6月21日,在重庆,他走了。他走的时候,离开工作岗位还不到一年。他的身后,留下了两本杂文集和一部长篇小说。这是他的智慧之灯映照在人世间的永恒的光芒。

春天依然还会来。满眼桃花,粉红粉白,婆娑含情,大地的羞涩竟是如此动人。然而,他再也看不见它们了。

他看得见的时候,我们偶尔会模仿儿童的口吻来对话。

我问他:"桃花好看么?"

他说:"真好看。"

老哥俩和一头骡子

在那个名叫罗沟的小村庄，我小住过一段时间，用功写文章。住朋友的房子，三间瓦房。房西边，隔几十步，有两间低矮的平房。平房里住着老哥俩和一头骡子。跟那头骡子一样，老哥俩都没有老婆。

我跟老哥俩很熟。我经常见到他们。在朋友家门口，或者在他们家门口；在村头，或者在村中那条弯曲的小路上。哥哥个头矮，脸上有麻子。弟弟个头高，没麻子，头发几乎全白。

我无数次从老哥俩门前走过，却没勇气走进他们的生活，品咂他们的喜怒哀乐。

从敞开的院门，我看见，老哥俩的院子里，站立着一个粮仓，装满黄灿灿的玉米。墙角处，堆一堆破破烂烂的物件，废铁，酒瓶子，易拉罐，还有别的什么。都是些破东西。

据说，他们家连电视都没有。

每天，老哥俩都早早起来，牵骡子，套车，悠儿悠儿出门。我以为他们出去捡破烂。村里人纠正我，说不，

叙 事

他们是出去收废品。

老哥俩和一头骡子,在外边忙活一上午,中午回来,吃饭,睡午觉,再到自家的承包地里,忙活半天。肩上扛着铁锹,或者锄头,有时牵骡子,有时不牵,慢悠悠,一步一步走向田野。年年月月,日子就这么过。

有人戏言,老哥俩一辈子没挨着女人的身子,才养一头不近女色的牲口。

还有人回忆往事,前些年,老哥俩养的是一匹马,一匹儿马。发情季节,儿马满腹心事,不肯好好干活,拿鞭子抽它,不停地抽它。马身上遍布伤痕,还是不肯好好干活,闹情绪,叫唤,尥蹶子。没辙,老哥俩把儿马卖掉,买一头骡子回来。牵骡子回村,不少人围上去,嘻嘻笑,说这下好了。两张老脸,红得厉害。

老哥俩知道,村里人喜欢戏弄他们。他们肯定知道。可知道,又能怎么样?只能沉默。他们唯一的反抗方式,是沉默。走在路上,他们从来不主动跟别人打招呼。

老哥俩的最大嗜好,是喝酒,喝那种散装的白酒。你二两,我二两。中午二两,晚上二两。喝酒,是他们最大的乐趣。我经常看见他们从家门口出来,红着脸膛,那是散白酒的光芒。

晚上,老哥俩的屋子,灯光昏黄。

我无数次猜想,在昏黄的灯光下面,这两个相依为命的男人,会说些什么呢?

事实上，他们在一起，很少说话。到非说不可的时候，才说。哥哥端起酒杯，说，喝？弟弟也端起酒杯，说，喝。哥哥熄了灯，说，睡吧。弟弟躺下来，也说，睡吧。就这样，一天说不上几句话。他们身边，那一大片一大片的日子，覆盖着厚厚的沉默。像井壁上的青苔一样，一年一年地寂寞下去。

我无法想象，这是怎样的一种生活。没有女人，没有孩子，没有唠叨也没有啼哭。我有四个哥哥，但我从来没有想过，跟他们中任何一个，厮守终生。如果没有女人，我宁愿跟自己的影子，相依为命。

老哥俩房后，是一畦菜园，菜园边上有一丛茁壮的芍药花。每年春天，芍药都开得极好。不少人纳闷，说两个老东西，也喜欢花。

我情不自禁，走近那丛芍药。那是一个春天的中午。老哥俩的后门开着。我看见了他们，他们也看见了我。

我跟他们打了一声招呼，做饭呢？

他们中的一个点点头，说，你忙啥呢？

我说，没忙啥，看看你们家的芍药，开得真好。

他们两个都笑。

他们中的另一个说，你喜欢，剪几枝拿回家，插到花瓶里养着，能养好几天。

我赶紧谢绝，说还是让它们在这里开着，你看它们开得多好。

怎么说都不行。绝对不行！他们的犟脾气上来了，非要给我剪几枝带走。

在他们给我剪花的那一瞬间，我探着头，往屋里瞅一眼。屋里边，是暗灰的色调，跟那头骡子的毛色一样。我还看见坑坑洼洼的泥地上，洒满水痕。

锅台上放一盆菜，韭菜炖豆腐。肯定是他们中午的下酒菜。我活了这么多年，还从来没有吃过韭菜炖豆腐。我问过不少人，也都没吃过。

把韭菜和豆腐炖在一起，这种吃法非常另类，至少在本地是这样。

从那以后，老哥俩在路上见了我，老远就笑着打招呼。

他们总是说，你忙啥呢？

历史的陌生人

还是用口语来称呼他,叫爹。山东人的习俗,把父母叫成爹娘。父亲是山东人,我不叫爹,他不答应。

这里要说的,是爹的一生。

爹生于1911年,就是发生辛亥革命那一年,在山东登州府一个名叫侯家庄的地方。爹年轻的时候,有点儿好动,有点儿淘气,喜欢舞弄棍棒、打架斗殴什么的,似乎还有点儿小名气,被一个"游击队"的司令看中,派人去家里把他绑来当兵。说这话,应该是到了上个世纪三四十年代。爹说,那时候,山东地界的游击队很多,不管谁,只要能拉起一支队伍,就可以当司令。起初听这话,我对爹很仰视。哎哟喂,还是个"老革命"哩。后来说多了,露了底,什么游击队,就是土匪。每到一地,四处吃喝,派粮要款。那个司令,还要夜夜当新郎,村村都有丈母娘。你说,不是土匪是个什么?

爹说,日本人来的时候,那些"游击队"慌慌张张地撤退。就这当口,爹趁晚上站岗的机会当了逃兵。爹说他先去了青岛,又从青岛回了家。一到家,我爷爷奶奶就哭了,说,哎呀呀,你个丧良心的,怎么还敢回来,游击队来家里抓你,你不在,把全家人吊起来打啊。爹不敢在家待,连夜出逃,到烟台,乘船,闯关东。

爹说,他在大连滞留过一段时间,做零工,混不下去,就到别处转转。这个别处,就是现在大连市辖区内的皮口镇,当时的叫法是"关东州貔子窝市"。爹在皮口镇做小买卖,货郎,卖点儿针头线脑儿啥的,走村串巷,走到皮口镇附近那个叫卡拉房的小村庄,有好事者给他做媒,结了婚,就留下来了。

上面说的,是爹的流浪史。下面要说一说,他在卡拉房几十年的生活。

爹在卡拉房,还是以做小买卖为主,可能也有点儿土地,种点儿蔬菜,种点儿玉米。后来的某一天,突然来了政策,爹摇身一变,成为"人民公社的好社员"。我猜想,爹一定不是好社员。他不擅长侍弄土地,只会做小买卖。那些年,他的心情,一定不太好。熬日子吧。我们一家人,在熬日子,整个村庄,同样在熬日子。那段日子,真是难熬。可再难也得熬。这一熬,就是二十多年。到上个世纪80年代初期,突然有政策说,可以做小买卖。爹那个高兴。他开始做,不再当货郎,改成贩卖鱼虾,从早到晚,浑身都是腥气。可那时候,爹的年龄已经很大。你算算看,从1911年开始算,到80年代,他七十多岁,让他做,能做几年?说起来这老头还真不赖,一直做到八十多岁。实在没力气,才改成养羊。不多,就两三只。像老朋友那样,整天一起玩,一直玩到近九十岁。爹的享年,是九十一岁。

我用这么一点点文字,把爹的一辈子都打发掉,心里有点儿难过。更难过的是,在我的印象中,爹只会叹气,不会追问。有一天我意识到问题的严重,开始阅读历史书籍。使劲读。我不想叹气,我要追问。

我从历史书籍中收获了很多果实。我不说果实,只想说,读了几年历史,才意识到,这世上有很多人,活了一辈子,到了,还是历史的陌生人。爹是其中的一个。他只能被历史的泥沙所裹挟,晕头晕脑向前走。而他一直以为,这就叫"过日子"。说到这里,我有点儿心痛。是真实的心痛。

跟大哥唠家常

能闲下来跟大哥聊聊天，挺好，尽管聊的都是小事。

小人物的生活，都是由一件件小事串联而成的，像一串省略号。在历史的宏大叙事当中，小人物的生活，从来都是省略号。这是谁也改变不了的。

只能自己珍惜自己的小事，包括跟大哥聊天这样的小事。

最近的一次聊天，是在我家的客厅里。按乡下的说法，大哥是来串亲戚的。来就来吧，还带东西。是海蛎子，学名叫牡蛎的贝类。都剥好了，装在塑料袋里。很大的一包。

在大哥的记忆中，我最爱吃的东西，就是海蛎子。

那是小时候的事。海蛎子，生吃，就着玉米饼子，味道极佳。可以当正餐来吃。老家在海边，吃海蛎子，很方便。可能就是由于方便，我才"最爱吃"吧。那时候，生活中很少出现选择题。

而眼下，我对海蛎子的兴趣，已经淡了很多。吃或者不吃，无所谓。

大哥的话题从海蛎子开始，然后散漫开来。但无论怎样散漫，都离不开家事。

大哥说，这个冬天还不错，可以赶海打蛎子了，骑摩托车去。嗯，我不吱声，不过心里清楚，老家沿海的滩涂，修了很多大坝，摩托车可以沿着大坝开进去。我猜想，那些海蛎子，就生长在大坝下的礁石上吧。一定是这样。

话题在海蛎子身上绕过一圈之后，开始走向别处。唠得最多的，是以前的穷日子。为什么那么穷呢？大哥从来没有追问。可能是懒得追问。

"那年冬天，家里没吃的了，我去钓了一次胖头鱼，下闷线。一次钓了八十斤，拿到市场上卖，你猜卖了多少钱？"

大哥的话，看官未必全懂。我是懂的。我年轻的时候，也经常钓胖头鱼。冬天钓胖头鱼，是很苦的差事。"下闷线"，更是辛苦。不到万不得已，谁愿意去遭那种罪！唉，不说也罢。

我关心的是，能卖多少钱呢？大哥说："八元钱一斤，八八六百四十元！"

嗯，还行，不算少。我心中暗想，要是放到现在，恐怕远远不止这个数。

大哥接下来的一句话,把我吓一跳:"咱爹用这笔钱,在市场上买了十麻袋干白菜叶子,全家人,整整吃了一冬天。"

我陡然明白过来,大哥说的是三年大饥荒时期。那个时期的话题,以前经常在父母和大哥的口中出现。简单说,就是人的日子,跟猪的日子,混淆在一起了,都是吃糠咽菜。整个中国都在挨饿,而乡村,饿得更厉害。借大哥的话说:"咱家没饿死一个人,算是老天保佑了。"

我能理解父母和大哥为什么经常说起那些事,那是刻骨铭心的记忆啊。

那时候我还没有出生。真是幸运,没赶上那个凄苦的岁月。但我确信,我从书上读到的史实,比大哥知道的更全面也更细致……一言难尽呐。

大哥曾经透露一个重要细节,我在史书上没看到过。村里饿死人,可以凭死亡证明,到粮店买二十斤玉米面。有这二十斤玉米面的诱惑,才会有人来帮忙,把死人抬到山上埋掉。干完活,一人一个玉米面饼子。我们那个村庄,也饿死过人,大哥大概也借机吃过玉米饼子。大哥的话,我信,史书上没有记载,我也信。他犯不上为这事撒谎。

闲谈之中,我突然觉得,如果把大哥的话记录下来,就是历史学家唐德刚先生所倡导的"口述历史"。对我

这样的小人物来说,这也许是一件真正的大事。一个家庭的历史,也是中国的缩影啊。

大哥今年六十七岁,身子骨很硬朗。还能骑着摩托车去打蛎子嘛,不赖。

大哥说:"村里好多人都羡慕我呢。"

给骗子开门

大哥为婚事闹心了。闹心的表现是偶尔会把自己喝醉。喝的是散白酒。到皮口镇的小卖店里喝。便宜,才几毛钱一斤。买几块饼干,来一杯酒。那时候村里人最大的享受就是吃饼干喝白酒。一杯酒有二两。两口,或者三口,送进肚子。觉得不过瘾,再来一杯。这样一杯一杯的,稀里糊涂就把自己喝醉了。不能经常喝醉,兜里没几个钱,想醉也醉不成,只能是偶尔。

那天大哥回家很晚。晚饭早就吃过了,天色完全黑下来。我站在院子里,站在猪圈旁边。我想不起来站在猪圈旁边做什么。喂猪?好像不是。可能是冲着猪圈撒尿。我经常冲着猪圈撒尿。刚刚撒完尿,就看见大哥。看不清他的脸,只看见一个模模糊糊的黑影。凭感觉,那个黑影就是大哥。那个黑影摇摇晃晃走到我身边,弯下腰,把我抱了起来。大哥张开嘴,在我的脸上一阵乱咬。大哥满嘴的酒气熏得我头疼,大哥满嘴的牙咬得我脸疼。我哇哇大叫起来。父亲走出来,叫大哥把我放下。大哥又咬我两口,才把我放下,从父亲身边摇摇晃晃走进屋子。那一瞬间，父亲肯定知道大哥喝醉了。父亲没说什么，他知道大哥为啥事闹心。其实，他也在闹心。

那年大哥三十出头了，对外说是二十九。在结婚之前的几年，大哥的年龄在二十九的数字上停止了，像蛇的冬眠。在情感的冬天里，大哥的年龄也冬眠了。

在此以前，倒是有一个肥胖的女人来相过亲。那年头胖人很少见，我对那个胖女人充满好奇。我对大哥说，她的大腿，比我的腰还粗。大哥听了没生气，反倒笑了。是那种比较甜蜜比较陶醉比较沾沾自喜的笑。当时他以为亲事能成。那个胖女人对大哥比较友好，还在我家里住了一夜。要是不满意，她不会住下。就是说，八字有了一撇。另外一撇，要等胖女人的父母来写。谁知道，胖女人的父母对写八字一点儿兴趣都没有，事情不了了之。后来知道，人家是嫌我家太穷，房子太紧巴。

父亲咬了两年牙，终于盖起四间新房，以为从此大哥的婚事就不用愁。谁知道，还是愁。又相了两次亲，女方还是迟迟不肯把八字写完。原因是大哥稍微有一点点缺欠，而且是在脸上。

早年我听过一段相声，两个油嘴滑舌的人在相声里谈诗，其中的两句是："风吹海面层层浪，雨打沙滩点点坑。"把这两句诗裁剪成服装，穿到大哥身上正合适。由于婚事不如意，他心里难免会有风吹海面的感觉。雨打沙滩的景象是在他的脸上。大哥小时候生过天花，命

叙　事

保住了，但脸上有麻子。大哥是渔船的船长，他大概不会想到，脸上的几个麻子，竟然让他的渔船在情感的海边上长时间搁浅。

一个高个黑脸的男人走进我家。是大哥在皮口镇认识的。我猜想，一定是大哥在喝闷酒的时候认识的。有半年多时间，高个黑脸经常到我家来，说是来给大哥提亲。

高个黑脸每次来，父母都有点儿手忙脚乱。他们不允许我在家里旁听。他们说，出去玩吧。我不走，他们嗓门变粗，出去玩！我不得不走。家里有客人，好歹我得给父母留点儿面子。我走，却不走远，就坐在院子里。孤零零一个人，坐在院子里，看天上的云彩缓缓地移动，看地上的蚂蚁忙忙碌碌。有时候，我会站起来，望望自家的烟囱，看看它冒烟了没有。我有经验，高个黑脸一来，过不了多久，我家的烟囱就会冒烟。父母把我撵出去，是不想让我看见他们给高个黑脸打荷包蛋。在记忆中，我家的客人，没有谁享受过如此高的待遇。

看见烟囱冒烟，我的心一下子吊起来，嘴里嘟囔着，荷包蛋，又是他妈的荷包蛋！这话我只敢在背后嘟囔，要是让父母听见，我会吃不消。

那天我在院子里玩。在葡萄架底下。葡萄结果了，绿的。我知道不能吃。天天去看，盼它们变成紫色。葡萄变成紫色就能吃了。我没看见紫葡萄，倒是看见了高个黑脸。我家的院墙是篱笆墙，不高，视线越过院墙能看到很远的地方。看见高个黑脸，我从葡萄架底下钻出来，走到门口，把柴门打开。我不喜欢高个黑脸，但还是用这种方式来巴结他。他是父母和大哥最欢迎的人，他们都巴结他，我还能怎样。我不知道该跟他说啥，就啥也不说，脸上挂着笑。高个黑脸走进来，没说话，伸出一只大手，在我头顶轻轻拍一下，脸上也挂着笑。那一瞬间，我心里竟然涌出一股暖流。同时我还觉得，自己刚刚做了一件了不起的事情。

后来村里有很多人知道高个黑脸来我家的事。我走在街上，总会有人问，那个人，最近来了没有？我知道他们说的"那个人"是谁。起初，我很老实，有一说一。我说，没来。问话的人显得有些失望。我说，来了。问话的人满脸坏笑，说，是不是又吃了荷包蛋？时间长了，我觉得这不是好话，拒绝回答他们。

问得次数最多的，是老钟家黑小子。黑小子年龄跟大哥差不多，也没娶上媳妇，他对跟娶媳妇有关的事，比较热心。

黑小子有一天对我说，那家伙自己都是个光棍，怎么能给别人介绍对象？骗子呀。

黑小子说对了。那家伙确实是个光棍，也确实是个骗子，来我家就是为了骗一碗荷包蛋吃。他告诉大哥很多女人的名字，大哥却没见到一个活女人。为此，家里气氛变紧张了,父亲和大哥用唾沫星子把高个黑脸揍了个半死。

大哥突然有一天兴高采烈回到家里,说,他把高个黑脸逮住了,在皮口镇游街,就像批斗地富反坏右一样,一边游街一边让他自己喊,我是个骗子……我没亲眼看见。我觉得那个场面,一定非常好看。

这样一来,家里的气氛总算缓和下来。以怨报怨,扯平了。

大舅来我家说,其实不是我大哥自己把骗子逮住的。大舅说,要不是他帮忙,凭大哥自己,不可能把骗子逮住,更不可能押着他游街。大舅从此以我家的功臣自居。

沉默的朋友

有句话:"他大舅他二舅都是他舅。"这话没错。但我固执地以为,舅和舅是不一样的。比如,就在此时此刻,盘旋在我情感之中的,不是大舅二舅,而是三舅。

三舅沉默寡言。他不擅长语言表达。他更愿意用行动表达自己的态度。

在我很小的时候,大概五六岁的样子,三舅娶了新娘。那天傍晚,我去三舅家"走穴",为三舅和新娘讲了两段"瞎话",就是神话传说或民间故事之类的东西。是父亲批发给我的,我一段一段拿出去零售。那时候,刘兰芳还没有用评书征服广大听众的耳朵,我的"瞎话"在自己的村庄里,还有一点点市场。我还记得,讲完之后,三舅母给我抓了一大把喜糖。应该说,我那天所得的报酬,相当可观。

印象中,三舅的新房,红彤彤一片,红窗帘,红被子,红褥子,红喜字,红蜡烛,三舅母的红衣裳、红袜子,还有她的脸,也是红的。墙上的画,是最红最红的红太阳。那样的红天红地,我今生再也没有见过。

叙　事 ●

　　在童年和少年时代，我跟三舅的接触很少。他沉默寡言嘛。在流行的观念中，沉默寡言的人，往往不好接触。实际上，也真的不好接触。我对三舅最深的印象，是他很能吃。那时候，三舅的膝下，已经有了两个女儿。忘了是谁说的，他们一家人吃饭，三舅从不上桌，都是等老婆孩子吃饱，他才动筷子，把剩下的饭菜一扫而光。至于吃没吃饱，只有天知道。还说，三舅一口气吃掉过一盆疙瘩汤。多大的盆呢？有这么大！说者用手比量一下，盆口有最大的西瓜那样大。这话我信。三舅长得人高马大，在貔子窝化工厂当晒盐工，干的是重体力活，不能吃才怪。

　　之后的记忆里有一大段空白。三舅日复一日去晒他的盐，我日复一日去读我的书，生活轨迹很少交叉。时光的齿轮转得多快啊，一转眼，我大学毕业参加工作，结婚生子了，三舅退休了。

　　某一年春节期间，我去三舅家拜年。三舅执意要留我吃饭。三舅说，不吃不行，不吃，就是看不起我。一个擅长沉默的人，竟然一口气说了这么多话，我哪敢不从？很快，饭桌上就摆满他的盛情，都是肉。猪头肉，猪腰子，猪蹄子，猪尾巴，猪肝猪肺猪下水。三舅用筷子指着盘子里一大块颤巍巍的肥肉，对我说，吃它，过瘾！那天中午，三舅喝醉了，我也是醉意醺醺。

在三舅家吃饭的那年，三舅母已经过世。三舅的日子，寂寞而又单薄。时光的齿轮转得多快啊，又一转眼，我父亲也过世了。守灵的三个晚上，三舅每晚必到。撵他，他不走。就那么默默地陪坐在灵前，上香，烧纸。你问他什么，他答一句。不问，就沉默。我一支接一支给他递烟，我也抽，嘴巴里苦叽叽的。他总是在天快亮的时候离开，回家眯一会儿，太阳出来了，他也回来了。那几天，我总是在背人的时候，默默流泪。很多泪，是为父亲流的。也有一些，是为三舅流的。我感受到他浓浓的情意，对我父亲，对我们家。从此以后，我把三舅当成朋友。每次回老家，都要见见他。见不着，也要打听他的近况。

最后一次见到三舅，是在大哥的葬礼上。凄惨的秋雨，凄惨的北风。三舅站在风雨中，为大哥送行。趁身边没人，三舅掏出五百块钱给我，说，为老大办葬礼用。我说，三舅，你是长辈，不用给钱。三舅哭了，说，想到老大平常气我那些事，不该给钱，不过，他这辈子，再也花不到我的钱了。三舅在葬礼上，就说了这么两段话。说完，继续沉默。

我的眼泪也下来了。三舅七十多岁的人，还在外地打工，他的钱，来之不易。

人到中年，听多了花言巧语之后，我更看重的，就

叙 事 ●

是像三舅那样的沉默的朋友。在你郁闷的时候，默默地陪你坐坐，喝杯茶，喝杯酒，或者，抽几支烟，叹几口气。这样的朋友，会让你在寒天寒地之间，感觉到人情的温暖。

那时候我们长尾巴

村子里有很多尾巴,我们家就有,我也有。

那时候我还小,从记事到十多岁,我们村子里被割掉了很多尾巴,我们家也被割掉了几条尾巴。是生产队派人来割的。拿着刀,一割,就给割掉了。有时候不拿刀,啥也不拿,空着手,冷着脸,瞪着眼,一割,也给割掉了。不过割掉一条尾巴,隔一段时间,还会长。还长还割,一次次重复,日子就这样过下来。

村子里的尾巴,我们家的尾巴,有一个共同的名称,"资本主义尾巴"。

先说说村里的尾巴和我们家的尾巴。其实是一回事。养鸡,规定几只,超过了,就是长尾巴。养鸭子也是。养鹅也是。养猪也是。但养孩子不是,随你便,爱养几个养几个,只要生得出来。据说上面有指示,人多力量大,众人拾柴火焰高。

我记不清当时的规定。到底可以养几只鸡几只鸭几只鹅几头猪?记不清。记得清的是,经常有人犯规多养了几只。这不行,生产队定期派人到家里来数,治保主任,或者民兵,一脸阶级斗争的样子。一二三四五……不等数完就火了,你家怎么回事,搞资本主义啊,伸手抓起一只,一刀就剁了,流一摊血。或者抓起来往地上猛摔,摔完再抓起一只,还是猛摔。他们摔得真好,一下,就摔死了。然后骂骂咧咧走人,到别人家里继续割尾巴。

我们家被割了好几回。我倒是很高兴。每次割尾巴,我都能吃上肉,鸡肉鸭肉鹅肉。不年不节的,要是割尾巴的不来,我怎么能吃上肉。所以每次嘴馋,我都盼着治保主任或者民兵啥的,赶紧来。革命京剧里唱:"早也盼,晚也盼,盼穿双眼。"唱的是我呀。

我最希望家里养猪超标,割尾巴的一来,就有猪肉吃。一只鸡才能吃几天啊,要是一头猪,你想想,还不把人美死。可恨的是,家里养猪从不超标,每年就一头。主要原因,是多了养不起。人都吃不饱呢,拿什么给猪吃。靠吃糠咽菜根本长不起来。村里别的人家,也没听说有养猪超标的。

奇怪的是有一年,村民在自家菜园边上种的玉米也成了尾巴。几个人来村里拔玉米。我们一群小孩子,跟着看热闹。他们专门拔那种根部是紫红色的玉米。那时候玉米正要结棒,拔了怪可惜,一群娘们儿嘴里啧啧啧,拔一棵啧啧啧,再拔一棵还是啧啧啧,把那几个人啧啧得很不好意思,拍拍屁股走人。我至今都在纳闷,怎么根部是紫红色的,就成了尾巴?不是说"根红苗正"么?

现在回想起来,这些事,很像是"魔幻现实主义"。莫言不是玩魔幻现实主义么,他的小说里,写过这些事没有?

没想到等我上学以后,我也有了尾巴。我的尾巴叫"骄傲自满"。可能是我的尾巴太小,生产队不割,改成老师来割。老师说,你不要以为学习成绩好,就瞧不起别的同学,不要以为你怎样怎样就怎样怎样,经常批评。可惜,我的尾巴跟村里的尾巴一样,割了还长,比韭菜长得还快,把老师气得够呛。

小时候生活习惯不好,进出门有时会忘了关门,爹不满意,说,你怕夹了尾巴啊。有时妈也说,你怕夹了尾巴啊。他们每次说,我都不由自主摸摸自己的屁股,真怕那地方长出一条尾巴来。可惜没有。后来年龄大些,情窦初开,有一天突发奇想,要是长条尾巴,一边上课,一边用尾巴跟女生抒情,老师还看不见,该多好啊。

你说尾巴这东西,多么神奇,叫你有就有,你想有,反倒没有了。

那些年我们很单纯

我要讲一个单纯的故事给你听。故事发生在上个世纪70年代初。我的年龄大概在七八岁的样子。还没上学，或者刚刚上学。我们那一代人，有个共同的特点，绝对相信大人的话，大人说啥就是啥。我们的脑袋太嫩，不会独立思考。

人这东西很奇怪。自从有了自我意识，就免不了要追问，"我"是从哪里来的。起初，我以为只有自己对此有疑问，后来发现，几乎所有同龄的孩子，都有同样的疑问。

我找不到答案，只好去问母亲。母亲起初不愿意回答，问的次数多了，终于不耐烦，说，是从大白沟里，用镢头刨出来的。噢，是这样。

村子的东北方向，有一条大白沟。沟里的土是白色的。小时候觉得很奇怪。经母亲一说，就不再奇怪。出小孩的地方，就该有点儿与众不同才对。那些黄褐色的土地，只能生长庄稼和蔬菜。

从此再到大白沟里挖野菜（乡下人家，早年是依靠野菜来喂猪喂鸡），我变得很小心。我用铲子小心翼翼从野菜的根部斩断，而不是连根挖出。我担心挖得太深，会不小心挖出一个小孩。我恪守着心里的秘密，等着看同伴的笑话。要是他们真的挖出一个小孩，看他们怎么办。

过了很长时间，谁也没有挖出小孩。我一下子明白过来，还是挖得浅，看来不用镢头刨，真就不行。

后来有一天我跟一个小我一两岁的孩子，闲谈中说起自己的身世。我把母亲的话说给他听。他一下子激动起来。他对大白沟没有异议，他的母亲说过，他也是从大白沟里来的，不过，他母亲说，不是用镢头，而是用铁锹挖出来的。我们各执己见，互不相让。我们都认为自己的母亲不会撒谎。我们争执了很久，唾沫飞溅，但谁也说服不了谁。不蒸馒头争口气，他提议，我们到大白沟里去试试看，看到底是镢头好使还是铁锹好使。我立马响应，说，去就去，谁输了谁小狗。

我涨红了脸，回家扛了一把镢头。他也涨红了脸，回家扛了一把铁锹。我们肩并肩，往大白沟的方向走。路上有小孩问我们，喂喂，你们干吗？我们不搭理他们。

说起来，还是我的心事重，路上突然想到，真要刨出一个小孩，我是抱回家去还是扔到沟里？这个问题真难。是我刨出来的，我就是那孩子的爹，我连自己都养不活，怎么养他？让父母养他，他们不愿意怎么办？会不会打我一顿？要是扔到沟里不管，肯定就是死路一条，怎么忍心？唉，真让人发愁啊。

那个扛铁锨的孩子是不是想到了这一层，我不知道。我没问他，他也没说。估计他想不到。一个头脑简单的家伙，怎么会想到这么复杂的问题。哼哼。

结局明摆着，我不说你也清楚。我东刨刨西刨刨，南刨刨北刨刨。那个孩子尾随我，东挖挖西挖挖，南挖挖北挖挖。刨到自己没了力气，挖到自己一身的汗，这才作罢。归程，满脸丧气，谁都不理谁。

很多年后我想起这件事，自己偷偷笑起来。我笑村里的妇女，她们是不是开过会，达成一致意见，不管哪个小孩问起，就说，他们是大白沟出品的？

我讲这个故事，不是为了逗你一笑。我想告诉你，这种荒唐，现在还在发生。我看见了，在文化领域，扛着镢头或者铁锨往大白沟方向走的人，有很多。他们想用自己的实践，证明母亲的话是对的。

伪 球 鞋

读高中那年,我竟然破天荒有了一双蓝色鞋面的球鞋。当然不是那种真正的球鞋,而是一双货真价实的伪球鞋。当时挺流行这样的伪球鞋。比这更好的鞋也有。那些家境较好的学生都穿,就是那种白色的球鞋。那种鞋脏了也不要紧,用鞋刷子一刷,半干半湿的时候,再用白色的鞋粉一抹,嘿,又像新的一样。

记得父亲把这样一双伪球鞋亲自交到我手上的时候,嫩绿的小草齐刷刷地从田野上钻了出来,远远一眺,五脏六腑都舒服。

很多日子以后,我才知道,这双伪球鞋,并不是父亲到商店里给我挑选的,而是他蹲在皮口镇的农贸市场上,用十斤胖头鱼跟一个嘴馋的人换的。

卖鱼就好好卖鱼呗,怎么换了一双鞋回来?这里边肯定有一个故事。我没细问,父亲也没细说。

夏天来了。连傻子都知道,夏天应该穿凉鞋。那时候的凉鞋,大多是塑料做成的。不耐穿。一个夏天穿下来,不是这儿断就是那儿断,转过年,非买新的不可。好在,那种凉鞋很便宜，一两块钱的样子。

父亲决定为自己省下这一两块钱。他笑嘻嘻地对我说，你脚上的球鞋，我看挺好，把鞋带解开，比凉鞋还凉快，是不是？

我没办法了。我能有什么办法呢？

我穿着伪球鞋过了整整一个夏天。

我的脚很爱出汗。我正处在一个好动的年龄啊，因此，鞋里边每天都是湿的。不是水湿的感觉。水湿涩，汗湿滑。严重的时候，光脚板踩不住鞋底，哧溜哧溜，走在路上，一趔趄一趔趄，不知底细的，还以为我喝醉了。

一有空，我就赶紧把鞋脱下来晒太阳。

夏天过后是秋天。紧接着，冬天来了，父亲又郑重地做出一个决定，不给我买棉鞋了。

头一年的棉鞋还在。还没穿破。可我的脚长得很快，已经穿不下。我穿着伪球鞋过了一个冬天。那个冬天很冷，我的两只脚，都生了严重的冻疮。

就在那年冬天，我萌生了研究经济学的愿望。我到皮口镇的小图书馆，借马克思的《资本论》。我在心里发狠，一定要把经济研究透！研究透了，将来就能赚很多钱。有了钱，想穿什么样的鞋就可以买什么样的鞋，多好！

小图书馆的管理员说什么也不肯借给我。他火了,冲我大吼,你能看得懂吗?妈的,想捣乱是不是?

我再三央求,还是不行。

我的双眼饱含泪水。

五元钱的故事

自从五元钱跟一根葱画上等号之后,我对五元钱就更加重视了。

小时候,也就是上个世纪70年代,连续几年的夏秋季节,我早晨起来的第一件事,是到二百米外的菜园里拔葱。拔葱是为了全家人的早饭。洗干净,用刀切了,上面淋一点儿酱油,就是下饭的小菜。那时候对早餐比较重视,要多吃,没有干的还不行。要想多吃,没有葱也不行。父亲和四个哥哥都在生产队干活,每天每人只挣几毛钱。那时候一个工人,一个月三十几元钱,还觉得了不起,牛气哄哄的。现在想想,牛啥牛,一个月才七八根葱。要是父亲知道有一天一根大葱能卖五元钱,他会吓成什么样子?社会的进步真是太快,让人揩啥都来不及。

不说葱了,说五元钱。

就在我热衷于每天早晨去菜园拔葱的那几年里,我们家发生了一件大事。的确是大事。有一天父亲发现,家里丢了五元钱。父亲一下子慌了。要知道,丢了这五元钱，家里的经济形势就滑向了崩溃的边缘。父亲一边慌一边愤怒，把老婆孩子一个个找来审问。都说不知道啊，没拿啊。审不出来。父亲更愤怒，开口大骂，骂母亲，骂四个哥哥，骂得他们脸色苍白。家里的气氛紧张极了。奇怪的是，父亲既没有审问我也没有骂我。我躲在炕角，浑身瑟瑟发抖。

那天有个邻居来我家串门，年龄比我大很多，但辈分小，我叫他二哥。他遇到这种事，走也不好，不走也不好。何况，他也是有嫌疑的，不把事情搞清楚，他也证明不了自己的清白。我能想象出来，他一定很尴尬，后悔来我家串门。后来多亏了这位二哥，他的一句话，就把案子破了。

在父亲叫骂的间歇里，二哥突然扭头看我，说，小五子，钱是不是你拿的？就这一句，我立马招供了。其实我早就想招了，但父亲就是不审我。可能是我年龄太小，父亲觉得我的智力还不足以发展到能偷五元钱的程度。二哥的话音刚落，我就抖抖地从衣兜里掏出一个钱包，递给父亲。是一个绿色的塑料钱包，里边规规矩矩地躺着五元钱。父亲把钱收了，一句话也没说。家里很安静。让人恐怖的那种安静。我以为父亲要把我暴打一顿。但没有。现在知道，父亲对我有多么溺爱。

我得解释一下，我偷那五元钱，不是想去花掉。那是很大一笔钱，我没有能力把它花掉。我只想让那张钱在钱包里躺几天。我是为了那个钱包才偷钱的。刚买的钱包,一毛几分钱买的。我到镇上卖破烂卖了一毛几分钱,看到商店里的钱包,好喜欢,就买了。可能是觉得,我经常卖破烂,以后就是有钱人了,没有钱包怎么行。可买回钱包之后,就没钱往里装了。我对不起钱包,就在柜子的抽屉里乱翻,想翻出几分钱安慰它一下,结果就翻出一张五元的。我想钱在钱包里放两天也不要紧,偷偷再放回去就是了。谁知不到一天,就被父亲发现了。

　　后来有一年父亲给了我五元钱。是他在路上捡的。一个塑料袋,袋里有一张五元钱,还有毛票和分币,好像还有几斤粮票。父亲的思想境界不高,没有把钱交给警察叔叔,而是给了我。他把毛票、分币和粮票留下,给了我一张大票。他一定是想起了几年前我偷钱的事。他可能是觉得,他的小儿子既然那么喜欢五元钱,就给他五元钱吧。我乐得不行。父亲也乐,满脸都是阳光。

　　每年清明节前后那几天,我都想念父亲,很想很想。一晃,他去世有十年了。要是还活着,就是百岁老人。

贴年画

民谣说:"小孩小孩你别馋,过了腊八就是年。"

过了农历腊八,年味越来越浓。但说起来也很奇怪,这些年,我对年这东西,兴趣越来越淡。自我感觉,除了手忙脚乱,就是海吃海喝。没啥意思嘛。

常常想起我的70年代。当然是上个世纪的70年代。那时候,过年的第一个好处,是可以解决馋的问题;第二个好处,是可以解决穿新衣服的问题;第三个好处,是可以解决审美的问题。

我特别想说说这个审美问题,标志性事件,是贴年画。那时候的乡村人家,不贴年画,还能叫过年么?

在贴年画这件事上,在我们家,我是一个微型的独裁者,牢牢地掌握着决定权和行动权。想七嘴八舌搞民主?门儿都没有。

贴年画之前,要先买旧报纸糊墙。墙上的报纸,经过一年的烟熏火燎,已经变黄,很不适应辞旧迎新的大好局面,必须彻底加以改变才行。都是在腊月二十七八以前,把家里裱糊一新。我和四个哥哥,有时也包括父母在内，都是裱糊匠。很多年后我才知道，这一行的祖师爷非李鸿章莫属。人家是大清帝国的裱糊匠嘛。

墙面、棚顶都糊好了，等待一两天，让它干透。然后，就可以贴年画了。我都是提前两天把年画买回家。从父亲手里接过几毛钱，一般不会超过五毛，步行四五里路，到皮口镇的新华书店，从几十种待售的年画中，挑选四张。一张年画，也就几分钱。印象中，最贵的，也就一毛一分钱。五毛钱够用了。剩下的钱，可以买几颗甚至十几颗水果糖犒劳自己。这就是权力带来的好处。我竟然没有从中悟出日后的从政之道，可谓愚蠢透顶。是不是独裁会让人变得愚蠢呢？待考。

现在回想起来，那时候的年画，就是政治宣传画，几乎每一张都"三突出"。从美术史的层面上说，是承袭了50年代的"新年画"风格。1950年全国"新年画创作奖"的获奖作品，《农民参观拖拉机》《劳动换来光荣》《毛主席大阅兵》《新中国的儿童》等等，你一看标题，就能大致猜出它的内容。到70年代，基本还是这个样子。稍有区别的是，把革命样板戏的剧照，也当成年画。

李铸晋和万青力合著的《中国现代绘画史·当代之部》，对"新年画"有这样的评价："由于政府的推动和大量的印刷发行，新年画创作在全国范围产生了难以估量的影响。新年画不仅为巩固新中国政权做出了贡献，也成为绘画为政治服务的样板，同时也对其他画种造成政治压力。"

这段话所提到的"难以估量的影响"，我有切身体会。一则，是让我树立了革命理想；二则，是让我确立了恋爱观。前者是看了一幅女青年开东方红拖拉机的年画，英姿飒爽的，让人羡慕。我暗中发誓，长大后，自己也要开东方红拖拉机。读小学时的作文《我的理想》，写的就是这个。老师看完，笑了，说，咱大队，就一辆东方红，能轮到你来开？后者是看了一幅女青年在稻田里撒化肥的年画，身子骨真结实，还笑盈盈的，好可爱好可爱。我暗中发誓，长大后，就娶这样的女青年当老婆，让她天天在稻田里撒化肥。可惜不久我就知道，我们生产队的稻田太少，撒化肥这种活儿，不够一个人干两天的。唉，这可怎么办呢？愁死我了。

把年画端端正正贴到墙上，剩下的事情，就是欣赏。我每天都要欣赏一番。到邻居家串门，第一件事，也是欣赏墙上的年画。有时候，还一边欣赏，一边浮想联翩。我曾经的理想，曾经的恋爱观，就是这样萌生出来的，你信不信？

队长家的狗

闲着也是闲着,讲个故事吧,讲一个狗的故事。不过要讲狗,必须从地瓜说起。没有地瓜,也就没有狗的故事。

妈给我一个地瓜,吩咐四哥,说你背着老五出去玩,小兔崽子闹死我了。妈正在做饭,我等不及,闹着要吃的,妈生气,把我赶出家门。

四哥那年也就十多岁,我更小。四五岁的样子。年龄是个宝啊,由于小,我才得到一个地瓜,而且,四哥必须背着我。我知道四哥不太情愿,嘴里嘟嘟囔囔。我不管他嘟囔不嘟囔,趴到他后背上,一心一意对付那个地瓜。

地瓜很大,比我的手掌大很多,很可能跟我的脸一样大。熟的,也是凉的。管它凉不凉,能对付饥饿就好。我经常说,小时候,我最大的感觉,就是饥饿。饿得我好难受。

走出家门没几步,四哥扭过头,说,让我咬一口。他的意思,是想咬地瓜一口,不是咬我。我有点儿不情愿,但不敢不给他咬。我把地瓜送到他嘴边,没想到,四哥嘴巴大开,像很多年后我才认识的鳄鱼那样,扑哧一声,把我的心咬疼了。好可怜,我才咬了两口。我心里合计,我就是再咬两口,加起来也赶不上四哥的一口。我吓一跳,赶紧又咬一口。

四哥猛走几步,咽了那一大口地瓜,又扭过头,说,让我再咬一口。我吓得魂都要飞了,他要是再咬,就剩不下多少了。可是我,敢不让他咬么?正犹豫着,一条大黑狗,不知从哪里冲了过来,冲我们汪汪大叫。四哥吓得身子一抖,我吓得手一抖,地瓜掉到地上。那狗叼起地瓜,飞一样跑远。

四哥把我放下来,捡起一块石头,打那条狗。哪里打得着?大黑狗,在石头的射程之外,津津有味地啃剩下的半个地瓜。

四哥牵着我的手往回走,边走边说,是队长家的狗。

从此,每次见到队长家的狗,四哥都捡起石头打。见一回打一回。以至于那条狗,见了四哥,就远远跑开,有点儿退避三舍的意思。

四哥恨队长家的狗。几年后,队长家的狗死了。四哥那个高兴,在我面前念叨过很多次,说死了好,死了活该。我听不懂他的话。我已经忘了地瓜和狗的那件事,经四哥反复提醒,才好不容易想起来。

又过了几年,四哥十七八岁的样子,到生产队参加劳动，队长还是原先的队长。四哥恨乌及屋，总跟队长闹别扭，搞得队长很恼火。后来队长报复四哥，下手特别狠。那天的农活，是在小葱地里拔草。这活儿我干过，很容易连草带葱一起拔掉。你可以想象，干完活以后，堆在地头的草堆里，肯定会夹杂着一些小葱。四哥说他从草堆里捡了一小把葱，也就比较可信。可队长偏偏一口咬定，葱是四哥偷的，罚款五元。那时候，一天的工分，才几毛钱，五元是个大数啊。

后来没有了生产队，队长变成了居民小组长，权力大大降低，或者也可以说，是丧失了权力。四哥说，活该。他觉得很解恨。

这些事，至今已有四十多年。现在想想，没有狗的故事，四哥就不会跟队长闹别扭，不闹别扭，队长也就不会故意找茬罚款。这说明，不良情绪，会像癌症一样，四处扩散。所谓迁怒，就是扩散的过程，是恶的源头。

我讲这个故事，没有丝毫贬低四哥的意思。他的心理很正常。他的故事，在社会的每一个角落里，都有不同的翻版。也就是说，遗忘虽然是一味良药，但谁也不肯服用它。

运动会

看北京奥运会,我时不时想起小时候看过和参加过的运动会。似乎很奇怪。想想,又不觉得奇怪。一回事嘛,规模不同而已。

印象中,在我的童年时代,"群众性体育活动"搞得不错。几乎每年,大队都要开一次运动会。那时候不叫村,叫生产大队,下边是生产小队,上边是人民公社。大队运动会都是安排在农闲季节,大多在初秋,庄稼在地里长着,离收割还有些日子,耽误几天不要紧。那时候日子过得清汤寡水,但运动会的气氛很热烈。运动会每年都在我们学校的操场上举行。很多红旗,很多彩旗。很响亮的歌声。很多人。社员们都放假,学校也放假,男女老少,能来的都来。哪个选手得了冠军,会立刻成为名人。人人都盼着自己小队能赢。没有金牌榜,按分数算,总分数第一名,就是最大赢家。记得我们小队得第一名的时候,全队上下那个高兴,比吃了一口猪头肉还高兴。

记得有一年,我们小队的一个女孩,被选手投掷的标枪扎了脚,疼得哇哇大叫。

叙 事 ●

公社也开运动会。要是谁能在公社运动会上拿到冠军，更是不得了，幸运的会被工厂招工。公社运动会我也去看。运动员里边，熟人少，不那么兴奋。

学校也开运动会。小学、初中、高中，都开运动会。

小学开运动会的时候，我的角色，以观众为主。个头小，步子短，力气少，没办法，只能混在观众堆里起起哄。有一年，班主任老师心血来潮，让我上场跑"百米速算"。就是在百米中间停下来，做一道数学题，然后再跑向终点。我不想跑。确切地说，是不敢跑。要是跑在最后，多丢脸啊。老师瞪起眼珠子，说，你的学习成绩好，你不跑谁跑？没办法，只好跑。心里七上八下地站在起跑线上，正准备起跑，一个同学飞快赶过来，小声告诉我一个数字，是那道数学题的得数。对吗？同学说，没错儿。我很感动，对他说，明天，我拿土豆饼给你吃。很快，发令枪响了。我最后一个跑到数学题那里，也没看题，赶紧写上那个数字，起身再跑，第一个冲过终点。我们班同学一阵欢呼。老师接过我的题，看一眼，说，错了！我心里冰凉。幸运的是，后边的选手，也都错了。我成了冠军，但这冠军不太光彩。我回到自己班级的座位上，揪住那个报信的同学的衣领，对他说，明天，我不拿土豆饼给你吃了。

每逢学校开运动会，我表哥都趾高气扬，见了谁都不爱搭理，见了我更不爱搭理。他擅长运动，喜欢"五项全能"。运动会前几天,他把学校的标枪和铅球带回家,在街道上抛来抛去。有时候还一个人在田间地头跑来跑去。他的临阵磨枪还真见效,每次运动会,他都能得到很多奖品,毛巾、香皂、田字格本、横格本,都有。我嫉妒得眼睛发蓝,盼着运动会早点儿开完。表哥的学习成绩不好,平常日子,他不敢在我面前嚣张。我不知道表哥的想法。以我的小人之心猜测,要是学校天天开运动会他才高兴。

读初中和高中的时候,我都在重点班。重点班是学习尖子,但不是运动尖子。矬子里边选大个,我只好硬着头皮上场,还是主力,短跑,一二百米。可气的是,连续几年,每次的成绩都完全相同,预赛第三,决赛第五。唉,啥也别说了,好好学习吧。

一晃很多年,老家的日子也越来越红火,让我纳闷的是,无论是村里,还是镇里,都很少开运动会。怎么回事呢?是一心扑在经济上了?

北京奥运会结束之后,我突然萌生了运动的念头,每天早晨都早早起床,到街上跑一会儿。不敢做奥运冠军梦,只是想运动运动。坚持了几天,有点儿不太适应,改成散步。

还好,散步一直坚持到现在,我发现自己苗条了不少,身上也清爽不少。

我的头脑里似乎也有一点儿奥运精神,你说是不是?

杀年猪的日子

杀年猪的日子到了。乡下习俗,元旦之后到春节之前,都是杀年猪的日子。猪的号叫,就是辞旧迎新的号角啊。很多农民,以及农民子弟,已经习惯于把自己的快乐建立在猪的绝望之上。

小时候,每逢杀年猪的日子,我都有一点儿莫名其妙的兴奋。民谣里说:"小孩小孩你别哭,过了腊八就杀猪。"就盼着这一天嘛。不光有肉可吃,还可以把猪尿泡吹起来当球踢,要多开心有多开心。遗憾的是,苦苦等待一年,才能得到一个猪尿泡,踢几天就破了。要是天天都有猪尿泡可踢,说不定日后就能成长为足球健将呢。

杀年猪的日子,也是亲戚好友聚会的日子。杀猪的人家,会喜着脸提前发出邀请,说哪天哪天,来家里吃肉啊。这是最基本的礼节,不请不行。你不请,人家会说你是"房顶开门",不走人道。被邀请的人,也都喜着脸答应,好啊好啊。哪能不答应呢,一年的萝卜青菜吃下来,就盼着杀猪解馋,酸菜炖白肉,萝卜干血肠,多好的"嚼咕",错过了可惜。

时光倒退三十年，杀年猪的时候，请谁不请谁，都要用手指头掰清楚，弄不好，是要得罪人的。

文友马廷奎写过一篇微型小说，说在他老家的村子里，经常出现这种情况，大家族中的老大第一天杀猪，老二便第二天杀，老三呢，肯定是第三天杀。要是老大不动手呢？老二老三肯定不动手，耗着，在心里较劲，看谁耗得过谁。你不能耗到除夕那天杀猪吧？你不能，人家屠夫没时间伺候你。耗的结果，往往是老大先妥协："唉，没办法，咱是老大呀。"而几顿杀猪菜吃下来，兄弟妯娌几个心情都不舒畅。这是一场暗斗，还都说不出口，憋着劲，明年年底再接着斗。

读这样的小说，真是让人心凉。但小说很真实，虚构的成分很少。

现在的年轻人可能不理解，至于这样么？还真就是这样。我是从那个时代走过来的，对此有过刻骨铭心的感受。

想想吧，日子清苦，兄弟几个的嘴巴都淡，肚子都空，一顿杀猪菜，多的时候，能吃掉半头猪。看官可能会有疑问，你这话说得，也太夸张了吧？说实话，一点儿也不夸张。有经验的屠夫都知道，一头猪，一刀下去，放了血，再把内脏拿掉，差不多就能去掉体重的三分之一。补充说一句，以前人的日子清苦，猪的日子更清苦，吃糠咽菜的，长不大。养一年，也就一百几十斤，要是能长到二百斤,全村拍案惊奇。这么小的猪,除了近三分之一,再除了骨头,剩多少肉啊。吃掉半头猪,不算夸张。谁先杀猪谁吃亏,这毫无疑问。第二天杀猪的人就占便宜了,头一天满肚子的肉还没有消化完呢,还能吃多少?第三天杀,就更占便宜。

往事不堪回首。现在日子好过了,谁也不会在这种小事上斤斤计较了吧?但记住这些,很重要。

已经连续好多年,到了杀年猪的日子,我都会接到电话,邀请吃杀猪菜。

正说着呢,电话来了,是七婶。不是我七婶,是朋友老罗的七婶。头些年,我年年都到老罗家吃杀猪菜,后来老罗变成了候鸟,在城乡间来回飞翔,不方便养猪,就改成到七婶家吃杀猪菜。

七婶说,过两天家里杀猪,你来呀?我笑了,说,好,一定去!七婶说,你多带几个朋友来呀,人多了热闹。我说,必须的。嘿嘿。

二哥和公羊

二哥不是我的亲二哥,是邻居家的。两家都是从山东掖县过来的,山亲水亲,人更亲。经常走动。记忆里,二哥几乎每天晚上都到我家串门。跟父亲说闲话,跟我说闲话。二哥有一天心血来潮,为我勾画了一幅未来的图景。二哥说,等你高中毕业,咱俩合伙收破烂去,兼营磨剪子抢菜刀……我吓了一跳,心说,我才不要收破烂,更不要磨剪子抢菜刀。

二哥的日子过得比较干燥。他大概有六十多岁,还是光棍一条。

二哥年轻的时候,有过很多次相亲的经历。在他不年轻的时候,也有过很多次相亲的经历。光村里的首席媒婆许凤仙就前后给他介绍了两巴掌。都不满意。开始是姑娘们不满意。二哥闷头闷脑,本来话就少,见到姑娘,一紧张,一激动,浑身发硬,连舌头也硬,更是说不出话来。姑娘们不满意,说,哑巴嘛,一棒子打不出个屁来嘛,怎么跟他过日子?不行,不行的。后来二哥的年龄大了,姑娘们开始退场,上阵的都是寡妇。而且无一例外，身后都拖着"油瓶"。照二哥的意思，"带一个女孩也可以"。可怪就怪在，那些寡妇的身后都拖着一个男孩，有的还拖了两个男孩。二哥心说，我自己找媳妇都难死了，将来还要为别人找媳妇，不干！最后，连最敬业的媒婆许凤仙都泄气了，说，想吃王老二一个猪头，咋就这么难呢？当地习俗，男女结婚，都要答谢媒婆一个猪头。许凤仙的话里还藏了另外一个意思，说到底是不甘心，有了挫折感，二哥要是一辈子不结婚，她许凤仙的"事业"就不能算圆满。所以呢，许凤仙一次次卷土重来，有屡败屡战的意思，也有不见棺材不落泪的意思。

我还记得其中的一次。那次相亲，二哥大概才三十出头，也是许凤仙当媒人。许凤仙说，姑娘的名字叫淑花，今年芳龄才二十八。许凤仙说，淑花是个好姑娘，脸大腚大奶子大……没等许凤仙说完，二哥的寡母就叫了一声好，说完还直勾勾瞅了二哥一眼。二哥没表态，但脸上的表情在那儿，愿意了，急不可待的怪样子。二哥的寡母肚子里有谱，满心欢喜，但还是用眼睛责怪了二哥一下，熊样子，连口水都下来了，没个出息，不怕人家笑话。

二哥的寡母一连串叫了五六声"好"之后，事情就定下来了。赶紧相亲吧，相亲。

为了那次相亲，二哥的寡母费了很大心思，也费了很大力气。把三间平房里里外外都打扫过了，要多亮堂有多亮堂。吃的，喝的，还有给淑花姑娘的见面礼，经过充分论证和比较之后，也都准备好了。总的形势是万事俱备，只欠淑花。

相亲那天，二哥一大早就起来了。东瞅瞅，西瞅瞅，看看哪里还有不周到的地方。那天的二哥跟以往不同。那天的二哥，眼睛里光芒万丈，像早晨八九点钟的太阳。

早晨八九点钟，有人看见二哥蹲在门外的老槐树底下，给他的大公羊洗澡。洗得真叫仔细，唐朝的宫女给杨贵妃洗澡也没洗得那么仔细，连洗衣粉都用上了，搓得满身都是泡沫。搓一阵子，再揉一阵子，用清水冲去泡沫，再搓，再揉，再冲，好了，好一只白羊！大公羊本来就是白的，可它从来没有这么白过。除了四只蹄子是黑的，别处都白得不能再白，像一身白礼服，酷毙了，帅呆了，戴上一朵小红花，就是一个活脱脱的新郎。

说到这一层，大公羊要比它的主人幸运多了。二哥活到三十出头，还没当过一次新郎。大公羊还不满五周岁，已经当过很多很多次新郎。村子里的母羊都是它的新娘。附近村子的母羊也是它的新娘。老话说，人跟人是不能比的。这话没错，可就是不太全面。别说人跟人，有时人跟羊也是不能比的。

太阳爬到老槐树头顶的时候，媒婆许凤仙的大嗓门在二哥家门口响了起来。老二，老二，出来迎客人呐。二哥慌慌地出来。二哥的寡母也慌慌地出来。都愣了。许凤仙身边站了一个小老头,哪里有淑花的影子?二哥问了许凤仙一声,淑花呢?许凤仙说,淑花病了。随手指一下身边的小老头,说,这是淑花她爸。二哥只惦记着淑花,对小老头没有多大兴趣,听说淑花病了,着急,脱口说一句,病了,要不要紧?许凤仙抬起胳膊,捂着嘴笑。

小老头在门外站一会儿。看老槐树,看树下的大公羊。没说什么。进了院门,还是看。进了家门,接着看。所谓的相亲,还有一个通俗的说法,叫"看家"。就是要看。看他个天翻地覆,看他个水落石出。换句话说,是做一次调查研究。没有调查研究就没有发言权嘛。最后,小老头的目光落到二哥身上。说是"看家",实际上光看家还不行,还要看人。不知道什么原因,二哥的目光没有迎上去,而是躲开了。小老头是有些学问的,看过《麻衣相法》,懂得"眼斜则心不正"。二哥的目光一躲,明显留下"斜"的痕迹,小老头心里咯噔了一声。但他沉得住,还是什么也不说。

小老头对二哥的坏印象,是从饭桌上得来的。他更坚信自己的看法,此人"心不正"。

见到生人不爱开口是二哥的老毛病。二哥的寡母急。许凤仙似乎更急,把话头挑来挑去,终于挑到大公羊身上。小老头接过许凤仙的话头,说了一句,那只大公羊,不错嘛。说到大公羊,二哥突然来精神了,垂杨柳遇到了龙卷风,张狂得厉害。他开始说话了。说什么呢?从买羊说起，说到放羊，再说到给母羊配种。说到配种的时候，二哥满嘴都是唾沫星子，身子还一耸一耸的，好像给母羊配种的不是大公羊，而是他王老二。小老头放下筷子，脸子也掉下来，乌云密布。小老头说，给母羊配一次种，多少钱？二哥没注意到小老头的脸色，仍然兴致勃勃，他伸出五个手指头，在小老头眼前晃了晃，说，五毛。小老头掏出五毛钱，扔到饭桌上，对许凤仙说，今天，就算是让大公羊给我配了一次种。说完下地，穿鞋，头也不回，走了。许凤仙赶紧跳下炕，脚赶脚地追出去。二哥还在犯迷糊，心说，好好的，怎么就走了呢？二哥的寡母没说什么，心里却是凉透了。想忍，终于忍不住，布满皱纹的脸上，老泪纵横。

二哥迷迷糊糊走到门外，看见老槐树底下的大公羊，还是一身的白礼服，还是一副新郎的嘴脸。他一下子清醒了，大公羊，你坏了老子的好事！

二哥把大公羊杀掉了。不是用刀，而是一把铁锨。一铁锨下去，削掉了公羊半个脑袋。羊血喷到老槐树的树干上，很红。

关于相亲这一段文字，我是通过二哥一次又一次眼含热泪的诉说，再加上合理想象，虚构出来的，可能跟事实有点儿出入。不过我觉得，即便有点儿出入，也不会太大。我跟二哥接触的时间太长了，我了解他。我还想请他到我的某一篇小说里边，好好地表演一下呢。

苹果的气味

苹果的气味从童年的方向飘过来,越来越浓,越来越浓,浓得化不开。此时此刻,书房的每一个角落,写字台上,甚至是电脑的键盘,都落满了苹果的气味。我的手指在键盘上敲打,那气味便水珠一样溅起来,在嗅觉的领地里跳起欢快的舞蹈。

苹果的气味里有田野的消息,有风雨的消息,有春天、夏天和秋天的消息,有甜的消息和一点点酸的消息。是的,就是这样,苹果的气味里有很多我喜欢的消息,从遥远的童年飘过来,源源不断地飘过来。

我对苹果的认识就是从它的气味开始的。应该从气味开始。也只能从气味开始。

是读小学的时候吧,我到离家两公里的皮口镇上去"探险",在百货商店里,被苹果的气味深深地吸引。那么好的气味,我以前从来没有闻到过。那家商店的门向东开,进了门,左手的那一端,就是苹果柜台。右手的那一端,是各种百货,肥皂,洗衣粉,还有毛巾。毛巾上都印着伟大领袖的语录,"东风压倒西风"什么的。

朝右边的方向一直走，可以通过商店的另外一扇门走到大街上。我很少往右边走。右边的气味很难闻。还是左边好。左边有苹果的气味。

苹果装在穿着白色油漆的木槽里，一个挨一个，每个木槽里都蹲着一块木牌，木牌上用粉笔标出苹果的品种，"国光""红玉""红元帅""黄元帅"。我不懂这些字的意思。我只知道，有些苹果是红色的，有些是绿色的，有些是半红半绿的，有些是黄色的，有些苹果上面还挂了一层白霜。我就知道这些。

木槽迎着顾客的那一端摆得比较低，这是很聪明的摆法，可以增加苹果对顾客的吸引力。我被深深地吸引了。可惜，我不是顾客，只是一个看客。

我把手伸进自己的衣兜。衣兜里什么都没有，除了我的五根手指头。没有别的办法，我只能在苹果柜台前面做深呼吸。深深地吸一口气，用力把苹果的气味吸进来，憋住气，把苹果的气味消化掉，然后再把剩余的废气缓缓地排出去。就这样，一次一次又一次，反复做下去。我很纳闷，我吸收了那么多苹果的气味，好像那些气味并没有减少，这是怎么回事呢？

卖苹果的售货员是个好看的大姑娘，她笑眯眯地看着我。她总是笑眯眯地看着我。我很羡慕她。我羡慕她能够天天跟苹果的气味在一起。

我做过一个奇怪的梦，梦见自己长大成人，娶了一个卖苹果的女人做妻子。每天回家,她都带了满身的苹果味。我幸福极了,像苹果里的虫子一样幸福。

连续很多年,每次到皮口镇,我都要去看看那些可爱的苹果,都要拼命去吸一些苹果的气味。

我一次一次问自己,谁吃了柜台上的那些苹果?

我心里很难过。每次走出那家百货商店,我心里都很难过。

我的自卑感就是那时候长起来的,比雨后春笋长得还快。

现在我才真正认识到,苹果的气味,曾经对我的童年进行了多么残酷的空中打击。

我不记得自己第一次吃苹果的情景了。完全不记得。在这里,记忆跟我开了一个小小的玩笑。

这样也好,你说是不是?

有苹果的气味陪伴我的童年,已经足够,我不能奢求太多。

我的一位作家朋友,曾经跟我说起他小时候吃苹果的事。他连苹果核都不放过,完全彻底地吃下去。他还说起他怎样跟村里的一群孩子争抢别人扔掉的苹果核。怎样嗷嗷叫着,怎样在泥地上打滚,怎样撕破了衣裳回家挨父母的臭骂。他说得动情,似乎也有些辛酸。我倒是有些羡慕他,至少,在他小的时候,偶尔会有苹果核可抢,偶尔会有苹果可吃。我觉得他很幸运。

还有一位朋友说他小时候，每年秋天，他父亲都能"走后门"到罐头厂买回半水桶的苹果核。看到父亲提着水桶走进家门，是他最快乐的瞬间，可以说是终生难忘。这位朋友的童年，让我嫉妒。

现在情况大不一样，可以说是发生了翻天覆地的变化，对绝大多数中国人来说，苹果已经成为生活中极其普通的日常消费品，而且品种也比过去增加了很多。我们应该用感恩的心态来面对这样的变化。

奇怪的是，我再也闻不到苹果的气味。这是真的。

苹果的气味在我眼前消失了。也许，它只能在我的童年里存在，在我的回忆中存在，越来越浓，越来越浓，浓得化不开。

阳台上的牵牛花

6月中旬,阳台上的花陆续开放。天竺葵、美女樱、月季、金盏菊和牵牛花,都陆续开放了。最亮眼的要属牵牛花。微风吹过,它们的叶子和花朵在空中轻轻地抖,像禁不住痒痒,笑个不停。在街道上行走的人,时常要仰起头来看上一会儿。有时还会吸引几个衣着鲜艳的中年女人,她们聚在一起叽叽喳喳,对我的阳台指指点点。

那天赶巧了,正好我进了阳台,几位女士亮开嗓门跟我打招呼。她们说话的语气很像是享受副处级待遇的女干部。她们说:"喂,楼上养花的同志……"我原以为现在的成年男人都是"先生",听她们一说,我才明白过来,别的男人都是"先生",我呢,还是"同志"。我心里这样嘀咕,脸上却挂满了笑容。我耐心回答她们的问题。都是些跟花有关的问题。我把自己知道的,都告诉她们,不知道的呢,就老老实实回答,这个我也不太清楚。总的来说,谈话的气氛很友好。她们散去之后,我心里还在接着嘀咕:偶尔跟几个陌生女人说说话,也挺好的。这种事即便是发生在阿拉伯国家,大概也不算是丑闻吧?

我经常到阳台上忙忙碌碌,为各种花草浇水、施肥、松土,还要修剪一下病枝和病叶。我准备了一些小巧的工具,小剪刀、小铲子、小锄头,都是小的,其中还包括我的小心翼翼。这些都很重要。我的想法是,你要是喜欢花,你就要对它们好,就像你要是喜欢哪个女人,就不能天天打她的屁股一样。

我掌握不少花卉知识。这些知识以前在书上看到过,但总也记不住。现在有了养花的实践,这些知识就化成了我的血和肉,每天都带在身上。老话说:"实践出真知。"真的是这样。现在要是以牵牛花为话题,我会唾沫飞溅跟你说上半天。这还仅仅是介绍个概况。在这里,我不想说那么多,只说一句,牵牛花按逆时针的方向旋转,缠绕在可以缠绕的物体上面。为什么会这样呢?答:它喜欢这样,于是就这样。

我的牵牛花,每一株都缠绕在阳台的栏杆上,一扭一扭,向高处攀援。它们用自己的实际行动告诉我,向上的路,总是很曲折。它们说对了。这么多年,我的人生经历也证明了这一点。

我的牵牛花,不仅仅是缠绕在阳台的栏杆上,它们还缠绕了一些人和一些事。有时候想起来,这些人和事,似乎比牵牛花本身更耐人寻味。

种植牵牛花的想法,从早春开始。熟识我的人都知道，我是一个亲近自然的人，喜欢花花草草这类东西。当然我喜欢的不仅仅是花花草草，还有别的，比如天空中一朵一朵的白云。可我对白云只能远远看着，一点儿办法都没有。它们在空中飘来飘去，今天去了北京，说不定几天后又去了上海，我有什么办法呢？用一根绳子把它们拴在阳台上？

不要胡思乱想，还是老老实实种花养草吧。

我经常往卖花盆的地方溜达。今天看好买一两个。明天有了新的想法，再去买一两个。没有计划，没有章法。这样买来买去，就跟一个卖花盆的女人混熟了，有时还彼此开两句玩笑。这个女人的脸上隐藏了一朵大丽花，一看到我就开放，鲜艳极了。但也有不开放的时候。那是一个黄昏，下班以后，我在街上拐一个弯，拐到她的商店里去。远远地，我就听见她跟儿子吵嘴，嘟嘟囔囔，很气愤的样子。她儿子是小学生，正趴在一张小桌子上写作业，不时抬起头跟她顶撞两句。她看见我，只是点点头，脸上怒容未消。我动了动手指头，把她叫到一边，小声说："你这样不行。你要学会表扬孩子。好孩子都是表扬出来的。"她挑了一下眉梢，说："真的？"我点点头，说："真的。"她的嘴角轻轻颤一下，脸色开朗了许多。她很快走到儿子身边，大声说："你要好好写作业，听见没？你要是写好了，我就表扬你。你要是写不好，我就打你。"说完还回头看了我一眼。我笑了。

是苦笑,心里沉甸甸的。

牵牛花盛开的季节,岳母经常到我家里来。来了,也不说什么,直奔阳台而去。有时在阳台上一坐就是两个多小时。我觉得岳母的行为有些怪异,她想干什么呢?后来,岳母说话了。岳母很严肃地对我和妻子说:"自己家养的花,自己不看,都叫别人看了去,不是太吃亏了?"

话说到这个份上,很严厉了,应该说是批评了,或者说是一种警告。我一个劲地点头,满脸都是痛改前非重新做人的表情。妻子的表现很一般,背过身子,偷偷地笑。

岳母离开以后,妻子告诉我,岳母从我家楼下经过,每次都站在人行道上,仰视阳台上的牵牛花,每次至少要仰视十分钟。

我觉得岳母的话很有道理。当天吃晚饭的时候,我盯着女儿看了又看,看得女儿有点儿发毛,开始用眼神向妻子求助。

妻子说:"你干吗?神经病啊。"

我很严肃地说:"自己家养的花,自己不看,都叫别人看了去,不是太吃亏了?"

女儿笑了。她笑起来的时候,很像是一朵粉红色的牵牛花。

作家的旅行

聊聊旅行。阿成的话:"没有聊天的生活,那还叫生活吗?"

好,咱们聊聊旅行。

往大处说,我们都是天地间的行人,都在旅途之中,人生的终结,也是旅途的终结。往小处说,是离开住地,到别处,走走,看看,看看风景,看看风景之外的种种妙处不妙处;是换一个环境,让自己紧绷绷的神经,松弛一下。很多人热衷于旅行,原因可能就在于此。

今天只聊小处,说走走看看。

常人的走走看看,可能只是走走看看,在这样或那样的景点,拍几张照片,作为"到此一游"的物证,或待来日回忆之用。搔首弄姿,或不搔首不弄姿,都随心情。旅行中,可以捎带着,尽吃喝之兴。

作家不是这样。或者说,不完全是这样,不应该是这样。

我认识的作家里边,最喜欢走,最会走,走得最好的,是阿成。就是那位写过《年关六赋》的阿成,写过《安重根击毙伊藤博文》的阿成。以我对他言行的了解,以及对他作品的了解,可以得出结论,他的很多作品,都是走出来的。在我眼里,阿成是一个"职业精神"浓度非常高的作家。在这方面,我自愧不如。好在,我终于认识到这一点。亡羊补牢,好歹也会挽回一些损失的吧。

我跟阿成一起走过两次。第一次,我陪他走大连,走旅顺口,走瓦房店的乡村和海滨。晚上住宾馆,三四文友,就某个文学话题,还搞了一次座谈。前后才三天时间。对于我,最大的收获,是认识了生动的阿成,而且聆听了他对文学的感悟。对于阿成,收获之一,是写出一部中篇小说。我在《中国作家》上读过那个中篇。小说的内容,跟那次的一走,有密切关系(我很纳闷,他是怎么"鼓捣"出来的?这太可怕了)。另一个收获,是委托我,把聊天式座谈的录音,整理成文字稿。《小说林》发表后,竟然在全国小小说创作领域,引逗出不小响动。

之后是走长春。不是在市内走,是到乡下。闲聊时,阿成说道,作家,应该成为"背包客",要有走四方的冲动,要有走四方的脚力和脑力。一席话惊醒梦中人啊。

遗憾的是,阿成2010年夏天亲自策划的北大荒之行,我因别的事情拖累,没能如愿。现在想起来,还是觉得遗憾。我知道,在我的作品库里,少了关于北大荒的一笔重墨。也非常有可能,是少了关于人生关于文学的一笔重墨。

从阿成的随笔集《影子的呓语》里边，很容易看出他的走痕。《吃在朗乡》《德莫力鱼》《东方的温州》等等，都是，篇幅占据整本书的一半以上。

阿成给我的感叹太多了。他把旅行和写作，拧在一起，变成一股绳。这股绳，很粗，很结实，很"给力"。他善于在旅行中徘徊。不是脚步的徘徊，是情感的、思绪的徘徊。他的徘徊功力，近于登峰造极。

另一个会走也善于徘徊的作家，是汪曾祺先生。汪老文风，山高水长。汪老的随笔，让我度过许多宁静惬意的时光。枯燥的日子，让人蹙眉的日子，读读汪老的文章，顿时身心两闲。这样的前辈作家，可以归于顶礼膜拜之列。

我很喜欢汪老的游记。他的《天山行色》，堪称游记中的楷模。他是摄取"小景"的大师。他不屑于告诉读者，我从哪里来，到哪里去。不说这个。只说途中的一点，用摄影的行话，是"兴奋点"。围绕这一点，徘徊出一篇文字来，足以遣兴，足以娱人。这就足够了。

当文学遭遇旅行，不走，你就对不起文学。说到这里，我又想起阿成的一句话，有些模糊，大意是，我就是要不断地下去，没人请，也要下去！

对于作家而言，下去，就是走四方，一走再走。

四月的行乐

辽东半岛的4月,只能算是早春。每年的这个时候,我都要四处走走。到山上走走,到乡下走走。从古到今,像我这样的人,大概不算少数吧。李渔《闲情偶寄》"春季行乐之法"说:"花可熟观,鸟可倾听,山川云物之胜可以纵游。"我不觉得"行乐"有什么不对。杨恽《报孙会宗书》中说:"人生行乐耳,须富贵何时。"看似胸无大志,看似"消极",细品,却也有点儿道理。退一步说,单调枯燥的日常生活,需要不断调剂。在屋子里憋屈了一冬,即使没有"山川云物之胜",也该出去透透气。

我常去的地方,有两座山,东屏山和老帽山。都不是高山。还有一些小村庄,也常去。古代某地的谚语:"踏青须带小鸡钱。"指的是暮春,"田家伏卵哺雏,巷陌皆满",不小心踩死踩伤,要赔偿人家一点儿钱。这个谚语很有人情味。我的性子急,等不到暮春,早早就去了。这样做至少有一个好处,可以省了"小鸡钱"。

所谓"四月的行乐",对我来说,就是看春,听春,咬春。

早春很好看。好看就是美。美，可以从一只茶杯开始，也可以从一树杏花开始。东屏山和老帽山下的小村庄里，杏树很多，4月著花，一片绚丽，有如少女羞红的粉腮。"红杏枝头春意闹"，是应该好好地闹一闹。还有梨花、毛樱桃，也跟着闹。挺好。老帽山的映山红，"灼灼其华"，也不错。最赏心悦目的，是"杨柳依依"。杨柳的初绿，应该是4月的底色吧？在一条乡村小路上，面对两排高大的、刚刚爆出鹅黄嫩芽的柳树，我"依依"了很久。我心里很柔软，无端地觉得，生活是很可爱的，生命是值得珍惜的，哪怕是草木般的生活，哪怕是草木的生命。

除了木本植物，一些细小的草本植物，也可观可赏。紫花地丁、蒲公英、白头翁、委陵菜，都开花了。要走到近处，用"特写"的眼光去看才好。它们开得那样任性，那样无拘无束，让我感到山野也有"亲情"。在老帽山，我看见过一株不知名的野花。叶子似牡丹，却小得多。管状花，淡蓝色，别有风韵。我查过一本植物图谱，没有找到它。它到底是谁呢？

幸运的话，还能看到蝴蝶。白蝴蝶，花蝴蝶。我以为蝴蝶是吃花粉的。可我在4月初就见过它们，周围的山坡上一朵野花也没有。奇怪，这么早出来干吗？吃什么呢？

看水族。我在一湾浅水中，看见过一只蝼蛄虾。我伸手指给朋友看,那虾倏地逃到水中的一片枯叶下面,只露出两只小眼睛,瞪着我。我还隐隐约约看见一小群麦穗鱼,倏忽来倏忽往,游兴甚浓。周作人散文《金鱼》中有这样的句子:"我想水里游泳着的鱼应当是暗黑色的才好,身体又不可太大,人家从水上看下去,窥探好久,才看见隐隐的一条在那里,有时或者简直就在你的鼻子面前,等一忽儿却又不见了……"我也觉得这样才有意思。周作人喜欢鲫鱼和白鲦,我也喜欢。但在一汪浅浅的水湾里,我觉得小小的麦穗鱼,最为适合。

听春。听什么?听鸟声。没有鸟声的春天是寂寞的。古人说,"鸟鸣春"。鸟在春天才叫得欢。入夏之后,就不大叫了。但麻雀好像是个例外。鸟可听,也可看。但看不如听来得容易些。4月的鸟声比较稀少,山雀、柳莺、喜鹊,大概还有一两种我叫不出名字的鸟。到5月,鸟声才会密集起来。但人这东西是很怪的,越是稀少,也越觉得珍贵。

还有更珍贵的,是听山泉的长吟。稍嫌单调,但不知疲倦,执着得很。由于这种或那种原因,我的脚步所至,已经很难见到山泉。"很难"不是绝对没有。幸运的是,我曾经在老帽山,"逮"到过一股山泉。前面提到的蝼蛄虾和麦穗鱼,都是这股山泉中的"风景"。我和两位朋友逆流而上,在山泉中一巨大而平坦的花岗岩上野餐。泉水从一侧绕过花岗岩,落差处形成一个小小的瀑布。

那一顿野餐，我们三个人，都有了醺醺的醉意。陆羽《茶经》上说，饮茶，"用山水上，江水中，井水下"。听淙淙的泉声，我心里一直在想，要是能用这清澈的"山水"来泡一壶茶，该多好。

很多年了，我对咬春一直兴致不减。咬春，说白了，就是吃野菜。

汪曾祺先生有一道拿手菜，荠菜拌海米。在《文章杂事》中，他提到过这道菜的做法："荠菜焯熟切碎，香干切米粒大，与荠菜同拌，在盘中用手团成宝塔状。塔顶放泡好的海米，上堆姜米、蒜米。好酱油、醋、香油放在茶杯内，荠菜上桌后，浇在顶上，将荠菜推倒，拌匀，即可下箸。"将过程说完，他老人家还不无得意加一句，"佐酒甚妙"。几年前，三五好友相邀踏青，在乡下的一位朋友家里吃午饭，我忽生雅兴，照汪老的法子给大家做了一道荠菜拌海米。我不懂厨艺，东施效颦而已。而且不知香干为何物，只好让它缺席。做得怎样呢？大概还行。满桌的菜，它是第一个被吃光的。或许是朋友们给我面子。由于懒惰，以后再也没有做过。

还是由于懒惰，我更喜欢可以生吃的野菜。苣荬菜，苦荬菜，白花地丁，蒲公英，野蒜。洗干净，用莴苣或豆腐皮打包，蘸豆瓣酱，入口极爽，大概也可以说是"佐酒甚妙"。我更偏爱苣荬菜和野蒜，每年春天，不吃上几回，绝不甘心。对野蒜，我还"发明"了一种吃法，快刀细切,加上品酱油,佐手擀面,能吃得满头流汗,给海参鲍鱼不换。

还有当地人发音"山蚂蚱"的一种野菜,我多次翻书,也没有查出它的学名。此物加少许野蒜做菜包子,有一种别样的滋味。登东屏山,常见乡下女人蹲在山坡上采"山蚂蚱",其旁若无人之状,跟我构思文章的呆相可以并肩而论。

领略早春的意境,除了用眼睛、耳朵和嘴,还可以用鼻子。也就是嗅。花香和草香,还有泥土的清香,都可嗅。可惜我的鼻子不大灵敏,这一条只能略去不谈。

4月里,真正的好天气不多。常有寒潮来袭,阴雨连绵,不宜出行。此可恨之处也。

4月过后,春天越来越像春天,踏青的人也会逐渐多起来。可在我眼里,他们都是迟到者。

又是五月槐花香

我对5月有一点儿偏爱。对槐花,更是偏爱。5月槐花香,天天都是好心情。

5月是花季。在我的眼皮底下,就有花王牡丹、花相芍药次第争艳,还有名士樱花、小桃红等各展风姿,连萝卜花、白菜花这般小喽啰也来凑热闹。我最喜欢的,还是槐花。我说,槐花是5月的花魁,你信不信?不管你信不信,反正我信。它开得高啊。树有多高,花就有多高。而洋槐,也叫刺槐,是高大的乔木,最高可达二十几米,在辽南,又是最常见的树种。你去乡下闲走,放眼看山,绿意簇拥之中,成片的白,斑驳的白,就是槐花。跟山连为一体,你想不看都不行。

这一回是故意去看。去一个叫东沟的地方。天底下,叫东沟的地方,多了。我去过的,就不少。不过这一个,却离得近,在石河镇,名声也响亮,是大连赏槐会的分会场之一。

东沟可真长。打开车窗,随山路,起起伏伏地走,眼里的槐花,也起起伏伏地开。那些年轻的洋槐,活得张扬，花也开得张扬。沿路有两排紫花槐，都紫盈盈的，礼仪小姐一般，是主人刻意的盛情吧。

但赏槐不是这样的，不能走马观花。得找一个地方坐下来，树荫下最好。静心，啥都不想，让微风把花香，慢条斯理，一缕一缕送进你的五脏六腑里去。成语怎么说的，"沁人心脾"对不对？就是这样。赏槐，主要不是依靠视觉，而是依靠嗅觉。

槐花的香气非常纯正。有一种质朴的美感。这美感就源于它纯正的香。这是传统生活状态下村姑的美感，跟城里时尚小女子的美感，有天壤之别。

说不清为什么，槐花总让我怀旧。老是想起童年，想起童年的海防林，成片的槐花，把村庄香透。可惜保护不力，这样的景致，只能在记忆中永存。但即便在记忆中，每次想起，仍是无限向往。一首歌，叫《槐花开》，开头就是："又是一年槐花飘香，勾起了童年纯真的向往……"作者是谁呀，怎么跟我想的一样。

在食不果腹的年代，槐花活人多矣。我写过一篇小说，《热爱槐花的老姑》，说老姑舍不得离开老槐树，拒绝一个又一个上门求亲的人，后来嫁给住在老槐树下的一个男人，一辈子住在槐花的香气里。每年槐花盛开，老姑也是喜笑颜开。她喜欢吃槐花糕啊。我特意强调，那棵老树上开的，是红蒂槐花。据我的经验，红蒂槐花，最甜，最好吃。我小时候，经常生吃槐花。专挑红蒂的，直接从树上撸下来,大嚼。随便说一句,紫花槐,不能吃。

把槐花跟爱情联系起来的,还有一首四川民歌:"高高山上一树槐,手把栏杆望郎来;娘问女儿望啥子,我望槐花几时开。"很美啊。歌中的"一树槐",尤其让我注目。你知道么,一棵老槐,便是一道风景。我老家的村子里就有一棵,两个人合抱,才抱得过来。有多高呢?树下仰望,能望得人眼晕。就是这棵老槐,我把它安置在小说里,让老姑跟它厮守一辈子。

宋人梅尧臣《东溪》诗中有"老树着花无丑枝"一句,就一句,把老树之美"审"到极处。厉害。所憾者,不是直接写槐。直接写槐的古诗,倒也不少,白居易就写过,什么"袅袅秋风多,槐花半成实",没啥意思。

东沟没有老槐,至少是没有老到让我魂不守舍的老槐。不要紧,它是一道正在成长的风景嘛。我有耐心等待。

也有人急不可待,跟我同行的朋友说,这地方真好,回头,我把老婆孩子都领来看看,把亲朋好友也都领来看看。他是真急,把一个"农家大院"的菜单都抄下来,说是回去让老婆点菜。呵呵。

远远看见蒲公英

田野一天天绿起来。到乡下闲走,在田间地头,在山坡,经常能远远看见几盏亮闪闪的蒲公英。花朵的黄色,具有很强的穿透力,像明星一样夺人眼球。也有白色的,数量不多,而且不到近处,你很难发现。

偶然听到过一首歌,跟蒲公英有关的歌,叫《蒲公英的约定》:"小学篱笆旁的蒲公英,是记忆里有味道的风景……"开头这两句,就深深打动了我。我就读的小学没有篱笆,但蒲公英是有的,在学校旁边的田野上,甚至在操场上,或者是教室的墙根下面。

我喜欢蒲公英,很喜欢。

小时候挖野菜,野菜的品种很多啊,我的首选便是蒲公英,尤其是开了花的蒲公英。一铲刀下去,它就告别了春天。由于喜欢,所以伤害。这话不仅仅在蒲公英身上适用,拿到别处,大概也不算错。没理可讲。

那一回真是幸运,我挖了很多蒲公英,我让它们的花朵朝上,一株一株摆布到最上层。这样看起来,筐里装的就不是野菜,而是金子。我挎着一筐金子,在村里雄赳赳地走，可惜没人舍得表扬我一下。回到家，父母也没表扬。只有那条大黑狗，冲我汪汪两声，我也没听懂是个啥意思。世态炎凉啊。我在学校里刚刚学会"世态炎凉"，一直用不上，这下终于用上了。也算是一种收获。

我挖的蒲公英都是喂猪喂鸡，自己不吃。那时候乡下人日子清苦，但在吃的问题上，却很矜持。他们不吃野菜，不跟猪和鸡争嘴。不像现在的人，尤其是城里人，春天不吃点儿野菜，就不能活了似的，嘴里边咯吱咯吱，没一点儿风度。假如时间真能穿越，把消息传到三十年前，乡下人非笑死不可。

现在我也吃蒲公英。开花的不行，得挑嫩一点儿的，刚打骨朵的，最好是没打骨朵的，洗干净，蘸豆瓣酱生吃。有点儿苦，有点儿涩，还有一点儿田野的清爽，挺好。我的牙口比不上猪，开花的蒲公英咬不动，说起来很惭愧。惭愧之余，想起当年给猪吃蒲公英，也没舍得让它蘸一点儿豆瓣酱，真是太不够意思。

我在自己的小花园里种植了不少蒲公英。我把它们点植在花池的外侧，甬路两边的鹅卵石地面上。让它们在鹅卵石的缝隙里生长。随意点植，叫人误以为是风把它们的种子吹到这里。鹅卵石下面是我特意为花园更换的沃土。我很自私啊，我是想，在我成长以及衰老的漫漫旅程中，让蒲公英一直陪伴我。

由于有了这样的亲密接触,我才知道,夜幕降临,蒲公英会合上它的花瓣,轻轻地合上。我打开书房的灯,它却关上自己的灯。

前几天到乡下踏青,跟朋友说好一起野餐。我指着一片草地,说就这边吧。朋友说,到那边好不好?那边有块大石头,平平整整的,坐三四个人没问题。我说不好,还是这边。朋友嘟嘟囔囔,很不情愿的样子。他哪里知道我的用心,这片草地上有几株蒲公英,在它身边野餐,不是别有情趣?说起来,还是这小小的草本植物懂我,一阵微风吹过,它们笑得摇头晃脑。

蒲公英的花语是"无法停留的爱"。大概是从果实的特性引申出来的。我不以为然。怎么无法停留?所有的爱,都会停留在某个地方,蒲公英也不例外。

关于蒲公英,我最想说的话一直没有说出来。现在我要说了,没有蒲公英的田野,还能称得上是田野么?

白鹭山"打"白鹭

哪能真打,爱还来不及。

摄影人的黑话,拍鸟不叫拍鸟,叫"打"鸟。读音要轻些,不能恶兜兜的。一声轻轻的"打",里边藏了无限憧憬和无限怜爱,有一种说不清道不明却又非得表达一下的情感。

一说去"打"鸟,摄影人的眼睛立马唰唰地放出光来。

我们一行四人,急急匆匆,从辽南来到辽东,专门"打"白鹭。当然不仅仅是白鹭,也有苍鹭。方便的说法,只叫白鹭。

辽东山区宽甸县境内有一个白鹭自然保护区。每年,从惊蛰开始,就陆续有白鹭前来落户,到立秋,陆续离去。据说,它们已经往返几百年了。

保护区的核心地带,有一小小村庄。村名就叫白鹭。

夜宿白鹭村。长夜无事,跟房东老鲁聊天,聊的都是白鹭。近山辨鸟音,跟老鲁闲聊,学到了不少东西。意外的收获。

老鲁说,他曾经在树林中捡到不少小鱼,清一色白鲦。都是成"板"的,头挨头尾挨尾。老鲁猜测,极有可能是老鹭给小鹭喂食的时候,不小心弄掉的。这个猜测比较靠谱。你想啊,二三十米高的树,树梢摇摇晃晃,出点儿意外,也算正常。

老鲁忍不住笑,这白鹭真有本事,怎么弄的,头是头尾是尾,嘿。说完又笑。

老鲁爱鸟。受伤的小鹭,从树上掉下的小鹭,他都捡回来养着。当然,保护区也不让他白养,多少给一点儿补贴。

老鲁说,每年立秋后,都会有十多只小鹭,被遗弃在这里。它们没有能力飞走。看着真是可怜。

我说,不能养么?老鲁摇头。不能,冬天,到哪里弄小白鲦啊。

想象老鹭跟小鹭分离的场面,不知弃子而去的老鹭,会是怎样的心情。

按老鲁的建议,我们早晨五点起床上山。山就在老鲁家房后。问过他山名,他说没有正经的名,当地人都叫后山。这哪行呢?既然在白鹭自然保护区,既然白鹭喜欢在这座山上安家,就应该叫白鹭山。

叫白鹭山,就这么定了!

白鹭山很陡。好在,有摄影人长年累月踩出的小路,好歹会省些力气。一路攀枝抱树,气喘吁吁上了山腰。树林很密。有柞,有椴,有蜡,有落叶松,有色木槭……

叙 事

白鹭多在高大的柞树上筑巢。

上了山腰才发现,早有人占据了有利地形。四五台大"炮",已经架好,对准各自的目标。

"炮",也是摄影人的黑话,专指"打"鸟所用的长焦镜头。一般是六百毫米,也有用八百的。个别的,竟然披着迷彩外衣,粗且壮,非用三脚架不可,任谁也端他不动。更重要的一条是,很贵,不是谁都玩得起的。

我对摄影,仅仅是个爱好,喜欢"一镜走天下",并无"专业"方向。比较而言,我的武器,射程较近,能不能"打"下几张好片,真是难说。

不免自惭形秽起来。

但我对别人占据的"有利地形"并不羡慕。干什么都一样,我不喜欢往人堆里去。换句话,也可以说是,我不喜欢跟别人采用同样的视角。

我离开人群,左拐右弯,企图从没有脚印的地方踩出一条出路。还真踩出来了。在人群左下方,一个不大的土坎,正好可以观察树上的几个鸟巢。比这更好的是,在树丛的枝叶间,出现一个空隙。白鹭飞来飞去,只要奔这几个鸟巢,就一定得飞过这片天空。

我端起相机瞄了几眼,心说,不错。距离不远,镜头够用,剩下的,只看运气如何。

快门响起来了。不知道响了多少下,麻烦来了。

先是胳膊酸。老是上举,不沉也沉,稍有疏忽,图像就虚。而这位置，又不宜安放三脚架。

接着腿麻。立足地极为狭小，坡度又大，站着视角不佳，只能蹲着。蹲久了，自然会麻。

扭头看看，一步之外有块石头。退到石头上坐下。总算能喘口气。

可石头太凉，实在不宜久坐。只好，一会儿坐，一会儿蹲。还得把主要精力用在树梢的白鹭身上。手忙脚乱。

快门一直响着。

脑子都木了，时有眩晕的感觉。

阳光打在树梢上，也打在白鹭身上。太好了。机不可失，来吧，可爱的鸟儿，你们来吧。

哦，是这样。我终于看出一点儿门道。白鹭在起飞和降落的刹那，姿态最美。那就死死盯住这个瞬间。

奇怪的是，我明明看见鸟巢中有小鹭探头探脑，可老鹭还忙着往家里叼树枝筑巢。这种时候，你筑哪门子巢呢？

更奇怪的是，有一只白鹭，在树梢的一段枯枝上，一动不动站了半个多小时。

我不行，别说半小时，五分钟一动不动，心里就不耐烦，手脚也不听使唤。

在浅水觅食，白鹭也是这样，一动不动。难怪有人给它取了外号，"穷等"。大概意思，可以理解成，"真能等"。但也不是无所作为地等。待它把长长的嘴巴，突然往水中一击，十之七八会有斩获。

我的"穷等"本领，比起白鹭，实在相差很远。不仅腿麻胳膊酸，很快腰也酸。无奈，一横心，躺下，躺到成堆的枯叶上面。没想到，这真是一个好视角。于是快门响得更频。

我心说，就这样，躺上一天也认了。

"打"鸟需要蹲坑。发烧友在一个坑里，蹲上一天两天，甚至是很多天，都是常事。一般来说，蹲上一天，能出一张好片，就算不小的成绩。

突然手机响了，接听。原来是同来的朋友，招呼下山。看看时间，哟，已经"打"了四个小时。

心有不甘，又用快门扫射了一通，才恋恋不舍下山。

心里惴惴，这第一次战役，能出几张好片呢？老天保佑，千万别是零。想到这里，心突然一抖，两条腿也不争气地一抖。

到山下，端起相机回放一通，大喜，至少有一两张，拿得出手。不虚此行啊，阿门。

看到这里，有人或许会产生疑问，你们到自然保护区"打"鸟，不会伤害鸟么？

这一点，我可以拍着胸脯担保，不会的，绝对不会。理由是，"打"鸟人，最恨打鸟。

酒　话

　　喝酒这件事，是雅好还是恶习呢？难说。

　　很多历史名人都喜欢喝酒。历代都有。陶渊明，"有酒有酒，闲饮东窗"，经常把自己灌醉；李白，"五花马，千金裘，呼儿将出换美酒"，也经常把自己灌醉。还有刘伶之辈，都是有名的酒鬼。古典诗词，跟酒有关的，多矣。

　　酒这个东西，是很古怪的。喜庆的日子，或者，伤情的日子，没有它，还真就不行。

　　年轻的时候，我喜欢喝酒。白酒，啤酒，都喜欢。酒量还不小呢，一般场合，都能应付。人到中年，态度在不知不觉中发生变化，不太喜欢了。喝一点儿也行，不喝也可以，无所谓。

　　由喜欢到无所谓，我经历了怎样的一番旅程呢？

　　我是在乡村长大的。小时候，日子很穷。可日子再穷，过年，家里也要买点儿酒。过年嘛，辞旧迎新嘛，万家欢乐嘛。那时候，我连啤酒的名字都没听说过，看到的都是白酒。买不起瓶装的，就买散白酒。大年三十，正

叙　事●

月初一，或者家里来了客人，都要喝酒。大人喜欢在喝酒的时候逗小孩子，用筷子头蘸一点儿酒，抹到小孩子嘴里。小孩子一愣，妈呀真辣！然后哇哇地哭。大人开心了，哈哈大笑。这种事情经常发生。我肯定也经历过。是五岁，还是六岁七岁，不记得。只记得一个字，辣！有时还纳闷，大人怎么喜欢喝这种东西呢？奇怪。不过在我眼里，大人总是奇怪的。

　　大概是上高中的时候，十七八岁，赶上过年，父亲或者大哥，总要给我倒一杯酒。他们大概觉得我是成年人，我也觉得自己是成年人，应该喝一点儿酒。不过喝得不多，一两二两的样子吧。还是辣，但辣得挺舒服。我对酒已经不讨厌了。

　　读高三那年，我跟一个同学喝了一顿大酒，喝了一下午，把自己吓一跳，怎么喝这么多！

　　同学叫宁义，我们俩的关系很好。是宁义邀请我到他家里去的。他父母不在家，两个哥哥也不在家。宁义做了两个菜，还把一碟剩菜热一下，端到他的小房间里，开喝。先是喝他父亲喝剩的半瓶酒，忘了什么牌子。很快喝完。两个人都不尽兴，把兜里的零钱凑起来，数数，刚好够买一瓶"金州大曲"。在当时，这已经算是好酒了。我们继续喝。也不知说了些啥，总之是很投机，很热烈，不知不觉，把菜吃光了。宁同学找了一包炒蚕豆出来，我们用蚕豆下酒。蚕豆很硬，嚼起来很费劲。也好，权当是老鼠磨牙。喝到黄昏，蚕豆吃光，酒喝光，宁义的父母也回家了。我很尴尬，赶紧告辞。回家的路上才意识到，我们喝了一瓶半！平均一人七两多！第二天到学校，宁义告诉我，他喝醉了，他妈妈警告他，"以后不准跟侯德云来往"。唉，我成了一个坏孩子，从此不敢再到宁义家去。

读高三的时候，我第一次喝啤酒。那天是我的生日，我的同桌徐东升请我吃饭。两个人到一家小饭店，点了三个菜，两瓶啤酒。都说啤酒有一股马尿味。我没喝过马尿，不敢下结论，但感觉上是有点儿"臊烘烘"的。那顿饭一共花了两元四角钱。徐东升有写日记的习惯，那顿饭让他写到了日记里。很多年以后，他把日记都送给我，说"可能对你写作有点儿用"。我翻看日记，看到了三个菜和两瓶啤酒。不然，我不会记得这样清楚。那是1984年。那一年，两元四角钱，稍微紧一点儿，徐东升可以在学校食堂里吃三天。我跟徐东升做了很长时间同桌，他给了我很大帮助，我很感谢他。

（写到这里，我忍不住给徐东升打了一个电话。他现在是小学教师，住在一个名叫米屯的小村子。徐东升不在家，接电话的是他爱人，我叫她"嫂子"。嫂子说："东升到地里往家拉苞米，还没回来。"此时天色已经黑透，他还在干农活，我心里的感觉很特别。我对嫂子说："等农活干完，你们俩一起到我这里玩玩。"前些年我到徐东升家去过一趟,对嫂子的印象非常好。她是一个热情的、朴实的、诚实的农家妇女。徐东升对自己的妻子,感到很满意。)

读大学的时候,我喝酒的次数明显增多。一个寝室的兄弟,到了周末,总要聚餐。到饭店的时候也有,少,都是穷学生,没几个钱。一般都是各自到食堂买两个菜,再到外面买点儿酒,有白酒,也有啤酒,回到寝室里喝。当时学生中流传一个说法,"白酒八两,啤酒无量",才叫能喝。我算是能喝的。我的酒量,就是在大学里练出来的。

真正尝到醉酒的滋味,是在参加工作以后。我被下派到一个镇政府"锻炼",年底的时候,到一个村里去,赶上村委会主任家杀猪。不少客人。喝酒的气氛很热烈。结果喝大了,跑到厕所里吐了一回。毕竟年轻,才二十二三岁嘛,跨上自行车,顶着西北风,骑了二十多里路,回家。那一次喝酒,少说也有一斤二两!

还真是巧了,就是那一次,酒桌上认识了吕玉耀。好像是村主任的什么亲戚。好酒量,喝得也爽。不知为什么,我竟要了人家的电话。春节过后,我被组织部"抽"回县城了,跟吕玉耀通了电话。他听说了我的事,很高兴,说一起喝点儿吧,庆祝一下。这样,酒桌上又认识了他的朋友,袁世瞩。他们两个人都行三,年龄都比我大,按民间的称呼,我都叫他们"三哥"。一大一小,吕是大三哥，袁是小三哥。袁的酒量也好。喝美了，从此结成酒友。印象中，吕三哥请客的次数最多，袁三哥也请过。我呢，两个肩膀扛一张嘴，蹭吃蹭喝，不像话。

后来形成模式，只要跟两位三哥一起喝酒，总是叫两瓶白酒，然后每人再喝两瓶啤酒。白酒和啤酒的牌子不固定，有点儿随遇而安的意思。习惯上用高脚杯，大概一两半的容量。每次举杯，喝掉三分之一，三口喝光。然后，各自给自己满上，再分三口喝光。换啤酒，一口一杯。从来不打酒官司。也都没有喝多，一半清醒一半醉，"意思"出来了。要说喝酒最开心，就是那个时候。从此，我承认了"酒友"的存在。有的人，跟他在一起喝酒，很开心。有的，不开心。不开心的，不是酒友。

酒过三巡，我们唱歌。那时候没有卡拉OK，我们清唱，《我爱五指山，我爱万泉河》《牡丹之歌》《北国之春》……谁都没去过大别山，却唱《再见了，大别山》。兴尽而散。

我在吕三哥家里喝过五粮液，感觉甚佳。

我很怀念跟两位三哥一起喝酒的日子。也怀念五粮液。

可惜，那一段好时光，并没有延续很长时间，大概只有一年多一点儿。我服从了感情的需要，调离老家的县城，到另外一个县城去工作。

最初喝酒，只管喝，但不"想"。就是说，不上瘾。

叙　事

但参加工作最初的一两年，时不时会"想"一下。我有点儿担心，要是变成酒鬼就糟了。

此后呢，酒还是喝，但又不"想"了。在新的环境里，认识了几位年龄相仿的朋友，常常小聚。乡间俗话："钱越赌越薄，酒越喝越厚。"很有道理。经常在一起喝酒，感情的温度就上来了。我的朋友，关系比较近的，大多是酒友。

一个说法："女人跟女人的交往中，总有一点儿醋的气味。"我认同这个说法。不妨接上一句："男人与男人的交往中，总有一点儿酒的气味。"

跟朋友喝酒，醉了也开心。因"公务"而喝酒，感觉不同，很别扭，很无趣。有的上级领导喜欢看下级喝醉。他用话跟你的酒杯碰一下，你就得干了。不干，领导不高兴，"你还想不想进步了？"或者，"连酒都不能喝，还能干好工作？"得，啥也别说了，干！干了，心里全是眼泪。

不管什么事情，只要是"被动"去做，乐趣就没了。喝酒也是这样。

在"进步"的第一个台阶上，我遵照领导的指示，连敬了十一杯白酒。好在是小杯，七钱。十一杯，七两七钱。每干一杯，我都警告自己一句："你不能醉。"真的不能醉，第二天上午，还要主持一个大会。果然没醉。我觉得这是一个奇迹。

在"进步"的第二个台阶上,我喝了多少酒呢?记不清,一笔糊涂账。厌烦的情绪越来越浓。

我原本是有可能成为一个酒鬼的。大概是"被动"喝酒的次数太多,才打断了这个进程。如果真是这样,倒是一个意外的、可喜的收获。

在酒杯里泡得时间长了,我练出了一双火眼金睛。一个人,我只要看看他的脸,就知道,他大概喝过多少酒。我看过很多酒精脸。我不喜欢看酒精脸。

我感到奇怪的是,有些女人也热衷于喝酒。年轻的,不太年轻的,都见过。我见过一个二十出头的女孩子,酒量比水量还大!后来听说,她把男朋友喝跑了。何苦呢?

喝酒是很浪费时间的。不知不觉,两三个小时就过去了。有时能喝五六个小时。太过分了。一天当中,除了睡觉、上班,还剩多少个小时?在时间上,我是一个穷人,实在浪费不起。我倒是想多用点儿时间,读书,或者写点儿文章。我觉得人世间只有一个只赚不赔的"买卖",就是读书。当然,我指的是读好书。

古代把一种人称为"废员"。哪种人呢?"种花养草,读书静坐"。我是喜欢种花养草的,还精心侍弄了一个小花园。"静坐",也比较喜欢。看来,我是一个"废员"无疑。

喝茶的好时光

很难说是什么原因,这两年,我竟然对茶有了兴趣。这种雅事,像我这样的俗人,也配么?

周作人曾作《喝茶》一文,说:"喝茶以绿茶为正宗。"我却是以铁观音为主,对台湾冻顶茶、武夷岩茶、红茶,也印象颇佳。茶的分类,青茶、绿茶、红茶、乌龙茶……我分不大清楚。我只在夏天的时候,才喝绿茶。绿茶中,只喜欢狮峰龙井。

汪曾祺在《寻常茶话》中说,他年轻时在杭州喝过一杯狮峰龙井,"雨前新芽,每蕾皆一旗一枪,泡在玻璃杯里,茶叶皆直立不倒,载浮载沉,茶色颇淡,但入口香浓,直透肺腑"。不得了。价钱也不得了,"一杯茶,一块大洋,比吃一顿饭还贵"。这样的狮峰龙井,我没喝过。

我把自己的底细亮出来,是想说明,对茶,我虽然嗜好,但终究是个外行。这一点,很像某些收藏爱好者,只一味收藏,但对收藏之物,书画或者瓷器、玉器等等,所知甚少。

严格说来，茶是需要品的。品它的色，品它的香。能品茶的人，才算进了茶道。我不行。我是喝。起初用大杯作驴马饮，眼下稍有进步，改为小盅，还是喝。

周作人另一篇文章《吃茶》里说，据古书，似乎古人也多在喝茶，而不是品。唐人所言喝过七碗觉腋下习习风生，似乎还是用大碗。此文让我腰杆一硬，觉得自己有资格对茶说三道四。但只能说喝，不说品。

我有个习惯，对自己偏爱之物，喜欢找些相关的书来看看。对茶也一样。古今的"茶书"很多，但最重要的，要数唐代陆羽的《茶经》。此外清代陆廷灿的《续茶经》也很有影响。无意中，我发现一个小问题，除前面提到的两位陆先生之外，明代还有一位陆先生，叫陆树生的，写过《茶寮记》。似乎陆姓的人对茶情有独钟。

陆羽算得上是一个有心人，他的《茶经》，对茶之源、之具、之造、之器、之煮、之饮、之事……都有详尽的叙述。我觉得不管是谁，只把这本书真正读透，就会成为茶事的行家里手。此外还很有可能，"让一部分人先富起来"。《唐书·陆羽传》："羽嗜茶，著经三篇……天下益知饮茶矣。"可为佐证。史料里介绍，茶税，也始于唐代。

读《茶经》，我最大的感触是，喝茶的好时光已经过去了。

这样说，有理由么？当然有。

叙　事

古人对"茶之源"的要求很严格。"三岁可采，野者上，园者次。"说的是野生茶品质好。当然也不是所有野生茶品质都好。"其地，上者生烂石，中者生砾壤，下者生黄土。"这就是说，要野生，要生于烂石中的，才是上品。当下大概只有武夷山上的几株"大红袍"才符合这个标准。据说，产量极低，每年只产几两，价格之高让人咂舌。别说喝，我连看都没有看过。它是不是古人眼里最好的茶呢？我看未必。陆羽说了："阳崖阴林。紫者上，绿者次。"而"阴山坡谷者，不堪采掇"。又是一种限定。说的是山崖的阳面，生在林荫之下的茶树，叶紫者，才是上品。"大红袍"是生在林荫之下么？好像不是。这就是说，当代人已经见不到最好的茶。我们能见到的，我们喝的，大多是下等的货色，属于"园者次"，也属于"下者生黄土"，甚至是"阴山坡谷者"之类。听说现在的茶园里使用农药。是真的么？如果是真的，那就是下下等的货色。

品茶，光有茶还不行，水也很重要啊。陆羽的看法是："其水，用山水上，江水中，井水下。"山水，就是山泉水。陆羽说得很清楚，不是所有的山泉都可用。钟乳石上滴答下来的水，或石池里缓慢流动的水，才是最好的。喷泉和激流都不能用，不流动的水也不行。这就难了。当下的生活环境，已经让"经济"给糟蹋得不成样子，这种水，不能说没有，但极为罕见。总不能为了一口茶，千里万里地去寻觅吧？成本太高，玩不起。退而求其次，江水怎么样？现在的江水，也包括河水，谁敢直接入口？不要命了？再求其次，井水呢？也不是人人可用。井水在乡下，运到城里，都改名叫矿泉水了。用它泡茶倒是可以，成本也不低。但即便用，也是下等水。至于自来水，应该算是下下等的水了。

有了茶，也有了水，就完事了么？没完。还要把水烧开才能泡茶呀。用什么烧水，也是有讲究的。陆羽说："其火，用炭，次用劲薪。"什么是"劲薪"？就是木柴，像桑木、槐木、栎木之类。这又是一个难题。现在城乡用啥烧水的都有，就是没听说有用炭的。这一条，忽略了吧。

对我来说，可能对绝大多数喜欢茶的朋友来说，也是这样，只能用下等或下下等的水，来泡下等的或下下等的茶，这是不是意味着，喝茶的好时光已经过去了？

且慢，我突然想起《茶经》里的另一种说法，说茶对"凝闷、脑疼、目涩"等等症状，都有明显疗效。《续茶经》中也说："夫茶，今人以清头目，自唐以来，上下好之。"这就是说，茶是可以"治病"的。当下的各色人等，包括我在内，由于大环境、大气候所致，一个个的，都成了病人，经常会"凝闷、脑疼、目涩"，很需要用茶"以清头目"。从这个角度上说，不喝还真就不行。既然不喝不行，那就等于是赶上喝茶的好时光了。

我这是气话么?是气话。我是一个小人物,但有时也会为"大事"生气。

不管怎样,茶还得喝下去。有没有好茶好水,都不在乎。能在乎的,大概只剩下一条,就是《黄山谷集》中所说"品茶一人得神,二人得趣,三人得味,六七人是名施茶"。张源《茶录》也表达了类似的意思:"以客少为贵,客众则喧,喧则雅趣乏矣。"品茶如此,等而下之的喝茶也一样。这也是我的体会。

欢欢喜喜去种菜

自打老汉潜心吃素以来，青菜价格是一个劲地往上涨，涨得让人怀疑是不是自己作恶多端，才遭受如此天谴。老汉吾日三省吾身，觉得虽然自己小疵成群，但绝无祸国殃民的惊天手段，这才相信，命运不会跟我这样的草民作对。

吃素吃得久了，老汉的口味也越发刁钻起来，总想吃点儿干净青菜。"干净"的意思是，没被农药或其他什么药污染过。这样的青菜，想吃一口并不容易，非得躬耕陇亩才心里踏实。

赶上一位乡下朋友举家外迁，老汉闻讯大喜，赶紧承包他名下的土地，以免再费心费力去打土豪。你看这多好，连红缨枪都不用摸，直接就扛上铁锨镢头。

老汉疏于农事久矣，手无缚猪之力，感觉那零零碎碎的两亩地，实在不好对付，于是招兵买马。谁知号令一出，应者云集，敢情向往干净青菜的家伙并非老汉一个。老汉于是面试，挨个问寒问暖，同时捏捏他们的胳膊，只有出身农家，且胳膊比老汉粗壮结实的，才有资格入选。如此半月有余，捏得老汉手疼，终于招得匪兵甲乙丙丁四名。都说人多力量大，可人多嘴也多，设想多张大嘴向婴儿般娇嫩的小黄瓜小茄子齐刷刷咬去，后果不堪设想。都让他们吃了，老汉吃什么呀？与其养活那些大嘴，还不如多养几只蚜虫。你想蚜虫的嘴才多大。

去年春晚，到4月中旬，才勉强可以种土豆，急得老汉跳脚骂娘。想到甜蜜蜜的十年前，才3月底，老汉已经帮朋友把土豆种完。那日暖阳煦煦，田埂上杂草和野菜争青斗绿，更有妙龄村姑在一旁观赏我等手忙脚乱，顿生无限感慨。

还是先种土豆。土豆这东西，可菜可饭，可炒可炖，可煮可汤，菜板上，任你刀光闪闪，能玩出多种花样。更可亲的是，如果没有土豆，老汉早在童年时代就饿得夭折，哪里还有今天的指手画脚。

匪兵丁因事没有到场，甲乙丙愤愤不平。老汉何等机灵，立马做出决定，罚那老丁今年不准吃土豆。不罚不行，闹出兵变，后果不堪设想。

忙碌一上午，一个个灰头土脸，总算把土豆种上，有二十多垄。老汉心花怒放。所憾者，任老汉东张西望，就是不见村姑倩影，不光村姑，连老妪也不见。

午饭后小憩，睡一个甜甜的午觉。先是老甲鼾声大起，接着老乙老丙亦步亦趋。老汉诗兴大发，随口吟道，躺在炕头盼丰年，听取鼾声一片。真是有才。

那时候我们长尾巴

下午种水萝卜，种黄瓜，种南瓜，种丝瓜，种眉豆，想种啥就种啥。甲乙丙各自为战，还伴以声声呐喊。老汉知道，种黄瓜南瓜丝瓜眉豆都有点儿早，农谚说："谷雨前后，种瓜点豆。"此时离谷雨还有一段时间啊。但士气这东西，可鼓而不可泄。古人说，一鼓作气，再而衰，三而竭，且让他们一鼓作气去吧。老汉搬来一把藤椅，坐在地头吸烟喝茶，看他们忙忙碌碌，心中好不惬意。

劳累了一整天。甲乙丙是身体累，老汉是嘴累。老甲备垄备得好，老汉表扬；老乙施肥施得好，老汉表扬；老丙是万金油，各个工种都能来两下子，老汉表扬。每人奖给一朵小红花。老汉嘴里含有无数小红花，想要几朵吐几朵。

天色将晚，还有几个地块来不及播种，只能等下个良辰吉日。掐指算算，是在十天之后。十天之后，我们要种芸豆，栽茄子，栽辣椒，栽小葱……

归途之上，老汉天真地想，要是把所有收成都拿到市场卖掉，能不能养活自己和匪兵甲乙丙丁呢？这个想法过于荒诞，赶紧打住。说时迟那时快，老汉身子一抖，扑棱棱就是一个激灵。

读书

玩书,不能光是笑,笑过之后,还要沉思,才真正有益身心。

洞察诗的秘密

诗话类作品，不是我的阅读重点，属于休闲读物。翻看次数比较多的，大概是《随园诗话》和《人间词话》。还有什么《六一诗话》《沧浪诗话》《围炉诗话》等等，也读过，粗读，不曾细嚼。宋朝人爱谈诗，有家出版社出版了一套《宋诗话全编》，洋洋十巨册，看不起，没那个闲工夫。

这一回，是翻看流沙河的《流沙河诗话》。一翻，放不下了，由粗而细，像老牛那样，反刍一遍。当然，反刍的只是谈论古诗的文字。这小老头，当真了得。他把古体诗和格律诗这些东西，差不多说透了。常人爱说，捅破窗户纸云云，在我看来，这老头是飞起一脚，为我踢开了一扇门，让我洞察诗的秘密。

小时候背诵过很多古诗，铿铿锵锵的，很喜欢。随着年龄增长，再读，喜欢的越来越少。这话，从来不对人言，怕人说咱轻薄古人。可不对人言，也免不了心里嘀咕。只是，喜欢或不喜欢，都是凭直觉，没做深究，说不出个子丑寅卯。

还是流沙河说得干脆。他说，"画+说=诗"。这是一般规律。举例，王之涣的《登鹳雀楼》，前两句，"白日依山尽，黄河入海流"，是画；后两句，"欲穷千里目，更上一层楼"，是说。大多数古诗，都这样。

也有特例，如有名的《敕勒川》："敕勒川，阴山下，天似穹庐，笼盖四野。天苍苍，野茫茫，风吹草低见牛羊。"全篇是画。柳宗元的《江雪》也很典型："千山鸟飞绝，万径人踪灭。孤舟蓑笠翁，独钓寒江雪。"都是画。再如王维的《竹里馆》："独坐幽篁里，弹琴复长啸。深林人不知，明月来相照。"也都是画。王维是画家，他善于用笔墨作画，也善于用文字作画。"雨中山果落，灯下草虫鸣。"即便是秋夜独坐，也能随手作出一张别样的画来。文字写心不写形，他能把自己的情感，用文字画出来，不简单。我喜欢他，是由于他的文字画，高人一等。白居易也是，他的文字画，也画得好。

还有一个类型，诗中无画，全是说。孟浩然的《春晓》"春眠不觉晓，处处闻啼鸟。夜来风雨声，花落知多少？"付诸听觉，没有视觉的事，你怎么画？明代有人开玩笑，说这是瞎子写的诗。但这首诗，说得真好。流沙河也承认，"全是说的诗不容易写好"，像这首这样好的，"实在很少"。这就是说，诗不能完全依靠说，这条路，太窄。

现在我知道，我喜欢的古诗，都是有画的。都是画，当然好。也画也说，也行。都是说的，除了《春晓》等少数几首，别的不喜欢。说呀说，聒噪。

诗这东西，有画，且能控制说话，就行了么？我觉得也不然，还有更高的境界。这方面，流沙河没有提到。我想啰唆几句，以求教贤达。比方说，我最推崇朱庆馀的《近试上张水部》："洞房昨夜停红烛，待晓堂前拜舅姑。妆罢低声问夫婿，画眉深浅入时无？"画与说，多么贴切。更值得赞叹的是，画外有音，话外有话。这才是真正的妙手妙品。

眼下也有很多格律诗爱好者。听说，中华诗词学会会员，比中国作家协会会员，多出不少。加上省市县级学会会员，很大一个群体。比爱好自由诗的，不知多出多少倍。专业出版物和网站也不少。他们的诗作，我也读过一些。仅就读过的诗作来看，觉得不怎么样。为啥说不怎么样？是因为，多数都在说，说来说去。少数有画的，也画得不咋样。更主要的，如作家林奇所说，满眼都是"大事诗人"。什么叫"大事诗人"？这里得借赵忠祥的一句话来解词。赵说："只要有国家大事发生，我就必写诗。"明白了吧？我觉得从本质上来说，那些"大事诗"，不过是格律化的新闻评论，哪里还能叫诗。

说起来，热衷于在诗中说话，而不是用文字作画的毛病，明清时期已经相当严重。读读那个时期的诗作，不难得出结论。我手头有一本《清诗精华录》，看着让人心堵。里边画少，还画得不好，大多是说，却都不肯好好说。周秦时代的诗，大多用口语土话写成。唐诗，很多也如同白话。宋人开始以文为诗，以议论为诗，以才学为诗。到明清，诗风大变，书卷气、学问气太浓。那本《清诗精华录》，大多数作品，不看注解，根本读不懂，岂有此理啊。不过清代的有识之士，比如写《随园诗话》的袁枚，主张通俗晓畅。在这主张之下，还形成一个松散的小团体，叫性灵派。此派中的张问陶说："天籁自鸣天趣足，好诗不过近人情。"听起来不错。但无论袁诗还是张诗，跟唐诗都不可比肩，问题还是出在，说得多，画得少。至于当下的"大事诗"，更让人难为情，仅仅是披一张格律的羊皮罢了。此外我还看见，很多人斤斤计较平仄是否合律，似乎在争论羊皮的质量怎样，而对羊皮下的怪物，见怪不怪。本末倒置嘛。这毛病有相当的普遍性。国人无论做什么事，都愿意倒置一下。为什么？想不通。

　　这里，我想引用两位虚构人物的对话，来探讨一下格律问题。《红楼梦》第四十八回，香菱跟黛玉学作诗的一段。黛玉对香菱讲述作诗的一般原则之后，又说："若是有了奇句，连平仄虚实不对都使得的。"黛玉这么一说，香菱便明白："原来这些规矩竟是没事的，只要词句新奇为上。"黛玉接着启发香菱："词句究竟还是末事，第一是立意要紧，若意趣真了，连词句不用修饰，自是好的；这叫做'不以词害意'。"香菱聪明，很快领悟到：

"诗的好处,有口里说不出来的意思,想去却是逼真的;又似乎无理的,想去竟是有理有情的。"

我赞成黛玉的观点。黛玉的观点,应该就是曹雪芹的观点。那我就赞成老曹吧。什么东西都一样,不能用形式把它框死。那个格律怎么来的?史书说,是六朝时期一个叫沈约的诗人,研究音韵,发现四声,区分平仄。当时那个高兴,以为自屈原起,上千年没哪个诗人知道这个秘密。秘密捅破以后,一代代人皱着眉头研究,到唐朝才形成比较完备的格律。什么意思呀?我的理解,不过是说,按着这样的平仄句式关系写,读起来上口。于是李白杜甫等等,都按着这个规矩来写了。以前的,包括同期的,没按这个规矩写的,给另外起一个名,叫古体诗。守规矩的,叫近体诗。那么古体诗,读起来就不上口么?也上口。只是人这东西,有时会喜新厌旧。延续至今,正好反过来,喜旧厌新。所以,格律诗从唐朝的高峰,一路向下,终于滑到谷底。我们现在是在谷底看天,看到的天空,比井底之蛙看到的,大不了多少。

我的大文学观

对文学的未来,我的回答是,有三种必然性。一是,画地为牢,抱残守缺,就这么混下去。混的结果呢,是让文学式微变得更加式微,最终沦为现实的笑柄。二是,屈服于或者满足于市场化、娱乐化,最终的结果,是像赫胥黎所担心的那样,娱乐至死,沦为充满感官刺激、本能欲望和无规则游戏的庸俗文化。换句话说,就是让文学扮演一场滑稽戏中的小丑。三是,打开视界,倡导大文学观念,跨文体,跨领域,摸爬滚打,浑身沾满现实的泥土,或许才有可能成为文化领域中的一位彪形大汉。

关于"一"和"二",我没兴趣展开。我只对"彪形大汉"有些兴趣。这需要我从阅读的视角,继续加以阐述。

什么叫大文学观?就是把所有领域的文章,只要写得文采飞扬的,都看作是文学的一部分,其中包括学术性文章,也包括民间文学和通俗文学在内。坦白说,我眼中最好的文学作品,只有很少一部分,是那些拥有作家头衔的人写出来的。而更多的数量,是文学界之外的人,历史学家、社会学家、心理学家,甚至是画家和一些没有文化身份的人,写出来的。

我对一些历史学家的作品,保持着高度的敬意。唐德刚就是一个代表。他的《晚清七十年》《胡适杂忆》《袁氏当国》等等作品,长期以来都是我的案头书。唐老有学有识,有真知灼见,同时又天性诙谐,几乎所有的文字,读来都妙趣横生。夏志清说他是"当代别树一帜的散文家",绝非虚夸。

在唐德刚之外,我还可以列出很多名字,都是史学作者,包括茅海建、端木赐香、雪珥等等,他们的作品,都是让我心仪的文学。茅海建《天朝的崩溃》中,写第一次鸦片战争期间,两江总督伊里布处在水火两难之中,打也不行,和也不行,只能变着法子跟道光钩心斗角,一招一式,一拳一脚,那真叫生动!比我读过的历史小说,要生动得多。到这个份上,你还说它不是文学么?

还有那位先以画家身份出现,后来以文章博得一干人等钦佩的木心,被另一个画家兼文士陈丹青推崇备至,言必称之"师尊"。木心的文章在《上海文学》一出现,就让陈村"如遭雷击"般感到眩晕。陈村言之凿凿,说"木心先生的文章在我见到的依然活着的中文作家中最是优美、深刻、广博"。我对木心的作品也用力甚多,除了画集之外的文章都读过。我赞不赞同陈村的观点,无关紧要。我最感兴趣的是，木心的作品，不管小说还是散文，叙述都极为简练。他觉得自己的每一篇文章，都是写给高明的读者看，不敢啰里啰唆。相反，我看到很多自以为高明的作家，就怕读者看不懂，作品啰唆得要命，长得要命，简直要把读者折磨死。

在号称"新闻"史上奇迹的《中国底层访谈录》中，我看到流浪诗人老威跟一个死刑犯牟大路的谈话。那个死刑犯年仅二十七岁，没读过几天书，但他的倾诉真是惟妙惟肖。说监狱里的生活，说另外一些死刑犯，说两个死刑犯比赛吃胡豆，说死刑犯临刑前的心情和表现，都精彩绝伦，那些号称作家或著名作家的人，哪里能写出这样的文字。最意味深长的是最后一句。老威说："你还没谈你自己呢。"牟大路答："入了班房，就四海之内皆王八，谈他也就是谈我。好了，哥们儿，抽支烟告个别吧。"其淡定，其神态，其哲学意味，呼之欲出。阅读已毕，我心中狂喜，这才是真正的文学啊。

民　歌

汪曾祺先生主张作家应该多读书，包括"民间口头文化"。他说："我编过几年《民间文学》，深知民间文学是一个海洋，一个宝库。"他在文章里抄录了一首湖南民歌："赤脚双双来插田，低头看见水中天。行行插得齐齐整，退步原来是向前。"还得意地问一句："民歌当中有没有哲理诗？"

汪老甚至还说出这样的话："我觉得不熟悉民歌的作家不是好作家。"

说到民歌，可能有不少人会想起《诗经·国风》。不错，那是最早的民歌。我们从中能得出一个结论，民歌的内容，大致分三个方面：农事，农家生活，还有爱情。后世民歌中有不少祷祝丰年的内容，大致也可以归在农家生活之内。

说到民歌，我首先想起的却是刘三姐，电影中的刘三姐。小时候很喜欢看，也喜欢听，为之着迷。至于喜欢的原因，却说不出来。后来读过一些杂书，知道刘三姐也叫刘三妹、刘三娘。关于她的生年，有两种说法，一说是唐代,另一说是明代。她的身份,也有两种说法,一说是大家闺秀,一说是乡野村姑。我倒宁愿相信她是一个村姑。电影《刘三姐》的一些情节,是根据民间传说改编的。其中最精彩的,刘三姐跟三个秀才对歌的一场戏,传说中就有,不过不是财主请来的,而是他们主动找上门来。三个秀才对刘三姐很不服气,满载一船歌书来挑战。他们不认识刘三姐,向一个在江边洗衣的村姑打听。那村姑正是刘三姐,听说了他们的来意,张嘴就是一棒:

江边洗衣刘三妹,你要唱歌快唱开。
自古山歌心中出,哪有船装水载来?

"山歌"是民歌的另一种说法。明末学者冯梦龙收集整理了一部民歌集,就叫《山歌》。我曾经在《山歌》里读到一首民间版的"人约黄昏后",有浓郁的生活气息,朴实,直率:

栀子花开六瓣头,情哥郎约我黄昏头。
日长遥遥难得过,双手扳窗看日头。

话题扯远了,还是回到刘三姐与秀才对歌的传说。跟电影情节不同的是,在传说里,刘三姐的歌中虽然不

乏锋芒,但对秀才们还有比较客气的一面。她问过姓名,又问他们家在何方:

> 姓陶不见桃花发,姓李不见李花开,
> 姓罗不见锣鼓响,三位先生哪里来?

对唱了几回,秀才们败下阵来,狼狈而逃。刘三姐又开心地讽刺了几句:

> 风吹桃树桃花谢,雨打李树李花落,
> 棒敲烂锣锣更破,花谢锣破怎唱歌?

看看这个小女子,嘴巴真够厉害,难怪在后世被尊为岭南民歌的祖师。今天的广西壮族村寨里,逢年过节或婚宴喜庆,还经常举办"歌堂"盛会,据说,每次都要延请刘三姐的神灵来助阵。"我请你来坐正堂,歌声不出你来帮。"此外还有千姿百态的"歌圩"。简而言之,就是"如今广西歌成海,都是三姐亲口传"。

对于作家来说,阅读过程,也是学习过程。让作家读民歌,从中能学到什么呢?这个问题一定要搞清楚,否则读得再多也是白读。

到底学什么呢?我觉得刘三姐已经在她的歌声中明明白白告诉我们了。"自古山歌心中出",我们要学的就是这个,学"双手扳窗看日头",不装腔作势,不忸怩作态。

冯梦龙把民歌称作是"民间性情之响",非常贴切。他还说:"有假诗文,无假山歌,则以山歌不与诗文争名,故不屑假。"我们从冯梦龙的话里还可以引申出另外一层意思,写诗作文,只有像民歌那样"不屑假",才能真感人。

人与书的情感传奇

雨夜读书,读到《查令十字街84号》。很薄的一本小书,一百五十页。到凌晨两点,读完,轻轻叹一口气。好雨好书,绝配。

说的是一位住在纽约的女作家,海莲·汉芙小姐,终生没嫁人的老姑娘,跟伦敦一家书店,马克思与科恩书店,之间长达二十年的交往。书店的地址,在查令十字街84号。

海莲·汉芙,自由撰稿人,靠写电视剧、舞台剧、杂志专栏和编写少年读本的历史故事为生,嗜书如命。作为读书人,她很有个性,表现在五个方面:一是,从来不买没有读过的书。她先去图书馆读,喜欢的,再买;二是,每年都清理一次书架,把不喜欢的书扔掉;三是,基本不读小说,不喜欢虚构的人和事,唯一例外是简·奥斯汀的《傲慢与偏见》;四是,多卷本的书,她让人家留着,一本一本卖给她(这说明,她在经济上并不宽裕);五是,挑剔书的版本,如果是译书,对译者也挑剔。

海莲与查令十字街84号的结缘,始于1949年10

月5日，止于1969年1月28日，前后二十年。其间，海莲多次想到伦敦去，到书店里看看，却始终没能如愿。1969年4月，她给在伦敦旅游的朋友写信说："书店还在那儿，你们若恰好路经查令十字街84号，代我献上一吻，我亏欠它良多……"

那时候，海莲不喜欢美国出版的书籍，觉得装帧恶俗，而且价格昂贵。她在《星期六文学评论》杂志上，看到伦敦的马克思与科恩书店的广告，"专营绝版书"，很感兴趣，写了信去，列了书单，说"每本不高于五美元的话"，此函就算是订购单。打开这封信的，是书店经理弗兰克·德尔先生，典型的英国绅士。写回信的也是他。

《查令十字街84号》，是一本书信集，主体是海莲和弗兰克的往来书信，当然也有其他人，比如书店职员塞西莉、梅甘和比尔与海莲的通信，以及弗兰克的夫人诺拉·德尔与海莲的通信。

所有的信件，共同演绎了一场情感传奇，关于人与书的爱情，当然也有一丝人与人之间的别样爱情。

海莲并不是书店的最大客户，二十年，才买了五十本书，这个数字不足我购买欲最强时一个月的购书量。但她是书店最重要的客户。包括弗兰克在内的六位职员，最大的乐趣，是阅读海莲的来信，同时也挖空心思去寻找她需要的书。海莲有点儿任性，老姑娘的秉性时常发作，某些书久盼而不得，便发脾气："行啦！别老坐着，快去把它找出来！真搞不懂你们是怎么做生意的！"好家伙，一连三个叹号！当然也有心花怒放的时候，每每收到一本精装皮面或精装布面的绝版书，那种满足，比热恋更为强烈。

是海莲的爱心，打动了书店所有职员。上个世纪50年代初，英国经济状况不佳，很多商品实行供给制，肉类、蛋类非常紧张。海莲一次次给他们寄礼物，大块的火腿、成箱的鲜蛋，还委托去英国的朋友给他们中的女性送丝袜。那时候丝袜也紧张，很贵，黑市上，一双丝袜，能换一箱干燥蛋。

海莲与弗兰克之间的精神之爱，一直延续到弗兰克去世。一度让弗兰克的夫人诺拉嫉妒有加，却又无话可说。其间，弗兰克，也包括书店其他职员，多次邀请海莲去伦敦，欢迎宴会，住宿的房间，都安排妥当。伊丽莎白女王加冕那一年，海莲下决心要去，可是不巧，临行前，她的满口牙，都出了问题。她得耐心待在纽约，给她的一颗一颗牙齿"加冕"。

海莲收到书店寄给她的最后一封信，是书店秘书琼·托德写的，告诉她，两个星期前，弗兰克去世。信的最后一句是："您是否仍需本店为您寻找简·奥斯汀的书？"不知道为什么，看了这句话，我心头一颤。

《查令十字街84号》在英国成为畅销书，被誉为"爱书人的《圣经》"。出版商赚了不少银子,很兴奋,热情洋溢邀请海莲访问伦敦。可惜那时候,书店已经歇业。后来拍摄的同名电影,把这一环节演绎得更为煽情,说海莲得知弗兰克去世,马上赶到伦敦。书店即将拆迁,海莲笑着对空荡荡的书店说:"我来了,弗兰克,我终于来了。"

实际上查令十字街84号并没有拆迁。现在是一家酒吧。奇怪的是,这家酒吧也卖书。不过只卖一本书,《查令十字街84号》。

两个女人的《傲慢与偏见》

简·奥斯汀的《傲慢与偏见》，再次引发我的阅读兴趣，源于一个名叫海莲·汉芙的美国女作家。后者的世界性声誉，是由于爱书，是由于出版了一本名叫《查令十字街84号》的通信集。这是一本关于书的通信集，通篇都在展示作者对书的激情之爱，当然也掺杂了一点点购书人和卖书人之间的精神之爱。我算是一个爱书人，对另外一个爱书人写下的关于书的书，自然会感兴趣。而让我更感兴趣的是，那个"一向厌恶小说"的读书人，也就是海莲·汉芙，为什么会对简·奥斯汀的《傲慢与偏见》情有独钟？

我知道，答案需要从《傲慢与偏见》里去寻找。

《傲慢与偏见》是一部爱情小说，也可以说，是寻找爱情的小说。简·奥斯汀通过小说，去探讨最佳的婚姻模式。不是关于劳苦大众的，是关于作者所在的阶级，生在比较富裕的家庭，整天无所事事的女性，如何去寻找爱情、如何去组建家庭的一次探讨。

小说从女性视角，提供了四种婚姻模式：一是对男人有感情，而且那个男人有修养更重要的是有钱。显然作者对这样的婚姻模式持赞许的态度，小说中的两位重要角色，简·贝内特和伊丽莎白·贝内特，两位漂亮而可爱的女人，几乎同时遇见这般优秀的男人，并同时走进幸福殿堂。二是对男人没感情，那个男人也不优秀，但对方的财产，足以为女人提供一个舒适的家庭。一个不太漂亮也不太可爱的女人夏洛特·卢卡斯，毅然做出这样的选择。三是对男人有感情，可男人很虚伪同时也没有财产，靠坑蒙拐骗过日子。作者对这种模式的结合嗤之以鼻，让一个爱虚荣没分寸让人讨厌的女人莉迪亚·贝内特陷入这样的窘境。最后一种，是女人漂亮，但没头脑，说话做事没有分寸，却嫁了一个有修养有财产的男人。在作者眼里，这样的婚姻，也不美满。

这就是作者要告诉读者的最主要的东西。简·奥斯汀有时会通过小说人物的内心独白来表达自己的倾向，但更多的时候，还是通过故事情节的走向来表达，同时也在期待读者的认同。小说毕竟是小说，不能像评论那样直来直去。不过归根结底，在我眼里，这就是一部关于爱情与婚姻的评论集。

在简·奥斯汀笔下，简·贝内特和伊丽莎白·贝内特，要多优秀有多优秀。把所有优雅的语言都集中起来去赞美她们，都不过分。作者喜欢她们，读者也会喜欢她们。作为读者之一，我也喜欢。如此笔力，能让读者为之着迷，你想想看，作品中两个最优秀的男人宾利和达西，怎么能不为她们癫狂，怎么能不为了她们而抛弃门第观念，怎么能不爱屋及乌，包容她们的整个家庭？一切都顺理成章，而结局更是水到渠成。至于恋爱过程中的误会和曲折，那是必须有的。有波澜的爱情才值得珍惜嘛。何况，对欲望的压制，是所有小说的道德准则。

很奇怪，阅读过程中，以及在阅读之后，我对简·贝内特的喜欢程度，始终超过伊丽莎白。我猜想，这是作者的秘密。小说中的简，其实就是生活中简的化身。两个人同名，显然是作者的故意，是作者的自恋。作品通过视角人物伊丽莎白的内心独白，不厌其烦对简进行赞美，心地善良，性格温和，诸如此类的词汇，反复出现，最集中的是这一段："简本人有什么不相配！她长相那样漂亮，心地那样善良，头脑那样聪明，教养那样好，风度那样美。我爸爸也没有刺可挑，虽然有点儿古怪，但能力连达西先生自己也不敢小看，受的尊重也许他一辈子都赶不上。"这是伊丽莎白和达西还在误会中的时候，伊丽莎白的内心活动，把简放在达西之上。而达西，是小说中最优秀的男人，要多优秀有多优秀。

此外我还看到，简·奥斯汀对财产的渴望程度并不太高。小说中简的恋人宾利，应该就是作者理想中的配偶。文雅，有涵养，有财产有地位，而财产和地位并不让人觉得遥不可及。也就是说，按世俗观念来衡量，是高攀，却攀得上。宾利的形象，总体来说，比较模糊，像是达西的影子。这也说明，生活中的简，也还没有找到清晰的恋人的形象。

小说中有很多忠告，对尚未婚配的青年男女的忠告，尤其是对女性的忠告。比如这一段，借加德纳太太之口，说："我真心希望你小心谨慎。自己不要放纵感情，也别让人家放纵感情，离开了财产，放纵感情等于莽撞。"话是说给伊丽莎白听的，更是说给所有女性读者听的，大概也是简·奥斯汀的自我告诫。

小说也不经意透露出18世纪英国有闲有钱阶级的生活方式，热衷于舞会、社交、远游以及对他人的品头论足。

在这样一幅生活画卷当中，是什么元素打动了海莲·汉芙的芳心？显然是爱情本身，是简·奥斯汀陈列的婚姻模式击中了海莲·汉芙的情感，让两位无论时空都相距遥远的女人，在某一瞬间产生强烈的共鸣。

简·奥斯汀与海莲·汉芙的不同之处是显而易见的。前者生活在18世纪后期和19世纪初的英国，后者生活在20世纪的美国。但相同点也是显而易见的，都喜欢阅读和写作，都对爱情充满渴望却终身未嫁。这些相同，是不是也说明一点儿什么？

在《查令十字街84号》里边，海莲·汉芙在给弗兰克的信中，三次提到《傲慢与偏见》。弗兰克是伦敦一家旧书店的经理,海莲·汉芙是他的客户。他们之间的通信长达二十年。在1952年5月11日的信中,海莲·汉芙对弗兰克说:"如果你知道我这个一向厌恶小说的人终究回头读起简·奥斯汀来了,一定会大大地惊讶《傲慢与偏见》深深掳获了我的心!我千不甘万不愿将我手头上这本还给图书馆,所以快找一本卖我。"不难看出,海莲·汉芙对拥有这部小说的急迫心情。但这部小说到了海莲·汉芙手上,已经是第二年的5月了。1953年5月3日的信中,海莲·汉芙说:"邮包已经收到,这本书长得就像简·奥斯汀该有的模样——皮细骨瘦、清癯、完美无瑕。"这也很好理解,海莲·汉芙让弗兰克寻找的,都是旧版书,布面精装的那种,有时要颇费周折才能搞到。最后一次,是时隔多年的1968年9月30日,海莲·汉芙在信中对弗兰克说:"我挑了一个细雨霏霏的星期天,介绍一位年轻朋友读《傲慢与偏见》,她现在果然已经疯狂迷恋简·奥斯汀了。她的生日就在万圣节前后,你能帮我找几本奥斯汀的书当礼物吗?"可见,在十几年的时间里,海莲·汉芙的视线一直没离开《傲慢与偏见》,甚至痴迷到向别人推荐的程度。读书人的通病啊,自己最喜欢的书,才会向别人推荐。

与简·奥斯汀几乎同时期的英国小说家沃尔特·司各特,对简·奥斯汀给予高度评价:"这位年轻小姐在描写人们的日常生活、内心感情以及许多错综复杂的琐事方面，确实具有才能，而且这种才能极其难能可贵，我从来不曾见过。"简·奥斯汀的才能，在后世的张爱玲身上发扬光大。这种才能天生属于女性，男性的写作者，只能退避三舍。

我有理由相信，能与《傲慢与偏见》产生共鸣的读者，以女性居多，而且很可能，以单身女性居多。海莲·汉芙的《查令十字街84号》在英国出版以后，引起很大轰动，被称为"爱书人的《圣经》"。借用这样的思维方式，我可以肯定地说，《傲慢与偏见》是单身女人的《圣经》。过去是，现在和将来，也同样是。

拐个弯儿上天堂

我迷上一本书,每天晚上临睡前,都要迷一会儿。迷了半个多月,恐怕还得迷上一阵子。《先上讣告后上天堂》,是一个美国专栏作家写的,名叫玛里琳·约翰逊,女士,看照片不算漂亮,还有点儿豁牙。但书很漂亮。

这本书为我打开一扇窗户,透过窗户,能看见"西方没落资本主义制度"之下的生活场景。他们多不容易,一辈子崇拜上帝,到了,还不能直接上天堂,还得拐个弯儿,先过讣告这一关。我指的不是发放给死者亲朋好友的讣告,而是经过记者或作家之手,发表在报纸上的讣告。

美国有很多报纸都开办讣闻版,最出名的是《纽约时报》,此外还有《洛杉矶时报》《华盛顿邮报》《环球邮报》《波士顿邮报》《旧金山纪事报》《独立报》等等等等。奇怪的是,有那么多读者甘当讣告的铁杆粉丝,一天不看几篇就活不下去。自然而然,也就有了专业的讣告作者。这个行当的竞争很激烈啊,一个大人物或者名人死了,他们得在极短时间内,拿出一篇文采斐然的文章。截稿时间在那催着，拿不出就别想吃这碗饭。对重病缠身的大人物或者名人，他们有宽余的时间，提前准备好材料，甚至撰好稿子，万事俱备，只欠丧主一死。对意外死亡的家伙，他们难免手忙脚乱，心里恨恨一番。

更奇怪的是，美国还经常举办"杰出讣告作者大会"，也就是我们这里的作家笔会，每个人都发言，交流写作经验和体会。第六届大会的最后一天，美国前总统里根死了，消息传来，现场一片欢腾。你不要以为他们是一群冷血动物，你得知道，他们只是把写讣告当成自己的工作，而且，个个都很敬业。所以里根的死讯，在他们看来，简直就是为会议锦上添花。

玛里琳·约翰逊也是一位讣告作者。为了提高讣告的写作水平，她曾经飞到英国，向前辈作家请教。她认为英国报纸上的讣告，总体上比美国的要好，好出一大截。你看她多么敬业。

你不要以为美英的报纸讣闻版只对大人物或名人感兴趣，不是这样。他们对普通人也很关注。他们有一个口号："人人都可上讣告。"他们的讣告不是硬邦邦的公文体，而是回忆性质的小品文，如约翰逊所说："一个出色的讣告作者必须有好的文笔，能以简练优美的文句抓住人物特点。"说白了，就是文学。由此说来，讣告能够获得文学奖项，也就不奇怪了。

我从这本书中的引文部分看到，那些讣告，竟然有一点儿《史记》中本纪、世家和列传的笔意。仔细想想，什么《秦始皇本纪》《项羽本纪》，什么《孔子世家》《陈涉世家》，什么《孟尝君列传》《平原君列传》，拿到当下的美英两国，就是报纸上的讣告啊。这扯不扯，原来司马迁竟是个讣告作家。不过他还有点儿美中不足，没有注明丧主的生卒年月。这不可原谅。从史籍的角度来说，也不可原谅。

  这本书启发了我在写作方面的灵感。如果哪天有人说我的写作有点儿长进，我得好好感谢约翰逊女士，是她在不经意中提携了我。

  约翰逊曾经为戴安娜王妃、伊丽莎白·泰勒、凯瑟琳·赫本、马龙·白兰度等不少名人写过讣告。很多读者以阅读她的讣告为乐。一个人说："如果她能给我写上一段讣告，我即便现在死了，似乎也值得。"另一个赶紧表态："我一定不能让她比我先死，不然就找不到合适的人给我写讣告了。"一个写作者，能得到读者这样的评价，还有什么不满足的？

鲁迅的"好玩"

鲁迅给我的印象，一向是硬且冷，眼光毒，嘴巴刁，一腔正气的模样。对他老人家的思想，对他老人家的文章，我自然都敬佩有加，但对人，说实话，有那么点儿敬而远之的倾向。

无意中读到陈丹青在鲁迅博物馆的演讲稿，才知道，我印象中的鲁迅，并不是真正的鲁迅，真正的鲁迅，其实也有"好玩"的一面。

我喜欢好玩的作家，不管名字叫鲁迅，还是叫别的什么，都会喜欢。

鲁迅的好玩，先是体现在做人方面。诙谐，幽默，喜欢开玩笑，连被鲁迅讥为"四条汉子之一"的夏衍，也说他"幽默得要命"。跟鲁迅关系密切的唐弢曾经跟别人讲，当年，鲁迅跟别人打笔仗，并不是一本正经火气冲天的，是夜里写了骂人的文章，隔天与那被骂的人又在酒席上互相说起，照样谈笑。跟夏衍"经常一起吃饭谈天，熟得很"。跟郑振铎也是这样，文章里讽刺归讽刺，生活里却"非常要好"。

也就是说，鲁迅跟他所谓的"论敌"，多半是"熟人"和朋友。

原来是这样。如果今天的文人也能做到这一点，那该多好。

假如一下，我要是活在鲁迅时代，也非跟他打打笔仗不可，哪怕被他骂上一骂，也是一件好玩的事情。事实上，还真有这么一位先生，晚年回忆当初自己被鲁迅"一枪刺下马来"的情形，哈哈大笑，说："好哉……"

我终于知道，当年，为什么有那么多人，喜欢跟鲁迅打笔仗。逗个乐子嘛，让读者看看热闹嘛。当然，真动气的时候，应该也是有的。

按陈丹青的说法，鲁迅的文章，多数都属于"写作的愉悦"，并不是真的"横眉冷对"什么，不过是"顺手玩玩，一派游戏态度"，而且，越到晚年，越是"泼辣无忌，妙笔生花"。这个观点，窃以为并不能让所有研究鲁迅的"专家"信服。这是肯定的。但我很信服。乍一看，似乎标新立异，故意跟"共识"拧着干，但稍经分析，便不得不佩服。这才是真正的高见。理由是，一个好玩的人，写出的文章，自然也会往好玩的境界上靠拢。鲁迅自己承认"好说反话"，也承认"常招误解"。随着时间的距离越来越远，这"误解"怕是也越来越深。我有理由怀疑，很多人在很多年里对鲁迅的所谓"理解"，很大程度上，大概只是"误解"。

其实，连鲁迅自己也心知肚明，"谬托知己"的把戏，注定会不断地上演。事实也证明了这一点，这么多年，就是那些"谬托"的"知己"们，把鲁迅弄得面目全非，以至于我这个局外人，也对鲁迅有了误解。

我对鲁迅的误解，应该来自两个方面。一则，是"意识形态的涂料"遮盖了鲁迅的真正面孔；二则，是我读过的鲁迅选集之类，根本不收那些好玩的文章。作为一个读书人，一个"受害者"，这真让人羞愧。我怎么就不肯读读《鲁迅全集》呢？

梁实秋的抱怨

梁实秋晚年的文章里，有不少回忆童年的内容，这些内容散见于《秋室杂忆》《岂有文章惊海内》《白猫王子及其他》等多个篇目之中。我很欣赏他几近炉火纯青的文字，但同时也发现了一个小小的问题：他在回忆的途中，时常有抱怨之声。有直言不讳的，也有委婉地表达抱怨情绪的。大致说来，他的抱怨表现在三个方面。

先是吃。梁实秋说他"看见卖浆米藕的小贩，驻足而观，几乎馋死"，还说什么"我们北方人生活清苦，遇到榆荚成雨时就要吃一顿榆钱糕"。此外又搬出他的弟弟，说他弟弟想吃肉，有一天说了一句让他母亲心酸的话："妈，小炸丸子卖多少钱一碟？"

其次是住。梁实秋说："孩子不是一家之主，是受气包儿。家规很严。门房、下房，根本不许涉足其间。爷爷奶奶住的上房，无事也不准进去，父亲的书房也是禁地，佛堂更不必说。所以孩子们活动的空间有限。室内游戏以在炕上攀登被窝垛为主……"

最后是教育。梁实秋说："所谓新式的洋学堂，只是徒有其表。我在这学堂读了一年可以说什么也没有学到,除非是让我认识了一些丑恶腐败的现象。"接着又说:"一首诗朗诵过几十遍,深深的记入我们的脑子里,迄今有些首诗我能记得清清楚楚。脑子里记若干首诗当然是好事,但是付了多大的代价!一部分童时宝贵的光阴是这样耗去的!"

阅读这些文章的时候,我经常走神,不由自主想起自己童年的某些经历,同时也不由自主跟梁实秋的童年做了比较。我生于1966年,比梁实秋晚了六十五年。从年龄上说,我应该叫他一声梁爷爷。说实话,我看到梁爷爷一声声地抱怨,我心里的感觉很特别。我觉得他是在费力地展示自己童年的"坎坷",有很强的"为赋新词强说愁"的味道。说他是"费力地展示",是因为,在我眼里,他的"坎坷",跟我的人生经历相比,实在是一种万幸。如果跟"哭过长夜的人"相比呢,那得说是万幸中的万幸。

看看实际情况是怎样的吧。

先是吃。"早晨烧饼油条或是三角馒头",中午是面食,晚上是米饭,春夏之交有黄鱼、大头鱼,秋风起时吃"铛炮羊肉","秋高蟹肥,当然也少不了几回持螯把酒……到了特别的吉庆之日,看祖父母的高兴,说不定就有整只烤猪或是烧鸭之类的犒劳"。这是"普通饭"的档次。"祖父母的小锅饭"呢,是"我祖母天天要吃燕窝"。这是怎样的一个家庭呀。说句让我自己心酸的话,我活到二十多岁的时候,早餐也没有吃到"烧饼油条或是三角馒头",至于其他,不说也罢。

其次是住。"这是一栋不大不小的房子,有正院、前院、后院、左右跨院,共有房屋三十几间,算是北平的标准小康之家的住宅。'天棚鱼缸石榴树',都应有尽有了。"院子里种植了很多花卉,除了石榴树,还有"高逾墙外"的紫丁香、"四棵西府海棠",以及"一棵高庄柿子树,一棵黑枣树,年年收获累累,此外还有紫荆、榆叶梅等等"。这是"小康之家"?比较之下,乡间的"地主老财"岂不成了贫农?让我汗颜的是,在我十四岁以前,我家只有两间土房,之后呢,赶上"改革开放",全家七口人才住进了四间砖石平房。

最后是教育。"两间北房由塾师居住,两间南房堆置书籍,后来改成了我的书房",这说明,梁家有家庭私塾,有很多书籍,而且,一个小屁孩,就有了书房。更有甚者,"我未进小学之前就已开始从父亲学习英文了"。再之后是"我自民国四年(公元1915年)进清华学校读书,民国十二年(公元1923年)毕业",紧接着是"放洋赴美"。如果对这般的教育和教育环境还不满意的话,我应该说什么呢?硬着头皮说一句吧,在读小学以前,我家里除了糊墙的报纸,再就很难见到带字的纸了。

我絮絮叨叨地说了这么多，并不是要跟梁实秋较劲。梁的学识和文章，都是我敬佩的对象，再说，他已经过世了，我跟他较个什么劲呢？

我想说的是，人生在世，无论地位高低，钱财多少，大概都会有不顺心的时候，抱怨几句，发泄一下，大概也算是人之常情。总比窝在心里要好些吧？但抱怨是要分场合的，不能在谁面前都抱怨。打个比方说，一个有钱人在穷人面前抱怨，一个县长在农民面前抱怨，不仅得不到共鸣，还会引起反感。梁实秋把抱怨写到文章里，在所有读者面前公开，这就有些不合时宜。我想，对此感到不舒服的，大概不会是我一个人吧？

抱怨虽然难免，但还是要适当控制，最好是不抱怨。六祖惠能说："心平何劳持戒，行直何用修禅。"这话说得很好。一个人，真能做到心平气和、表里如一，脚下的路，自然也就平坦了。

谷崎润一郎的郁闷

周作人在《老年的书》中，大段引用谷崎润一郎《艺谈》里的内容，主要是针对日本文学"现状"的言论。这些言论引起我的共鸣，同时也对这位谷崎润家的大儿子产生了好奇。我想了解一点儿他的情况，最好是关于创作方面的情况。查了几本日本文学方面的书籍，没有找到。到网上看看吧。搜索了一下，搜出了他的个人简介。我对网上的各种"消息"从来都是半信半疑，但愿这次是真实的。大致内容如下：

> 谷崎润一郎（1886—1965），日本小说家。长篇小说《细雪》是他的高峰之作，也是整个昭和文坛的优秀代表作之一。另有短篇小说、随笔评论等数十部。汉学造诣很深。1918年、1926年，两次来中国游历。生前曾任中日文化交流顾问。

行了。看得出来，这是一个文学的行家里手。他的话，大概不会信口开河，更不会"扯淡"。

谷崎润一郎的《艺谈》，是收录在他的前半生自传《青春物语》当中的，作为附篇，1933年出版。发表可能更早一些。我不知道这篇文章发表过没有，或者在哪一年发表，从成书的那一年算，他才四十七岁，但已经自称"老"了。他言论中谈到的日本文学"现状"，现在看来，是七十多年前的"现状"。但与当下中国的文学"现状"非常吻合。有人断言，历史上发生过的事，以后还会发生。这话我信。现在我们就来看看那时候的"现状"吧。

> 一、读日本的现代文学，特别是读所谓纯文学的人，都是十八九至三十前后的文学青年，极端的说法只是（有）作家志望的人们而已。

在我们这里是不是这样？当年的文学热，除了文化生活的贫瘠，还有一个原因，就是想当作家的文学青年太多。在高校里，一个男生如果敢声明自己不爱好文学，可能连女朋友都找不到。现在的情况完全相反，一个男生如果标榜自己爱好文学，恐怕找女朋友就难了。如今纯文学期刊订数的坠落式下滑，下滑到像中年女人的年龄一样需要保密的程度，跟这种世态有没有关系呢？你说，到底是有还是没有呢？

二、我看见评论家诸君的月评或文艺论使得报纸很热闹的时候,心里总是奇怪,到底除了我们同行以外的读者有几个人去读这些东西呢?在现在文坛上占着高位的创作与评论,实在也单是我们同行中人做了互相读互相批评,此外还有谁来注意?

这也是我的疑问。是呀,到底还有谁来注意呢?即便是网络比较普及的当下,也是如此。以我个人的"经历"为例,我贴在新浪博客里的"严肃文章",有不少被转到这个网站的"文化漫谈"论坛里边,又是"加精"又是"置顶"的,看起来很受重视,可阅读的情况怎么样呢?如果不用一个"危言耸听"的标题,点击率别想上来。也许有人会说,你的文章写得不好,读者才不看。错了老兄。好不好得看过之后才能下结论,没"点"怎么能知道呢?这就是说,好文章点击率不一定高,而坏文章点击率不一定低。如果拿点击率来说事,我看没什么意思。这种现象说明了什么?这说明绝大多数网民,是出于"好奇"而不是"好学"才上网的。由此可以得出一个结论,纯文学或严肃的文学批评,想借助网络来"重振旗鼓",无疑是痴心妄想。

三、只是大众文学虽为文坛的月评所疏外，却在社会各方面似乎更有广大的读者层，可是这些爱读者的大部分恐怕也都是三十岁内的男女吧。

这段话，似乎也说出了我们的事实。不必去调查核实了，还是用我的所见所闻来说吧。我不属于"三十岁内的男女"，我身边跟我年龄相近的朋友，没有一个读这种东西的，年龄大些的，更不读。至于他们读什么，我不告诉你。

四、从青年期到老年期，时时在灯下翻看，求得慰安，当作一生的伴侣永不厌倦的书物，这才可以说是真的文学。

这种"真的文学"存在么？我觉得不存在，至少目前不存在。以我个人的阅读来看，青年时代的文学读物，现在还继续读的，根本没有。倒是青年时代买的书，有个别的，现在还在读。但前提是在买的当时，根本读不下去。这可能意味着，随着年龄的增长，阅历的丰富，见识的提高，阅读兴趣也会转移。

五、人在修养时代固然也读书,到了老来得到闲月日,更是深深的想要有滋味的读物,这正是人情。

这段话是紧接着上面一段话来说的,的确"正是人情"。从中我看到了谷崎润一郎的郁闷。他是在感慨"老来"无书可读。四十七岁,算不算老,可以另当别论。说实话,最让我"揪心"的地方就在这里。此时我的年龄比大发感慨的谷崎润一郎还要小几岁,但心态完全一样。这说明,我也老了,至少是心态老了。我不知道到了他的年龄,我会怎样想。我只知道现在。这两年,我最闹心的是找不到"好书"来读。从作家的角度说,真正心仪的只有几个,这怎么行呢?书房里挤满了书,连地板上都是书堆,但心里还是空得慌。小说之类已经没了兴趣,散文随笔能引起兴趣的也不多见。几乎不知不觉,目光离开了文学,转到学术当中。但学术著作写得"有滋味"的实在太少,大多比较枯燥。这就难了。一个人,想找一些心目中的"好书"来求得"慰安",怎么这么难呢?我也很郁闷。跟谷崎润一郎的郁闷,一样一样的。

还有一个人,也在郁闷。是周作人。他在《老年的书》里不厌其烦引用谷崎润一郎的文字,也无外乎是抒发自己的心声。在引文之后,他谈论自己的阅读,竟然犯了写文章的大忌,三次重复了同样的意思。第一次说:"总之已过了中年,与青年人的兴趣有点儿不同了,要求别的好书看看也是应该,却极不容易。"第二次说:"找书真大难。"第三次说:"我近来想读书,却深感觉好书之不易得。"他这显然是"如鲠在喉,不吐不快"。周作人这篇文章写于1937年。那一年,他五十二岁。

同一个世界,同一个郁闷。我很想知道,这同一个郁闷,还要郁闷多久呢?

你读过赫拉巴尔么?

你读过更好。没读过,也无所谓。我这样说,不是贬损赫拉巴尔的作品。他是一位名声赫赫的作家,我哪里有能力来贬损他?真要是贬损了,消息传出去,捷克人民是不会答应的。

嗯,是的,你猜对了,赫拉巴尔是一位捷克作家,是继《好兵帅克》的作者哈谢克之后,又一位深受读者爱戴的文学奇才。他获得了巨大成功,作品被译成二十多种文字在世界范围内发行。他的名字也随之成为一个国家的文学符号。

但我今天要谈论的,不是他的作品,而是他的写作方式。这对于那些正在写作或有志于从事写作的人,会有一定的启发。对热衷于文学阅读的人,也会指引追逐的方向。对于需要别人不断对他"励志"的人,似乎也没有坏处。

尽管赫拉巴尔拥有法学博士的学历,但他一直生活在社会底层。严格说,获得高学历之后,他的生活境遇一度比童年和少年时代,更加不如人意。他先是在一座小城市里当抄写员，而后是仓库管理员，而后是火车站的力工，而后是火车调度员。这是获得法学博士之前的生活经历。之后呢，是小城市一家小公司的业务员、推销员，不久去了首都布拉格，住在破烂不堪的贫民区里，一住就是二十年。先是钢铁厂的工人，随后是废品收购站的工人，随后是剧院的勤杂工，直到四十八岁那年，出版了第一本书之后，才成为一个自由撰稿人。

这样的一个人，能成为拥有世界名声的文学大腕，有什么"秘诀"么？

当然有。在我看来，赫拉巴尔成功的"秘诀"有三：

其一，赫拉巴尔有一位当过皮鞋匠的大伯。这位名叫贝宾的大伯跟赫拉巴尔一起生活了很长时间。贝宾是一位"口述文学"作家，饱经沧桑、见多识广、幽默乐观、热情奔放，有讲不完的故事。是贝宾的"口述文学"让赫拉巴尔度过了美好的童年和少年时代。赫拉巴尔后来说，贝宾大伯是他精神上的父亲，是他日后文学创作的缪斯。这话说得很真诚。一个想成为作家的人，如果没有一位"精神上的父亲"，便是先天不足。

其二，赫拉巴尔的作品，大部分都是描写社会底层的小人物，也就是那些生活在"垃圾堆上的人"。这些都是他熟悉的人，也是他"爱"的人。那些邻居和工友，有着各种不同的命运，为他的写作提供了丰富的素材。他说，他的作品当中，"最大的英雄是那些每天上班过着平凡生活的普通人，是我在钢铁厂和其他工作地点认识的人，是那些在社会的垃圾堆上而没有掉进混乱与惊慌的人，是意识到失败就是胜利的开始的人"。

其三，心甘情愿做一名"口述文学"的记录者或整理者。在赫拉巴尔的生活中，有两家不起眼的酒吧。几乎每天晚上，他都到酒吧喝啤酒，有时也喝伏特加之类的烈酒。他有很多酒友。他跟他们交谈，听他们讲述自己的故事或者别人的故事。他自称自己是一个"小偷"，跟"偷了他们的衣服和雨伞是一回事"。

现在我可以得出结论，在赫拉巴尔生命和文学中最重要的关键词是"底层"。他活在底层，描写底层。即便在获得国际性的声誉之后，他也始终保持底层的生命姿态。他是一个本色的人，本色的作家。而本色这东西，是很难褪色的。

在我眼里，赫拉巴尔不是一个大人物，无论是读他的作品还是读他的传记，感觉都是如此。他的成功，印证了我长久以来的一种看法：底层的土壤，也会孕育出绚丽的生命。

找个舒服的姿势活着

这话说得好。可惜不是老侯说的,是刘瑜。这丫头,动不动就说一句让老侯眼睛发亮的话。

这句话,刘瑜是在刀尔登新作《旧山河》的序言中说的。总结老刀的半辈子,当年从北大毕业,主动放弃北京的工作,回石家庄。几年后,又放弃体制和单位,成为自由人,以撰文为生。既做文人,却又不跟任何"文人圈子"厮混,倒是喜欢跟朋友喝酒下棋。总结之后,刘瑜说,老刀不是要做"隐士","无非是找一个舒服的姿势活着而已"。这最后一句评析,深得我心。

我对老刀这人,也是相当佩服的。佩服他的活法,也佩服他的文章。这里不说文章,只说活法。

乍一看,老刀是人往低处走,跟往高处走的一大群人拧着。其实,人往低处走,也有理论出处,你看看《老子》就知道。关键是,你走到低处,活得舒不舒服。舒服就对了。

老侯也是那种往低处走的家伙。朋友惋惜,说,你得往上边活动活动。我说,干吗去上边,上边海拔高,温度低，咱又没有羽绒服，不怕冻感冒？低处背风，暖和，挺好。老侯善于强词夺理啊，朋友久久无言。

说到舒服的姿势，老侯也寻找多年。找到了没有？找到了。只是很惭愧，只找到四种。

一是读书的姿势，躺着。古人读书有"三上"之说，厕上，马上，枕上。老侯在厕上从不读书，怕耽误正事。马上，没试过。家里没马，连驴也没有。还剩一个，枕上。老侯以为，这天底下，最舒服的姿势，就是躺着读书。什么书无所谓，只有躺着读，才津津有味。有时读一阵子，睡过去。睡过去就睡过去。有时读一阵子，呼的一声坐起来，坐一会儿，再躺下。都说躺着读书影响视力，那是影响别人，对我的视力，毫无影响。我省下买眼镜的钱去买书，爽得很。不过这姿势也有副作用，有时遇到一本好书，立马就想找个地方躺下。

二是休闲的姿势，种菜。这是近期才找到的姿势，甚佳。可活动筋骨，可体察民情，可关注风雨，可享受成果。比起以往勾头勾脸去垂钓，不知好上多少倍。且自力更生，连菜根嚼起来，也别有一番风味。每每想起满园的青枝绿叶，心头顿时春暖花开。

三是交友的姿势，随意。"随意"就是想怎样就怎样。不正襟危坐，不卑躬屈膝，不仰视，不俯视，不献媚，也不接受献媚，不装 ABC，也不看别人装 ABC，不骂娘，也不听别人骂娘，如山溪流动，左曲右转，自由自在。

四是写文章的姿势，嬉皮笑脸。老侯最烦一本正经，把自己打扮成道德标兵。谁想当标兵，尽管当去，老侯不当。写文章不是做报告，一本正经干吗？能多得些稿费不成？老侯立誓，无论何等文章，一概嬉皮笑脸。不能嬉皮笑脸，创造条件也要嬉皮笑脸。风萧萧兮易水寒，嬉皮笑脸不回还。掉进沟里，跌得鼻青眼肿，无所谓。

老侯对生活所求不多，有这四种舒服的姿势，足矣。当然不舒服的姿势，也得经常摆摆。为饭碗计，别别扭扭的姿势，有时也得有。这方面，实在比不过那个老刀。比不过就不比。老侯深知，一个人，跟谁较劲都可以，就是不能跟饭碗较劲。

玩物不如玩书

这是我的经验。咱们的老祖宗早就说过,"玩物丧志"。对书,老祖宗讲究口德,不说"玩",只说"读"(在我看来,要是读得高兴,还不就跟玩一样),大大地有好处,"书中自有黄金屋"嘛,"书中自有颜如玉"嘛。

不好意思,我不信奉"黄金屋"和"颜如玉"之类,只信奉"书中自有开口笑"。这一句,是野狐禅,找不到正经的出处。

正在玩一本书,《原来如此:1840—1949中国底本》,刚刚玩了几页,就笑得不行。我的毛病,一笑之后,就要写文章。

这回笑的是"救国论"。是晚清民国时期,仁人志士,包括海外"友人",看到国家民族气血不足,大开药方,以求强身,重振雄风于豺狼世界。这个出发点是好的。可笑的是那药方,怎么跟当下一些"白衣天使"的药方,有点儿类似呢?

当然也有靠谱的,比方说,魏源开出的,"欲悉各国情形,必先谙其言语文字",倡导设立外语学校。这种,我不说它，只说不靠谱的。

其一，通婚救国论。是戊戌变法期间，一个叫陈鼎的人提出来的。鼓励国人跟西人通婚，说这样才能了解西方。这药方，不是陈鼎的首创，是修改了早些时候伊藤博文为日本开的方子。那时候，日本的身子骨也不咋的。伊藤号召日本女子，跟白人男子野合，以此改良种族。据说谭嗣同对此药方十分着迷，还作诗一首，最后两句说："蓦地思量十年事，何曾谋种到欧洲？"陈鼎大概是觉得，野合太刺激，不合中国国情，才改为通婚。属于换汤不换药。

其二，西服救国论。还是那个陈鼎的方子。说赶超英美，必须改变服装，大家都穿西服，就不会再把奇装异服的西方人叫"鬼"了。言外之意，大家都做"鬼"，不分彼此，有利于世界大同。

其三，八字胡救国论。开药方的医生是谁不清楚，但很多人都在服用，尤以北洋军阀为甚。是学德国。那时候德国气势很盛，威震欧洲，而德皇威廉二世的"八字牛角须"，也被迅速引进，属于进口药。你看北洋军阀的老照片，多是八字胡，就知道此药有多少人在服用。

其四，复辟救国论。德皇威廉二世对袁世凯的儿子袁克定说："以袁大总统的威望，变民国为帝国，变总统为皇帝，这正是英日俄各国的愿望。"附和此方的，还有美国哥伦比亚大学法学院院长古德，他是顾维钧的老师,当时正给袁世凯做法律顾问。他写了一篇文章《共和与君主论》,主张中国实行君主制度。两位医生开同一个方子,药却是传统的中药。袁世凯乐颠颠服了下去,结果一命呜呼。哀哉。

其五,文雅坦诚救国论。开方人是大名鼎鼎的哲学家罗素。他说:"新中国应该为自己设立目标,要保存中国固有的民族性:文雅和礼节,坦诚和谦和,加上西方的科学知识,且把它应用在中国的实际问题上。"啥意思呢?就是,当西方列强虎视眈眈要收拾你的时候,你的态度要文雅,要向他们行礼,还得坦诚,还得谦和,决不能暴跳如雷,更不能反抗。然后把西方的科学引进来,用起来,你就有了"增进世界和平的机会"。

此外还有什么宗教合并救国论、办杂志救国论、湖南人救国论,等等。都说病急乱投医,我看是病急乱开方。据说,大清光绪皇帝,就是让多种药方给胡乱治死的。

补充一句,玩书,不能光是笑,笑过之后,还要沉思,才真正有益身心。

好老师王小妮

王小妮是作家,写诗,写小说,写散文随笔。也是读书人。还是一位老师,海南大学人文传播学院教授。

王小妮是好老师。我不是海南大学校长,也不是副校长或别的什么长,没资格对她的教学工作进行考核,说她是好老师,是不是过于唐突?我不管这些,再怎么唐突,我也要说,王小妮是好老师。

我的立足点在于,作为老师,王小妮一直在引导学生养成读书的习惯。在她看来,只有养成读书的习惯,才算真正接受过高等教育。

这有什么了不起么?是的,这很了不起。这里说的读书,显然是课外阅读,而不是读教科书。我敢肯定,中国的应试教育,让每一个中小学老师,都跟学生一样战战兢兢,他们不愿意、也不敢去引导学生读课外书。所以这个任务,只能交给大学老师来完成。在我看来,一个人,包括我自己在内,在大学阶段能学到的东西,极其有限。大学毕业即放弃阅读,几十年后,他还好意思说自己是个文化人么?更不要说什么有思想。有了阅读的习惯，他的知识，才能不断更新，才能更加饱满，这才是有文化的模样，也是有思想的前提。

然而这个任务很艰巨。一个没有读书兴趣和习惯的学生，你要引导他成为"读者"，很费劲。王小妮的文章《多本书的传递》，也透露出这样的信息，从中，你能看到她的无奈，郁闷，以及苦口婆心。

王小妮问一个学生，"你平时喜欢看什么书？"学生回答，"平时不看什么，小说啊什么的，没什么耐心看厚厚的书，平时做做题目，逻辑的，思维的，对数学更热衷，我信奉'用理性战胜感性'。"这个学生的话，"平时不看什么"，应该具有相当的普遍性。一个不看什么的人，还要"用理性战胜感性"哩，笑死人。王小妮没笑，继续引导："书不只是有小说，还有其他各种各样的书。"又说："你或者抽空看看书会觉得充实，这是一种习惯。"这学生的回答更有意思了："老师我小时候也知道一些感人的故事啊，要问书名，就一本也说不出来，我没从头到尾看过一本书。你知道这社会多浮躁啊，书也是浮躁的。书都是一期一期的吗？"嘿，你看这孩子，连书和杂志都分不开，怎么引导啊。王小妮还是絮絮叨叨地劝，直到学生说："我会的，老师。"

我相信王小妮有不少这种类型的学生。引导他们读书，你说费不费劲？但王小妮坚持下去了，只要有机会，就跟他们谈论书的话题。她的书《上课记》，里边很多这样的事。

　　王小妮的苦心，更突出地表现在，她把自己喜欢的书，拿出来给学生传看。有时还特意多买几本。用她的说法，叫"传递"。这不是她分内的事。可能是她觉得，很多学生，家庭比较困难，花钱买书是个负担吧。她的慈善之心由此而生。仅2011年，就拿出《老课本 新阅读》等九种书，给学生传递。其中《夹边沟纪事》，整整传递了十五个星期，才"饱经沧桑"地回到她手上，变得"又旧又厚"，"四个边角都破了，都用透明胶带反复粘贴过"。一本书被读成这个样子，是书的幸运。

　　我愿意从个人的角度，树立王小妮做大学老师的榜样。她做的是一项大事业，有助于复兴中国文化的大事业。迄今为止，她是我最敬重的老师。要是我读大学的时候，能遇到这样的老师，我敢说，我的文化面孔，会更加英俊。

淘书的四种途径

那年在沈阳参加一个文艺理论研讨会,闲暇时,大家议论与会者当中有几个博士。数数,真不少,四五个。我开玩笑说,我也是。有人接话,哪所学校的?我说,自学的。大家发愣。一位女士聪明,哇,博学之士。谢谢她给我解围。不过,我心里想的,真就是有朝一日成为"博学之士",而不是哪个学校给我发一张博士文凭。我的"博士"之路,只有一条,读书。

题外话不啰唆了,说正题。现在的书像沙子一样多,不淘,真就找不到金子。数一数,淘书共有四种途径,这是我的个人经验。说出来,也许对像我一样喜欢读书的人,会有所帮助。

之一,偶遇。我指的是传统的购书方式,到书店或者书摊闲逛,没有明确目标,就像女人逛街那样闲逛。在一排一排书籍当中穿行,遇到感兴趣的,拿起来,翻翻,读读序言,如果有作者的自序更好。判断一本书对自己有没有价值,往往从序言中就能看出蛛丝马迹。再就是目录。目录是内容的纲。几十年前的流行语:"路线是个纲,纲举目张。"纲很重要。这种途径,眼下我已经很少使用。不过偶尔去外地,遇到书店,还是难免手痒。到北京,只要有时间,北京三联韬奋图书中心,一定要走一趟。在我心中,那是中国最好的书店。我曾经在那里一次买过两千块钱的书,装了很大一包背回来,肩膀勒得又红又肿。

网络书店的出现,对爱书人真是一大福音。敲几下键盘就 OK,还打折,还收货后付款,真是好极好极。特别是对小地方的读者,等于是天上掉馅饼。以下三种途径,都跟网络有关。

之二,搜索自己信赖的出版社。读书时间长了,会对某些出版社产生好感。以前我最信赖的是生活·读书·新知三联书店,它的图书正对我的胃口。当下是广西师范大学出版社,属于后起之秀。在我的藏书里,这两家出版社的图书最多。我会定期到网上闲走,专门搜索这两家出版社的图书,常有意外收获。台湾作家夏元瑜和唐鲁孙的作品,就是这样找到的,都是广西师范大学出版社的杰作。

近期,我也注意到中信出版社和新星出版社。我关注它们的动向。同样关注的,还有中华书局。在这方面,我没有偏见。谁出过的书,让我心仪,我就关注谁。但如果后继乏力,我会移情别恋。

之三，从阅读中寻找线索。阅读中，常常会遇到谁谁在文章中提起另外一个作家或学者，如果赞美有加，而恰恰那个谁谁正是我信赖的作家或学者，我就会沿着他指引的方向，寻找另外一个人的作品来读。我读杂志或者"杂志书"的间接目的，就在于此。或者直接读到一位陌生人的文章，觉得好，立马上网搜索他的作品。需要警惕的是，不要完全相信书评类的文章。那种文章，可能有内幕，说白了，有些就是书的广告。比较而言，这种途径，是最可靠的。举例说，我通过陈丹青和陈村的文章，找到了木心，通过某某找到了《资中筠自选集》，通过《读库1201》的一组文章结识了吴念真，等等。

之四，跟爱书人交流。我有几位爱书的朋友，分布天南地北，有学者，有作家，也有搞出版的，有时电话里会聊到书。他们不经意的一句话，可能为我点亮一盏灯。李洁非的《典型文坛》《典型文案》《共和国文学生产方式》，就是这样读到的。这几本书，对于搞文学或者搞文学研究的人来说，读过，跟没读过，绝对不一样。

我不太相信什么畅销书排行榜和获奖作品之类。不管真假，都不相信。对自己胃口的书就是好书，管他畅销不畅销获奖不获奖。我读过的好书，畅销的极少，获奖的也不多，大多数属于"寂寞的书"。我把自己的一本读书随笔集取名为《寂寞的书》，原因有二：一是，我喜欢读的书,大多属于"寂寞的书";二是,我自己的书,大概也不会畅销,也是"寂寞的书"。

寂寞的人写《寂寞的书》,挺好。

所以悲伤着你的悲伤

我第一次被一份报纸感动,被一群报人感动。稍稍有点儿遗憾,那是一份美国的报纸和一群美国的报人。我指的是《纽约时报》在特殊时期推出的专栏《悲伤速写》,以及这个专栏的编者和记者。

2001年"9·11"事件的三天之后,《纽约时报》迅速推出半块版的专栏《悲伤速写》,关注那些在事件中下落不明的失踪者。他们很可能已经不在人世,但家属依然抱有希望,到处张贴寻人启事,每张启事上都有失踪者的照片、家庭情况、昵称、服装的款式和颜色、戴什么样的结婚戒指,甚至是胎记、疤痕、刺青的形状,当然还有跟家属联系的电话号码。这些寻人启事成为《时报》记者采访的最好线索。他们在电话里聆听家属的回忆和哭泣,有时自己也流下眼泪。记者简妮·斯科特说:"真是让人心碎的工作。"

《悲伤速写》专栏的推出,得益于《时报》编辑克里斯汀·凯伊的灵机一动。她的出发点是以柔软的文字,讲述那些失踪者的故事。而且"有一点我们明确无误",

就是"从报社最棒的员工中抽调人手,从事这项工作"。显然这个创意得到决策层的大力支持,专栏的作者大约有一百二十人,多数来自报纸的其他部门。

《悲伤速写》里的文章语言朴实,着力描写日常小事和家庭琐细。一个替女儿梳马尾辫的男人,梳得并不怎么样,但总算梳好了;一个离家前给妻子留下字条的男人,字条上说"狗我喂了,鱼还没有喂";还有一个喜欢收集青蛙形状小饰物的女人……他们的共同命运是在几乎同一时间,从世贸大厦的瓦砾中失踪,生死未卜。

《悲伤速写》获得了巨大的成功,几乎整个社会都被它所感动,读者热泪盈眶,用最动人的话语来赞美它,说它让普通人显示了自己的高贵,说它有助于为遇难者家庭和整个国家抚平创伤。成功的另一个佐证是,全国各地的报纸都在转载《悲伤速写》的文章。几年后,美国专栏作家玛里琳·约翰逊在一本书里这样写道:"《悲伤速写》这个创意非常好,在当时,它是正确的选择,它捕获了当时的那种情绪,为那场悲剧定下了一个感情上的标杆。"

批评的声音也不是没有。有人撰文讽刺《悲伤速写》"成了全世界最大的同情卡,还为此自鸣得意"。但很快有人针锋相对,说它"从感情入手,这个想法真是太聪明了"。

我想到的是,我们这里也有过巨大的悲伤,可从来没有过《悲伤速写》。我指的不是那种硬邦邦的"英雄事迹",而是对遇难者带有回忆性质的小品文。我们喜欢说人文关怀,可我怎么就很难看到面向大众的人文关怀?与此相反,我觉得我们这里最普遍的是精英关怀。

其实《悲伤速写》的出台也不是完全的突发奇想,它的灵感来自《时报》的另一个专栏《公众生活》。这是一个常设栏目,面对大众,从餐馆的洗碗工、消防员到股票掮客和私营企业主,都放到一个栏目里。"最成功的作品都是集中于某个人生活中的一个特定方面,再深入挖掘下去。"这样的栏目我们有木有?

我听过苏芮的一首歌《牵手》,还记得几句:"因为爱着你的爱,因为梦着你的梦,所以悲伤着你的悲伤,幸福着你的幸福……"我觉得《悲伤速写》的成功,就在于"所以悲伤着你的悲伤"。换句话说,是报人把报纸贴到大众的心上,而不是仅仅送进他们的收报箱。

所谓"现实关怀",所指也是现实中的大众。你一边漠视大众,一边期待他们阅读你的报纸,岂不是痴人说梦?

雅与俗的融合

雅与俗的对峙，由来已久。它们之间的融合，也由来已久。有点儿"合久必分，分久必合"的意思。最好的融合其实是《诗经》，"风雅颂"，集合在一起，有点儿两小无猜的意味。

不说那么远，只说文学的现代时期，雅与俗的融合，也卓有成效。先是，鸳鸯蝴蝶派受到文学研究会的抨击，受到"新文学"的挑战，自觉地走上了改良的道路。代表人物是张恨水。他的作品，明显吸收了雅文学的一些元素。接着是老舍，有意识地吸收了俗文学的元素，体现了平民的审美观，而且如孔庆东在《国文国史三十年》中所说："提炼出一种优美、流畅、纯熟的北京话……今天已经进入到我们的日常生活。"之后的代表人物，是张爱玲，明显受到传统文学、俗文学的影响，又善于使用新文学的技巧，完成了旧与新、雅与俗的结合，成为抗战时期沦陷区作家里边，人气最旺的佼佼者。

有意思的是，即便是倾向于雅的左翼作家联盟，由于打不开文学市场，也提出革命文学要采取通俗的形式，也就是文艺的大众化。总的来说，上个世纪三十年代，是雅俗并肩卿卿我我的时代，雅俗的融合跃上了一个新的高度。

可惜到了文学的当代时期，这种融合并没有进一步升温，顶多是交错争锋，而且在主流话语之下，俗文学受到一定程度的排挤。近年来网络小说的兴起，情况又有所好转。有大量介于雅俗之间的小说和通俗文学，走红市场，颠覆了读者对文学的理解。不过掌握了文学"名誉权"的各级作家协会，暂时还没有认识到这股力量的强大，还时不时流露出对它们的不屑。

然而在文学地图的美国，代表高雅力量的美国国家图书奖基金会，已经对通俗文学做出妥协。典型事件是授予"美国当代恐怖小说之王"斯蒂芬·金国家图书奖的"终身成就奖"。理由是他的作品"继承了美国文学注重情节和气氛的伟大传统，体现出人类灵魂深处种种美丽的和悲惨的道德真相"。

对于斯蒂芬·金来说，这个奖来之不易。此前的很多年，美国国家图书奖基金会，根本无视他的存在，别说给他授奖，连颁奖典礼的请帖也不给他。

斯蒂芬·金的获奖，引起很大争议，反对者有，赞成的也有。那个写过《西方正典》的耶鲁大学教授哈罗德·布鲁姆，大声嚷嚷，这是一个"可怕的错误"。而文学评论家列夫·格罗斯曼则大力声援金先生，说："斯蒂芬·

金的努力不但是诚恳的,而且是勇敢的。"同时预言:"下一个文学浪潮,不会来自高雅处,而是来自低俗处。"我同意格罗斯曼的观点,但很想把他说的"低俗"改为"通俗"。

我更在意的是金先生本人的看法。他在颁奖会上呼吁:"在所谓的通俗小说和所谓严肃文学之间,建立起沟通的桥梁。"而在他获得"终身成就奖"之前的很多年,也是一次关于雅俗的争论中,他说:"只有好小说和坏小说之分,没有严肃文学跟通俗文学之别。"这话说得好极了,就像他的小说《肖申克的救赎》一样好。

我觉得中国文学,又一次走到了在雅俗之间搭建"沟通的桥梁"的时刻。现在就搭建,立刻,马上,不然就太晚了。要知道,当下的社会,已经不是理想主义的社会,而是一个世俗社会。世俗社会的文学,不通俗一点儿,怎么行?

孙犁的"三不读"

孙犁在《我的集部书》一文的结尾说:"今人之文章、文集多矣,余择善而从。亦有三不读。"

哪"三不读"呢?

"一、言不实者不读。"这话让我心里咯噔了一下。不必讳言,目下的文章,"言不实"者几乎到处可见,如装腔作势的说教,如忸怩作态的撒娇,都属于这一类。孙犁说,写文章,要避虚就实,应该是有所指的。他在《关于散文创作的答问》中说:"从我们熟读的一些古代或近代的散文看,凡是长时期被人称颂的名篇,都是感情真实、文字朴实之作。比如说欧阳修的《泷冈阡表》,诸葛亮的《出师表》,李密的《陈情表》。"写到这里,我突然冒出一个疑问,如果孙犁还活着,他会读余秋雨么?

"二、常有理者不读。(常有理为赵树理小说里的人物。)这种人,'文革'时造反有理;动乱时,动乱有理;安定团结时,还是有理。常有理的人,最可怕,文章也最不可读,因其随时随地在变化也。"我对此大有同感。我的经验是，凡是居高临下、指手画脚，以为自己是真理化身的写作者，他们的书，一概不读。

"三、文学托姐们的文章，不可读。"很惭愧，我也曾经当过几回"文学托姐"。比如，给别人的书写序。对方大概是求不动名家，才把这个差事吩咐到我这无名小卒的头上，我呢，自然是诚惶诚恐地替人说些好话。不说不行啊，那是要得罪人的。可能很多人都有过这种苦恼的经历吧。孙犁就不止一次说过，后来，还公开声明，不再给人写序。此外就是给熟人写评论。这跟写序具有同等的难度。文坛上那些为人所不屑的"红包评论"，也属于这一类。再就是写书评。曾经有出版公司为了炒作新书，约我写书评，也硬着头皮写了几篇。没想到，我的几个朋友，看过我的书评，还真的去买了书。我吓一跳，这不是骗人嘛。按孙犁的说法："把不对头的，说成是对头的；把没有个性的，说成有个性的；把没有影响的，说成影响很大；把赔钱的，说成销路很广……这种人的文章，尤其不可读，最没有价值。"老人家这是在骂我呢，他骂得好！以后我还会写这类文章么？不写了！

孙犁的"三不读"，给了我一个甄别文章的标准，类似于传说中的照妖镜。以后再碰到哪位文坛红人的文章，我一定要用它好好照照，一旦照出妖影，就坚决果断把它扔到垃圾堆里去。当然，还要经常用它照照自己的文章，检查一下，看看自己是不是妖怪。

电影《西游记》里的猪八戒有一句台词："你不是妖怪，我也不是妖怪，大家都不是妖怪。"这话如果能成为文坛的现实，那该多好啊。

最理想的语文老师

我经常思考一些傻乎乎的问题。傻人也做白日梦啊。比如,我这两天就在想,假如我在小学、中学和大学阶段,能遇上最理想的语文老师,我的阅读与写作,会不会少走很多弯路?

答案是肯定的。问题是,什么样的语文老师,才是最理想的?

我想应该是这样。在小学中学阶段,能遇见胡云翼那样的语文老师,再幸运不过了。这胡老师是词学家,上个世纪30年代,在无锡中学教过国文。他出版过一本书,《新著文章作法》,教中学生怎样写作文。他告诉中学生,学习语文有两个目的,一是培养看书的能力,二是能自由发表思想感情,做通顺的文章,如此而已。他说"好文章的要素"第一是"真实"。"我们做文章的目的,无非是要说自己想说的话。说话必须真实,做文章也必须真实,这是颠扑不破的道理。"

胡老师的时代跟我们的时代有很大差异,政治底色、文化底色,都不相同,强求是求不来的。那就退一步吧,我觉得阿城小说《孩子王》里的"老杆儿",也能称得上是最理想的语文老师。那是知识青年上山下乡的时代,离目下并不遥远,离我读小学中学的时候,就更近了。我提出这样的要求,不过分吧?

"老杆儿"教初三,教他的学生写作文:"清清楚楚写一件事,比如,写上学,那你就写:早晨几点起来,干些什么,怎么走到学校,路上见到些什么……流水账就流水账,能把流水账写清楚就不错。"这样一天天"压迫"下去,才好歹把学生写作文时热衷于抄报纸社论的恶习剪除,才好歹把"红旗飘扬,战鼓震天"的流毒肃清。尽管很不幸,这样的老师最终被取消了教学资格,但他成功地引导学生王福写出了《我的父亲》,让老师最得意的是结尾:"早上出的白太阳,父亲在山上走,走进白太阳里去。我想,父亲有力气啦。"

如果有这样的语文老师来教导我,我的作文里就不会频频出现"蓝蓝的天空上飘着几朵白云"。

阿城在《孩子王》里留下一句名言:"脑袋在肩上,文章靠自己。"是不是对那个时代的语文老师和他们背后的东西,感到深深失望之后,才发出的感叹?

等读到大学,要是能有王小妮这样的人来做我的语文老师,或者写作老师,再理想不过了。王小妮是诗人、作家,后来从事教育,在海南大学人文传播学院任教。我看重她,不是她的学识多么渊博,不是她的课讲得有多好，不是她对自己的工作投入了多少情感，而是，以她的恒心，循循善诱，执着地培养学生的阅读兴趣和能力。"阅读是一种习惯"，这是她常说的话。但这种习惯的培养，不是一朝一夕能做到的。更难能可贵的，是她把自己读过的好书，显然是学校图书馆还没有来得及收藏的好书，推荐给学生阅读，让那些书长时间在学生手中"传递"。常常是，一本新书传出去，最后回到她手上，已经遍体鳞伤。

可惜，我的大学时代，没有这样的老师。好在，我稀里糊涂，自己养成了阅读的习惯。我觉得我对语言的理解，我对文学的理解，跟学校的课堂关系不大，跟老师的关系不大。我的经历，也暗合了阿城的那句话："脑袋在肩上，文章靠自己。"

吊诡的是，这么多年的阅读和写作经历，让我认识到的"好文章的要素"，其实还是胡云翼在八十年前说过的那些话。照常理，这些话，我在中学时代就应该听到。这么多年，所有那些给我当过语文老师的人，他们为什么都不肯告诉我？

沈屯子三忧,老侯也三忧

不知何朝何代,有个叫沈屯子的人,动辄忧心忡忡。听人唱书,唱到杨文广抗辽,被敌兵包围,内无粮草,外无救兵,不由得唉声叹气。朋友赶紧拉他回家。可回家后,该同志继续唉声叹气,还时不时发出天问:"文广围困至此,何由得解?"这是他的第一忧。

老是这样在家里发癔症不行啊,家人劝他,出去溜达溜达,散散心吧。沈屯子还算听话,走出家门,却在大街上看见有人挑着竹竿往市场走,大吃一惊,心说,竹梢那么尖,你这么晃晃悠悠地走,肯定会扎到行人,那该如何是好啊。回家后还是念念不忘,以至于病倒。这是他的第二忧。

沈屯子无端病倒,家人觉得,可能有什么鬼怪附体,赶紧给他请来巫师。这巫师是个爱多嘴的人,做完法事之后,跟沈屯子聊上了。说,我偷偷看了阴间的户籍,你下辈子会托生成一个女人,嫁给一个叫嘛哈的人,那人长得难看死了。闻听此言,沈屯子呜呼一声,病情立马加剧。这是他的第三忧。

老侯在《古今笑·专愚部》里读到这个故事,一笑之余,心中又别有一番滋味。沈屯子的愚,要说有害,也只是害他自己,跟别人无关。可是那些足以伤害别人,伤害很多很多个别人的愚,又当何论?

老侯也是愚人,年事渐长,才渐渐领悟到,所谓人类历史,既是一部文明发展史,也是一部愚蠢积累史。如冯梦龙所言:"平生凶狡,徒作笑柄;静言思之,不愚有几?"

再由愚说到忧。忧有大小,大到国计民生,小到鸡毛蒜皮。老侯不吃肉,该"肉食者谋之"的大事,轻易不忧,只对鸡毛蒜皮忧虑重重。

前不久老侯回了一趟老家,也如沈屯子一般,收获了三忧。

老家的小村庄,几十年前,曾被大片大片的槐树林包裹。现在呢,槐树倒是还有,但早已不成林,只稀稀疏疏待在村头村尾。而且,还以超过 GDP 几倍的增长速度在减少。总有一天,它们会全部消失。它们中的哪一棵,会成为最后一位幸运的不幸者呢?这是老侯的第一忧。

小村庄早先有一水塘,由泉涌而成。水塘衍生一条小河,水极清澈,淙淙而流,流经另外一个小村庄入海。那是老侯的儿童乐园。这乐园,早就没有了。水塘被填,上面盖起商品房。小河的残迹倒是还在,可惜已经进化成了臭水沟。老侯小时候的童谣说:"小河流水哗啦啦,青蛙在家等妈妈。"现在的童谣该怎么说啊,"臭水沟里臭烘烘,苍蝇蚊子兴冲冲"?这是老侯的第二忧。

有消息说,小村子里的全体村民很快就"上楼"了。设身处地去想,如果老侯也是村民,喜不喜欢上楼呢?肯定不喜欢。你想想看,庭院没了,怎么养猪养鸡养鸭啊,铁锨锄头镐头粪筐之类的农具,还有打渔的渔网渔具,放哪呀,都堆到楼房里?还有种菜,怎么种?老侯要是当农民,绝不会吃施用化肥的蔬菜,可是,到哪去弄农家肥?就算能弄到农家肥,到哪洗粪桶呢?拿进楼房里洗?那味,受得了么?这是老侯的第三忧。

比较而言,老侯不如沈屯子啊。沈屯子三忧,毕竟可解,让唱书人唱一段杨文广解围的故事,让挑竹竿的人回家去,都不费事。让巫师"作法",强迫后世的嘛哈提前写一张"休书"给沈屯子,大概也不是难事。沈屯子自己说的,这三件事都能落实,俺的病就好啦。可是,老侯的三忧,谁能开出一张立竿见影的药方?特别是,您一定得告诉我,粪桶到哪清洗比较合适。

乡村：诗意的另一面

我不否认，乡村拥有诗意的一面，这在古典诗词当中，展示得尤为突出。随便背诵几句：陶渊明的，"采菊东篱下，悠然见南山"（《饮酒》）；黄庭坚的，"骑牛远远过前村，吹笛风斜隔陇闻"（《牧童》）；高鼎的，"草长莺飞二月天，拂堤杨柳醉春烟"（《村居》）；最煽情的是辛弃疾，"稻花香里说丰年，听取蛙声一片"（《西江月》）……

我喜欢这些诗句。学生时代，经常背诵它们。我一边背诵这些乡村诗意，一边背着书包磕磕绊绊逃离了乡村。我是乡村的叛徒，不是第一个，也不是最后一个。我来到一个小城，停下了脚步，回头去看生我养我的乡村，脑后禁不住一阵阵发凉。

在诗意的另一面，是生活的艰辛，即便在目下也是如此。如果当年我没有成功逃离，我的命运，将毫无悬念。

我是读了《农民为什么离开土地》这本书之后，才想到这些的。这本书里，溢满了农家的心酸。在书中，我看到了很多个自己，没有逃离的自己，企图逃离的自己,以及已经逃离的自己。

一家四口,读高中的儿子,读初中的女儿,身体有病在家务农的父亲,外出打工赶回家秋收的母亲,坐在一起吃饭。菜肴还算丰盛,回锅肉、水煮鱼、鸡蛋炒西红柿……为的是庆祝儿子的十八岁生日。父亲端起酒杯,对母亲说,我没用,身体不好,你辛苦啦,挣钱供孩子读书,你是咱家的恩人啊。说完一饮而尽,眼泪夺眶而出。儿子也端起酒杯,说,妈,你放心,我一定好好学习,走出农村,让咱全家都过上好日子。说完也是一饮而尽,然后趴在饭桌上放声大哭。

我的眼泪也吧嗒吧嗒地掉下来。

这是《农民为什么离开土地》中很多个故事中的一个。说实话,我不敢面对那些故事。我知道,从宏观上说,农村的问题很严重,还在继续种地的,几乎都是中老年人,年轻人极少,他们要么已经找到了离开农村的机会,要么正在寻找机会。这种局面,为农业的发展留下了很多的隐患。但是,我们有资格去指责那些已经离开或正想方设法离开土地的年轻人么?换句话说,我有资格去指责当年背着书包进城的自己么?

我记住了一个名叫"吉祥"的农家子弟。他高中刚毕业,高考成绩不理想,打算复读一年。他说了两句话,我印象很深。一句是:"打谷子那几天,太阳还没爬起来我们就要到田里,一待就是一整天。我一般就是负责割谷子，一干起来，那汗是大把大把地流啊。"还有一句是："像我这么大的，没人想留在农村吧，愿意留下的都是傻瓜。"

毕飞宇的长篇小说《平原》，同样也是溢满心酸的书。作者对农事的感慨，也同样激发了我的心灵共鸣："都说庄稼人勤快，谁勤快？谁他妈的想勤快？谁他妈的愿意勤快？都是叫老天爷逼的。"

现在再想想那些诗意盎然的古体诗词，什么"稻花香里说丰年，听取蛙声一片"，是站着说话不腰疼。

我觉得能抓住农家生活本质的古诗，只有一首，"锄禾日当午，汗滴禾下土……"有人提出异议，多傻啊，干吗中午锄地，早晨不行么？还真就不行。农谚说："晌午锄地强，草死庄稼长。"你以为农民真傻啊，那都是叫老天爷逼的。

曾经有梦

可能是有了一点儿老年情结,这几年,我喜欢读一些回忆性的文章,尤其是对上个世纪50年代到80年代之间的回忆。我想通过别人的回忆,构筑自己的生存空间,确切说,是回忆中的生存空间。

这一回读的是《七十年代》,一群中年知识分子,对他们经历过的70年代的追忆和回顾。其中有不少让我共鸣的元素。在种种共鸣的元素中,有一个梦,尤其让我注目。

是上海学者蔡翔在文章中提到的。在《七十年代:末代回忆》里,他写到自己考大学的经历。那经历也不算出奇。他在一家工厂当工人,某一天,工友兴高采烈告诉他,可以考大学了。工友的激动情绪感染了他,也跟着去考。胡乱复习,胡乱考。结果在他的工厂,只有他一个人考上了,从此人生的轨迹,跟工友们有天壤之别。三十年后,一个偶然的机会让他知道,他原先的工友都下岗了,还住在那片老旧的工人住宅区里,找不到新的工作,整天打麻将,在家里的水表、电表、煤气表上动手脚，让表走得慢些，为了省钱……知道这些以后，他开始做梦了，一连做了很多次，梦见他还在原先的工厂上班，梦见工厂倒闭了，梦见自己也下岗了，体弱多病，穷困潦倒，也偷水、偷电、偷煤气……每到这时候，他都会惊醒，一身冷汗，一阵一阵地后怕。

蔡翔的这个噩梦跟几年前我经常做的噩梦，属于同一类型。区别仅仅在于，他的梦，是城市背景，我的，有一点点乡村底色。

在我年轻的时候，也曾做过美梦。后来就没有了。有的，都是噩梦。有很多噩梦，醒来之后，就想不起梦境。皱着眉头，想来想去，怎么也想不起来。能想起梦境的，只有一个。不仅仅是想起，而是非常清晰，就像刚刚发生。

我的梦里有一座校园。没有人告诉我是什么样的校园，但我知道，是大学校园。我在校园里读书。每次都是快毕业的时候，校方突然宣布，学校倒闭了，你们回家吧。"你们"指的是包括我在内的一大群学生。听到这个消息，我心里一抖，紧接着是愤怒。噢，学校倒闭了，我们回家，可我们回家以后怎么办啊？宣布消息的老师笑了起来，轻松说道，好办啊，复习一下，再考啊，考别的大学。你听听，这不是遇见强盗了么？白白夺去我们几年的好时光，现在竟然笑嘻嘻地赶我们走，连个说法都不给。一想到回家，我眼前就出现了一条乡村小路，我背着书包，在那条小路上走来走去。也就是说，我在大学校园里，看到了高考前的自己。我觉得把那种生活再重复一遍，是绝对不可忍受的。我从教室的座位上拍案而起……每一次拍案，我都会把自己拍醒。醒后的症状，跟蔡翔一模一样：一身冷汗，一阵阵地后怕。

我没有系统钻研过心理学。但我知道，从心理学的角度，对这样的噩梦，一定会有一番合理的解释。不过，我不想知道那个解释。真的不想。

庆幸的是，最近几年，我很少做梦。就是说，远离了噩梦的困扰。这很好。像我这样小人物，对生活的要求是很低的，只要能让我平平静静活着，而且能不被打扰地享受平静，能在平静中读书写文章，就心满意足了。我希望自己和同龄人能彻底告别过去的噩梦，也希望目下的年轻人，在他们走向中年的时候，也不被类似的噩梦所困扰。

最后我想说，没有美梦的时代，并不可怕。可怕的，是噩梦连连。

凤　凰

　　凤凰是一种真实的鸟，在古老的天空，姗姗飞过。

　　我这样说，当然有证据。听我慢慢道来吧。

　　《现代汉语词典》说凤凰是"古代传说中的百鸟之王，羽毛美丽，雄的叫凤，雌的叫凰。常用来象征祥瑞"。给人的印象，等于说凤凰是虚构出来的鸟。

　　《辞海》上说"亦作'凤皇'。古代传说中的鸟王。雄的叫'凤'，雌的叫'凰'，通称为'凤'或'凤凰'"。到这里，跟《现代汉语词典》差不多。但下边，引用古籍里的话，又多了一层解释。这要好得多。先是提到《尔雅·释鸟》中，有凤凰的记载。东晋的郭璞先生，作有一注："鸡头，蛇颈，燕颔，龟背，鱼尾，五彩色，高六尺许。"说得很详细了。又提到《孟子·公孙丑上》的话："凤凰之于飞鸟。"再提《史记·日者列传》："凤凰不与燕雀为群。"到这时候，你还觉得凤凰是完全虚构出来的鸟么？不那么肯定了吧？半信半疑了吧？

　　好，我再给你一个证据。是从《中国风俗大辞典》上找来的，转引杜佑《通典》中的内容，说的是汉代"纳征"

的礼品。纳征是古代婚嫁礼之一种，等于现在的下聘礼。从先秦到后汉，聘礼都很丰厚，多者达三十种。《通典》中提到的礼品有羊、大雁、清酒、白酒、鱼、鹿、鸳鸯等，二十七种。让我眼睛一亮的，是里边有凤凰。

这是凤凰存在的最好证明。想想啊，送礼，怎么能送子虚乌有的东西呢？所以，凤凰不仅存在，而且在秦汉，应该是一种很常见的鸟，很容易捕获，否则，也不能出现在礼单上。

《通典》对每种礼品的寓意，都作了解释。比如，"羊者，祥也，群而不觉；雁则随阳；清酒降福；白酒欢之由"。凤凰呢，"凤凰雌雄伉合"。总之，都有吉祥美好的含义，"以寓祝颂之意"。

到这里，我已经完全相信凤凰的存在了。对郭璞"鸡头鱼尾"之类的描述，也觉得不太离谱。

今人做学问的弊端，是遇到拿捏不住的事物，不愿意深究，喜欢一棒子打死。打的方式，常见的有两种，一是斥之为"迷信"，二是归拢到"传说"。衡量的标准，或者说，那根棒子，名叫"眼见为实，耳听为虚"。我想跟这种学者抬一杠，你见过秦始皇么？你见过李白杜甫么？你见过李鸿章和慈禧太后么？你没见过，他们就不存在么？

最后，我想说一件怪事。是我三嫂告诉我的。三嫂住在乡下，门前有河沟，有树林。某月某日，她看见一只鸟,"漂亮死了,跟画上的凤凰很像,以前从来没见过",从小树林里缓缓飞过去。同时看见这只鸟的还有三嫂的女儿,我的侄女。她们一口咬定,看到的就是凤凰。有多大呢?三嫂比量了一下,大概有两尺左右。

这只鸟未必是凤凰。可它是什么鸟呢?应该不是"传说"中的鸟吧?

土匪的手段

看史书，我经常犯糊涂，觉得有很多事，书中都没有说透。以土匪为例，他们的生存方式，按主流说法，靠的是"烧杀抢掠"。好像说清楚了，但仔细想想，又非常可疑。对于"流寇"而言，如此这般，还好理解，中国的地盘大嘛，可以流到哪抢到哪。可对那些"占山为王"的"坐匪"来说，一味烧光杀光抢光，痛快倒是痛快，以后的日子怎么过呢？没啥可抢了嘛。难道土匪的智商，会低到不给自己留后路的地步？

我看过的很多史书，都没有告诉我土匪怎样解决这个问题。很多历史小说，对此也避而不谈。那些占山为王的好汉，以及他们手下更多的非好汉，吃的用的，从何而来？整天喊什么"杀富济贫"，好像他们自己不吃不喝似的。这种道德上的标榜，我从来都是不屑一顾。唱唱高调，谁不会呀？

幸运的是，就在今天，我从史籍的犄角旮旯里，终于找到了答案。真让人兴奋。不是替土匪们兴奋，是千辛万苦找到真相之后的兴奋。

原来在"烧杀抢掠"之外，土匪还有别的手段。这别的手段，可能更需要我们正视。

手段之一，种地。明代正德年间，南赣巡抚王阳明给皇上的奏本里说，那些贼子，听到官府准备进剿的消息，把老人孩子妇女和各种物资都转移到"林木茂密之处"，年轻力壮的，"昼则下山耕作，夜则各遁山寨"。这说明，他们是冒着危险侍弄庄稼。可以推测，没危险的时候，他们会更加精心地侍弄庄稼。

手段之二，收过路费。民国年间，一个叫侯少煊的四川人，写了一篇文章，《广汉匪世界时期的军军匪匪》，说到收过路费的事。"广汉"是地名，位于川陕之间，属于交通要道，"商旅往来，素极频繁"。那段路，由土匪们分段收取过路费，商旅人等，必须出示他们提供的"路票"才能通行。侯少煊与土匪头子往来密切，连收费标准都清清楚楚，"一个徒手或包袱客收一元，布贩、丝帮看货议费，多者百元，少者几元、几十元不等"。我很想知道，土匪们是不是对那条路进行过修整。如果出了工出了力，收费就有了一定的"合理性"。文中对此没有记载，真是可惜。

手段之三，收税。还是那个侯少煊说的。土匪对周边乡民，用收"保险费"的方法进行管理。"每乡每保每月与当地大匪头共缴保险费若干元，即由这个匪头进行保护，如有劫案发生，由他们清追惩办。外地匪来抢劫，由他们派匪去打匪。"看看，还真干点儿实事呢。说是"保险费"，本质上就是税，虽然各地标准不一，但还是有标准的，不是乱收。"北区六场和东区连山、金鱼等场，是规定农民有耕牛一只，月缴五角；养猪一只，月缴三角；种稻一亩，秋收后缴谷一斗；地主运租谷进城，每石缴银五角……"

有意思的是，同时期四川军阀的税收，要比"广汉"土匪重得多。他们除了正税之外，还要收各种附加税，后者常常是前者的几十倍。此外还要"预征"，个别地区，竟然把百年后的税，都提前收走了。两者比较，不难看出，土匪的智商还是低了很多，既不懂得收附加税，也不会"预征"，有点儿"小富即安"的意思。唉，毕竟是土匪啊，胸无"大志"，又怎么能干出惊天动地的大事呢？

畅销书和"不腰疼"

老侯在一张《文学报》上,无意中"翻"出了韩寒小弟弟的一番言论。可能很多人都知道,韩寒小弟弟是出过不少书的,还都是畅销书。这大概也是一种资本。所以他觉得自己的腰杆硬了,可以对文坛说三道四,甚至可以"呐喊"。好像他以前也喊过什么,我没听清楚,这一回总算听清楚了,他喊的是"不该有作协也不该养作家"。

嘿,这可是一件大事情,不是哪个人能说了算的。而且,老侯也是作协的一员,对此不好妄加评议,放它过去。

韩寒小弟弟还说了另外一些话,倒是引起了老侯片刻的沉思。他说:"实现经济独立,最重要的是你的书销量要好,除非你能从别的地方挣钱。"他还说:"如果你从市场上能得到相对多的收入的话,你就真的可以站着说话不腰疼。"

这是跟谁赌气呢?

老侯无意于跟韩寒小弟弟争辩。既然是哥哥,应该让着弟弟一点儿。老侯只是觉得,他的观点好像并不是他一个人的,而是代表一撮人的。前不久,老侯参加了一个文学作品研讨会。会上,一个写纪实文章的作者,用很大的声音发言,说他的文章大多是发表在某某和某某杂志上的,读者很多,结成单行本,发行量也不小,还有稿费多少之类的,总而言之,是他在社会上拥有"很大的影响"。老侯听得糊涂,琢磨了半天才明白,这是在发牢骚啊。他大概是在抱怨作协不重视他,没有给个啥当当。在老侯看来,这个写纪实文章的作者,跟韩寒小弟弟是一伙的,也修炼到了"不腰疼"的境界。

老侯羡慕所有"不腰疼"的人,也很想成为他们中的一员。但是不行啊。找个角落,掂掂自己的分量,觉得自己还没有资格在文坛上"站着说话"。如果硬撑着站起来,一开口,恐怕也会"腰疼"。最舒服的做法,是坐在椅子上,跟身边的人,嘀咕几句内心的想法。

现在就开始嘀咕吧。

老侯掰着手指头,把中国当代作家数了一遍又一遍。得出的结论是,我心目中的好作家,大多没有写过畅销书。奇怪的是,我喜欢的外国作家,倒是有几位的书比较畅销。我指的是在"全球"的销量,在国内,销量也并不大。即便是诺贝尔文学奖获得者,他们的书,国内的销量,也大都不及韩寒小弟弟的大作。这说明什么问题呢?

老侯最珍爱的书，有不少是生活·读书·新知三联书店出版的。由于这个原因，老侯也爱上了三联书店。老侯觉得自己真是交了好运，能跟三联书店共同活在世上。相伴的时间长了，还发现了一个问题，三联版书籍，印数大多不超过一万册，有的仅仅五千册。大名鼎鼎的黄仁宇，他的作品系列，也只是印刷了两万册左右。即便是两万册，能算是畅销书么？要说算，岂不让韩寒小弟弟笑掉大牙？

在老侯珍藏的三联版书籍中，有一本汪曾祺的《晚翠文谈新编》，印数一万册。这本书一直放在老侯的床头柜上，经常在临睡前，看上几页。时间久了，封面封底的压膜，都已经翘起来了，"品相"不佳。可是，如果有人用现代到当代所有的畅销书，张恨水、琼瑶、三毛以及刘墉等等，包括韩寒小弟弟的书，用手推车推来交换，老侯也坚决不干。不仅不干，还会嘟嘟囔囔地发脾气。干吗呀这是？想侮辱我么？

在《晚翠文谈新编》收录的《〈蒲桥集〉再版后记》一文中，汪曾祺说："中国古代有一个文人，刻了集子，只印了两本。我没有那样的孤高。当然，我也不希望我的书成为'畅销书'。"不知道为什么，读了这段话，老侯心里很舒服。

在这篇文章中，汪曾祺还提到另外一件事。一位日本女作家到中国来，接待她的人，拿了她的书的译本送给她,说很抱歉,这本书只印了两千册。不料她大为生气:"我的书怎么可能印得这样多?"生气的原因是,她的书在日本,最多的只印七百册。汪曾祺由此得出结论:有些人的书,只写给少数有高度艺术修养的人看。这当然是一个比较极端的例子。但既然存在,老侯就不妨把它给嘀咕出来。

一个作家,写了一本印数很少的书,或者写了几本印数很少的书,都无法实现"经济独立"。但老侯觉得,书的价值,跟"经济独立"是两码事。两者之间,不是正比关系。当然,也不是反比关系。如果说,印数少的书,都是好书,等于是梦话。但很多好书,销量都不大,却是事实。

老侯也是一个写作者,当然希望"从市场上能得到相对多的收入",这不是坏事,但这绝不是终极目的。老侯希望自己至少能写出一两本有价值的书,值得读者珍藏一生。也只有到了那个时候,才能真正"站着说话不腰疼"。

老侯嘀咕了这么多,结论是,韩寒小弟弟的"经济独立",并不是"不腰疼"的前因。他的"不腰疼"是另有原因的。

流水的时光呀，你快快流

老侯老矣，但还老得不够。我是说，还没有老到自己期待的那种程度。流水的时光呀，你快快流，让老侯紧跟你的步伐，快快老，好不好？

你说，老侯是不是疯了？我说，没疯。在老侯眼里，老，是一种境界。我渴望自己早日达到那样的境界。

我说的"老"，包含两个方面的内容，一是人老，二是笔老。

人老是指年龄老，不是身体老。我盼着年龄赶紧老起来，可以"从心所欲，不逾矩"，而不是弯腰驼背，脚力疲软，吃顿饭得歇三回。年龄大的好处，是走到社会边缘，是安静，是不再与人争锋，是可以回味，可以冥想，可以旁观者清。

当然还有一种好处，是可以放心大胆地看女孩。当老侯还是小侯的时候，多么喜欢看女孩啊，可是不敢多看。有心理负担嘛，怕人家说那啥那啥。如今老矣，是以父亲的眼光在看，是以欣赏的、怜爱的、慈祥的眼光在看，你能说什么呢？要是再老一些，就能以爷爷的眼光去看了。别说女孩，就是熟女，也可以放心大胆去看。有一个故事说，齐白石第一次见到新凤霞，盯着看了好久，看得新凤霞不好意思。有人扯白石老人的袖子，白石老人不乐意了，说我都这么大岁数，看看还不行么？随便说一句，那年，白石老人八十几岁，新凤霞三十几岁。

说快快老是为了看女孩或者熟女，是老侯逗你玩儿。老侯舞弄文字多年，知道老的妙处，更多的，是体现在文字上，也就是笔老。

笔老是指文章老成，筋道，也包含了从容，淡定。我写过两篇小文，一篇《老年文章》，还有一篇《枕边三老》，都对老年人的文章，表达了自己内心的倾慕。前者，提到四位老作家，孙犁，汪曾祺，杨绛，周作人。他们呀，如汪曾祺所说，文笔干净，"不卖弄，少做作"。后者，提到三位老作家，夏元瑜，唐鲁孙，资中筠。还是文字干净，不花哨。当然也小有区别。分开说，夏老，文中有一种别样的幽默；唐老，民间掌故涓涓如流，似乎用之不竭；而资老，国事家事，都清晰如梳，娓娓道来，不由得你不服气。

这几位老人，怎么就达到如此高的境界？还是跟年龄有关。就像熬汤，不管鱼汤还是骨头汤，没熬到时候，味道不会好。就像炖菜，千炖豆腐万炖鱼。你年轻就不行，火候不到。年轻人的文章，是爆炒出来的，吃吃可以，但不耐回味。有人扬言什么"提笔就老"，笑话。人家用一生的经历和学识，熬出一锅汤，你只用几片菜叶和味精，哪里比得过？

老侯今生的一大遗憾，是没有跟汪曾祺先生见上一面。我喜欢他，不仅仅是喜欢他的文章，也喜欢他性格的温和，喜欢他跟晚辈之间"两小无猜"的情怀。本来是应该见见的，本来也是可以见见的，只因我生性懒散，硬生生地错过了。不过我倒是在心中多次幻想，要是自己家也有这样一位老人该多好。早晨出门上班，留一个文章题目给他，晚上一回家，就有写好的美文可读，闲暇时再陪他品品茶、喝喝酒，那种日子，该是多么惬意。

老侯不敢说，自己再老一些，再再老一些，在做人作文方面，就能达到上佳境界。不过倒也自信，属于自己的佳境，必然是在再老一些和再再老一些的时候，才能到来。

老侯等着，等着渐入佳境，就像是等待一位红颜知己。流水的时光呀，你快快流，快快流，快快流呀。

说古

祖宗留下来很多东西,有些现在还好用,有些,需要改装一下才能用。

祖宗留下来的东西

祖宗留下来很多东西，有些现在还好用；有些，需要改装一下才能用；还有些，实在不好用，只能把它们请进博物馆。好用不好用，都需要我们用平常心来对待，不能太激动。

祖宗留下的东西太多，要弄清楚哪些是最重要的东西才行。从政治的、经济的、文化的角度（单从文化的角度，还可以细分为民俗的、文学的、艺术的等等），分解一下，再归纳一下，抽象一下，看看哪些最重要。我这样试了试，得出的结论是，祖宗给我们留下的最重要的东西，就是"道"。

你看，我们得倒退一步，先把"道"的意思弄清楚。老子的《道德经》，一半说的是"道"。我读过几遍，读得自己糊涂起来。其实是可以用一句话来说的。当代禅师王绍璠先生说："道，就是游戏规则。"此言如同棒喝，一下子把我打醒。想想看，儒家的主张，仁义礼智信、温良恭俭让，不就是游戏规则？按孔子的意思，大家都遵守这个游戏规则，这个社会就会好起来。这是

说 古

大"道"，之外还有很多小"道"，什么诗词格律，什么书法茶艺（日本人叫书道茶道，我觉得更准确），什么婚葬礼仪妇道孝道，不都是游戏规则？

王绍璠先生还说："德，就是遵守游戏规则。"这是题外话，一笔带过。

现在往前走，看看我们对祖宗之"道"的态度。这就严肃了。一方面，我们对祖宗的游戏规则，即便嘴上说好，行动中也并不遵守，比如对待那个孔孟之道；另一方面，要么神化要么妖魔化，或者说有时神化有时妖魔化，完全是实用主义的态度。前者一以贯之，我不想说它。后者的妖魔化，还是拿孔孟之"道"来说，新文化运动的时候，要打倒孔家店，几十年后，又诬陷说孔老二从小就不是好东西，到邻居家地里偷韭菜……这个，我不想说它。我要细说的，是神化。

还是举个例子吧，拿《二十四孝》来说事。很好理解，就是二十四个遵守孝道的好榜样，就像我们今天提倡学雷锋一样，其实是树立"德"的标兵。可问题是，这个标兵，不是生活在现实里，倒像是生活在神话传说里，你叫大家怎么学？

我指的是《二十四孝》中的一些孝行，什么"卖身葬父"（董永遇见七仙女），什么"刻木事亲"，什么"哭竹生笋"，什么"卧冰求鲤"，什么"涌泉跃鲤"，什么"扼虎救父"（十四岁小姑娘打老虎），什么"埋儿奉母",都是扯淡嘛。

篇幅所限,不能对上面提到的种种扯淡一一细说,就说一个"卧冰求鲤"吧。说的是,晋代的王祥自幼丧母,继母对他不好,总在亲生父亲面前说他坏话,弄得父子关系相当冷淡。但是呢,王祥对继母很孝顺。寒冬腊月,继母突然想吃鲜鱼,王祥立马出门,走到结冰的河面上,脱了衣服,躺在上面。(这是干吗?想用体温把冰面化开么?奇怪。)很快,奇迹出现了,"冰忽自解,双鲤跃出"。我靠!

已故作家王小波在《知识分子的不幸》一文中提到过这个故事,说他有位世伯,当过工读学校校长,总拿《二十四孝》教育学生,把学生教育得毛骨悚然,自己还沾沾自喜。"文革"时期,报应来了,学生造他的反,把他赶到冰面上,说,你爸病了,想吃鱼,你赶紧"卧冰求鲤"吧。该校长的健康从此毁掉了。后来一听别人讲《二十四孝》,他就浑身起鸡皮疙瘩。

《二十四孝》据说是元代一个叫郭居敬(另一说是郭守正。都姓郭,是不是一个人呢?)的人编写的,还题诗赞之,"以训蒙童"。我不想指责这个姓郭的家伙,只想说,我们怎么就不能用一颗平常心,来对待祖宗留下来的东西呢?

女人小脚与男人大脑

说起来,已经是很久以前的事了。作为中国传统文化中两个畸形的怪物之一,女人缠脚(另一个是太监)的陋习,已经画上了句号。但正如冯骥才所说:"这句号画起来分外地凝重沉缓,艰难吃力。"

女人缠脚的起源,常见的说法,是南唐李后主突发奇想,令人做六尺高的金莲一枚,让后宫一美女,"以帛缠足"站在上面"做新月状"。不光是站,还"着素袜行舞莲中,回旋有凌云之态"。此说属实的话,那么小脚在后世别称"三寸金莲",也算是对李后主拐弯抹角的缅怀。这李后主,真是大玩家呀。

后来的君主,大概都喜欢李后主留下的"非物质文化遗产",一时大玩而特玩,以至于到宋代,此种歪风从宫廷刮到民间,"宋末遂以大足为耻"。至元明,此风更盛,人心世情,都被刮得东倒西歪。

这一陋习的繁荣,在我看来,主要根源在于男人的大脑。男权社会嘛,男人的大脑主宰一切。他们觉得那东西特别好玩,连喝酒都用上"金莲杯"了嘛。有个叫李渔的文人,还以文艺评论家的姿态,总结出小脚的六种玩法。还有人把小脚分成"九品",跟官职一样。大名鼎鼎的清末学者辜鸿铭,把小脚跟屁股都联系起来了……算了,不说了,替他们脸红啊。

但也有另外的说法,如《女儿经》所言:"为甚事,裹了足?不因好看如弓曲,恐她轻走出房门,千缠万裹来拘束。"等于是说控制女子红杏出墙。是耶?非耶?即便是,也是男人的大脑在作怪。

至于缠脚对女子的伤害,可谓罄竹难书,一言以蔽之,"小脚一双,眼泪一缸"。可这个,男人不在乎。

转眼到了清代,局面为之一改。满族人是不缠脚的。得了天下之后,有了唯我独尊的气焰,对陌生事物看不顺眼,捎带着,对女人的小脚也看不顺眼。顺治元年(公元1644年),孝庄皇后谕:"有以缠足女子入宫者斩。"顺治二年(公元1645年),帝谕,民间女子禁缠脚。康熙元年(公元1662年),再次诏禁,违者罪其父母。够严厉了吧。可惜,疗效不佳,民间"架诬"纷起。无奈在康熙七年(公元1668年),解除禁令。这一解禁,却又生出许多弊端,竟然连旗人女子也开始缠脚,且越演越烈。乾隆执政时,多次下旨,严禁旗人女子缠脚。三番五次,好歹禁住。汉人那边,却个个都成了"小脚狂"。有人沾沾自喜,把汉人的顽固不化,上升到民族主义高度,说什么"男降女不降",不要脸啊。

到晚清，光绪帝下旨，慈禧太后也下旨，还是不好使。结果外国人着急了，牵头在中国发动"天足运动"，成立"天足会""戒缠足会""不缠足会"之类的组织，奔走呼号，局面才稍稍改观。辛亥革命之后，民国临时大总统孙中山也发布禁令，推波助澜一番，才使缠脚陋习渐渐散去。

真是费劲。解放一双小脚，都这么费劲，何况……难怪专栏作家刘瑜至今还在感慨："中国早就改革开放了，现在很多中国人可以全球到处留学、旅行和出差，但不幸的是，很多人并没有克服精神上的闭关自守。"

最要命的，就是这个"精神上的闭关自守"。还要多少年，才能彻底解放呢？

冯骥才把缠脚称作是"中国文化中最隐秘、最闭锁、最黑暗的死角"，为此曾作长篇小说《三寸金莲》来鞭挞一番。有个叫楚庄的人，读后有感，给作者赠诗一首，其中两句，道是："百年史事惊回首，缠放放缠缠放缠。"

看官，这"缠放放缠缠放缠"，所指，仅仅是女人的一双小脚么？

陌上花开

又到了"陌上花开"的季节。黄昏时分,我坐在窗前,看夕阳斜照的草地,看草地上的新绿,看早早开放的春花,眼前突然跳出一个人来。是一个古人,也是一介武夫,据说是"目不知书"的,叫钱具美。唐僖宗时以破黄巢起家,被封为吴越王,谥号武肃,后人称之钱武肃王。

怎么会无端地想起他呢?

说白了,还是由于"陌上花开"的缘故。

苏东坡《陌上花三首并引》的引言部分,提到过这位吴越王。说他的一个妃子,每年春天都回娘家。某一年,爱妃临行前,钱具美送她一封信,说:"陌上花开,可缓缓归矣。"

就这一句,竟在吴越之地闹出不小的响动,有人还把它谱了曲,四处传唱,"含思宛转,听之凄然"。

以我的男人之心猜测,这个吴越王,原本不舍得让爱妃离开自己,可同时更不舍得拂逆她的心意,两难了。两难相权,还是得放她走。心却不甘,盼她早点儿回来,可话又不能直说。又一个两难。无奈之下,才有"缓缓归"

之语。这不是钱具美才华横溢，而是活生生憋出来的委婉"情话"，是真情实录。心里边，怕是要有一点儿淡淡的伤感吧。

"陌上花开，可缓缓归矣。"清人王士禛在《香祖笔记》中感叹说："不过数言，而姿致无限，虽复文人操笔，无以过之。"他在《渔洋诗话》里，也提到这句话，称之"艳称千古"。

王士禛对此言可谓一往情深。也不仅仅是王士禛，同样一往情深的，大有人在。证据是，"缓缓归"三个字，在后世的诗词中，反复出现。

一介"目不知书"的武夫，笔下竟能流出此等让人情动的语句，让后世文人耿耿于怀，近乎奇迹。

此言之妙，可以归结为"言尽意不尽"。古人作文，大都讲究这个。姜白石《诗说》："意有余而约以用之，善措辞者也。"又说："句中有余味，篇中有余意，善之善者也。"钱具美歪打正着，撞进了这般境界，以此而千古流芳，真是幸运。

苏东坡由此事演绎的三首《陌上花》，第一首也是最好的一首，道是：

> 陌上花开蝴蝶飞，江山犹是昔人非。
> 遗民几度垂垂老，游女还歌缓缓归。

说的是大唐江山破碎之后，"缓缓归"还在游女的口中传唱。可惜，即便是苏东坡，经过格律化之后的表达，也不如钱具美的信中语，更让人为之情动。什么原因呢？就在于苏诗言尽而意尽。

对比之下，我等笔墨文士，下笔可不慎乎？

我与中郎两相知

中郎,就是袁宏道。中郎是他的字。此君乃明代文学家,名盛一时且永垂于世。依古礼,称字不称名才算尊重。如今不遵古礼,但我还是喜欢叫他中郎。

我与中郎两相知。这样说,不是抬高自己,是别有情缘。

冯梦龙《警世通言》第一卷《俞伯牙摔琴谢知音》中有高论:"恩德相接者,谓之知己;腹心相照者,谓之知心;声气相求者,谓之知音。总来叫做相知。"

由此说来,我与中郎除恩德无涉之外,还有两处相知,一则知心,二则知音。

我与中郎的"腹心相照",体现在人生志趣上面。中郎尺牍《与沈伯之书》有妙语如珠:"作吴令,无复人理,几不知有昏朝寒暑矣。何也?钱谷多如牛毛,人情茫如风影,过客积如蚊虫,官长尊如阎老。以故七尺之躯,疲于奔命,十围之腰,绵于弱柳,每照发眉,辄尔自嫌,故园松菊,若复隔世……嗟呼,袁生岂复人间人耶!"

我相信这是中郎真实的内心写照。按常理，给朋友写信，大可不必作秀、不必标榜、不必忸怩或者无病呻吟。在下不揣浅薄，与中郎比量，除了没有当过"吴令"或别的什么"令"之外，其他方面，皆感同身受。嗟呼，在下亦岂复人间人耶？

这是知心的一面。

《周易》有言："同声相应，同气相求。"此话怎讲？一犬吠物，百犬吠声，就叫"同声相应"；天要下雨，房基润湿，就叫"同气相求"。我与中郎也是如此。

中郎是"性灵派"的中坚人物，在文学方面有"独抒性灵，不拘格套"的"性灵说"，对文坛的"众口一响"提出过尖锐批评，强调文章非从胸臆中流出则不下笔。平心而论，我也算是性灵派中的一员，正步履踉跄地追逐前贤的背影。严格说来，是追逐中郎的背影。

一本《袁中郎随笔》，是我多年不变的案头书。书已残破，封面封底摇摇欲坠，但喜爱不减，且常读常新。此书是作家出版社《明清性灵文学珍品》丛书中的一种，装帧古朴，可惜收录不丰。曾经苦求《中郎先生全集》而不得，好生郁闷。所幸者，最近觅到《袁宏道集笺校》三册，乐而读之，如茶如酒。

在性灵说之外，中郎对民歌的推崇，也曾是在下津津乐道的话题。他自叙曾以《打枣竿》等民歌时调为诗，使自己"诗眼大开，诗肠大阔"。在《叙小修诗》中，他谈到闾里妇孺所唱《擘破玉》《打草竿》之类,"犹是无闻无识真人所作,故多真声,不效颦于汉魏,不学步于盛唐,任性而发,尚能通于人之喜怒哀乐、嗜好情欲,是可喜也。"此论好极好极。我从当世的陕北民歌中,也体悟到其中妙处,曾著文数千字,洋洋而论。

汪曾祺先生说过,作家要从民歌中汲取营养。这种异口同调,不是毫无来由的吧?

以上所说,是我跟中郎知音的一面。

"人生得一知己足矣。"得一知心呢?得一知音呢?当然也是足矣足矣。看官不闻俞伯牙与钟子期之交乎?"春风满面皆朋友,欲觅知音难上难"呐。

史称中郎其人性情洒脱,又精明强干,颇有政声,此在下远远不及。但不管怎样,我还是甘当中郎身后之走卒,哪怕是一个不称职的走卒。别人要说闲话,尽管说去,在下置若罔闻就是了。

明朝也有活雷锋

读袁了凡先生的《了凡四训》，吓一跳，原来明朝的时候就有了活雷锋，这雷锋就是袁了凡本人。当然，无论他活着的时候，还是死后，都没有人号召向他学习。这老先生大概是预料到这一点，晚年写了一篇文章，也就是《了凡四训》中的《立命篇》，号召自己的儿子向他学习。

袁了凡和雷锋，都是为人民服务的典型，而且做好事都不想留名，所不同的是，袁先生做好事，是要求回报的，不像几百年后的雷锋那样"全心全意"，即便你连声谢谢都不说，也无所谓，顶多在自己的日记里记上一笔。

尽管袁先生的精神境界不是很高，但我还是对他充满敬意。他做的好事可真多啊，至少有一万六千件。

袁先生很小的时候，就是一个宿命论者，信命，心服口服。起因是他十五岁那年，遇到一位"修髯伟貌"的孔姓老者。这老者精通《易经》，遇事能前知，对他说，你这个小孩，命里能考上秀才，咋不去读书呢？小袁说，家里想让我学医呀。老孔说,明年你去考吧,能考上第十四名。以后参加什么什么考试,还能考上多少多少名。小袁听他的话,去读书去考试,果然都准,于是心中大骇,原来人的命运都是前定的呀。但遗憾的是,老孔还说,他命中考不上进士,且命中无子,寿命也不长,只能活到五十三岁。

所以后来袁先生被选拔到京师国子监读书的时候,学习积极性不高,"留京一年,终日静坐,不阅文字"。后来去拜访一位名叫云谷的禅师,两个人"对坐一室,凡三昼夜不瞑目"。都很厉害。也不能总是干坐着呀,总得说点儿什么。云谷禅师说:"汝坐三日,不见起一妄念,何也?"袁先生老实交代说,我这辈子的事,都让孔先生算出来了,一切都有定数,我还妄想个啥呢?云谷说,你这是只知其一不知其二,我们佛家的教典中说了,求富贵得富贵,求男女得男女,求长寿得长寿。袁先生吃了一惊,说那我该咋办呢?云谷说,积阴德呀,多积阴德,命数可变。啥叫阴德,就是做了好事不让别人知道,换句话,就是做好事不宣传。

袁先生从此走上了做好事的道路。分三次发誓,做好事三千件,再做三千件,然后是一万件。不要当事人的回报,而是求老天改变他的命运。他那边做起来很麻烦,咱这里说起来很简单。总之是后来进士也考上了,儿子也有了,而且寿命也延长了。写《立命篇》的时候,他六十九岁。此后一直活到七十四岁。

有人会说,这袁先生哪是什么雷锋呀,是个迷信的人嘛。我看话不要这样讲。评价历史人物,一定不要脱离了当时的历史环境。另外,如果社会上人人都能像袁先生那样用大半辈子做好事,即便是"迷信"一点儿也无妨。另外,我们现在说"好人一生平安""好人有好报"之类的,里边有没有一点点"迷信"呀。

史料上记载,这袁了凡真就不简单,不仅博学多才,而且还是一位勤政爱民的好官。虽然官职不算大,只是个正六品。不过在潜规则横行、事以贿成的明朝官场,他这样一个乐善好施却又并不富有的人,能混到这一步,也不容易了。晚年,由于秉性正直,他得罪了上司,一纸弹劾,被罢免回家,但死后朝廷又给他平反。还算说得过去。

我从《了凡四训》中,读到了一种别样的诚恳。袁先生是语重心长教导自己的儿子,也要成为他那样的人,像他那样活。只是不知道他儿子做得咋样。

海瑞的愤慨

从知名度的角度来说,海瑞绝对是一个大人物。当年,吴晗的一部新编历史剧《海瑞罢官》,竟然在中国诱发了一场强烈的政治地震。海瑞身后的余波尚且如此,活着的时候,更是满朝舆论的中心。

这个人是很有个性的。在我的阅读视野当中,他是最关注接待费的朝廷命官。当淳安知县的时候,就开始关注,后来当上了省级大员,仍然关注。不仅关注,还采取有效措施加以整改。吴思先生在《血酬定律》一书中,对此有详细的阐述。这里,就简要说说吧。

先交代一下故事的背景。明代的"驿递",就是地方的招待所兼邮局。持有朝廷介绍信(那时候叫"马牌")的大小官员路过,都要接待。视官阶大小,接待标准也不同。以海瑞任职淳安县时期为例,巡抚(省长)级的官员,每次接待费为三四百两银子,吴思先生通过计算,认为可以折合当下的人民币近十万元。所费二三十两的情形,也有,相当于人民币六七千元。

补充一句,地域不同,接待任务的轻重也不同。有些地方，接待任务很重。比如淮扬驿递，嘉靖初年，每年收到介绍信三千件，二十年后，变成上万件了。

就是在这种背景之下，嘉靖三十七年（公元1558年），海瑞到淳安县上任。上任之后才知道，他基本没工夫办正事，大量时间都花费在接待上了。用海瑞的话说，"县官真做了一个驿丞（招待所所长）"。而接待费，都是往老百姓身上摊派的。海瑞觉得百姓负担太重，就私自把接待费降下来，"严格照章办事"。一般官员，五六钱银子就打发了，折合人民币一百四五十元。高级官员，也不超过二百元。老百姓的负担，从原先每丁每年三四两银子骤降为二钱五分银子。

按理说，海瑞的举措，于国于民都有好处，应该大范围推广才对。可就是没人推广，更没人主动来学习他的"先进经验"。他违背了国人"私欲优先"的行为模式嘛。于国于民都有好处，但对路过的官员没好处啊。因此，海瑞在四年的任期里，频频惹事，不断地闹出风波。任期已满，本来内定升迁，硬是被朝中官员给闹腾下去了，派到另一个穷县继续当县令。

说起来也很奇怪，以海瑞的德行，后来竟然能升到省级大员。隆庆三年（公元1569年），出任江苏省的一把手，这回权力大了，下了一系列禁令，在所辖范围内坚决制止超标准接待，自己带头执行。可没多久，朝中议论纷纷，同时也抱怨多多。弄得海瑞大人灰头土脸，给内阁诸公写信,说:"纷纷口舌,何自而来哉?何自而来哉?"

海瑞陷入了"日与群小较量是非"的纠葛之中,感觉到"窝蜂难犯",干了不到一年,被迫辞职。他倒是减轻了百姓的负担,但"小民口小,口碑不得上闻"呀。而那些"口大"的家伙,你成群成群地得罪,怎么会有好果子吃呢?

海瑞下台的时候,心中愤愤,恶狠狠骂了一声:"这等世界,做得成甚事业!"

他也就是骂骂而已。私欲优先,谁会把"事业"当回事呢?

那一回,乾隆说"不"

1793年9月14日清晨,大清皇帝乾隆会见英国特使马戛尔尼。说是会见,其实是大清跟英国的一次外交较量。

先看看两国的自我定位。一面,大清自以为老子天下第一,是"中央帝国",别的什么国,都是蛮夷,到中国来,就是"朝贡",必须磕头;另一面,英国已经成为世界头号工业强国,对自身的文明、道德伦理和物质优越性,都很自信,认为其他国家应对其平等对待,不能将其视为从属国。

一个是要你磕头,一个是要你平等对待。这场戏,还真不好演呐。

作为特使,马戛尔尼肩负国王乔治三世赋予的重要使命。一则,是在北京设立英国使馆;二则,请求大清允许英国船只在广州以外的港口停靠。作为交换条件,英国政府授权马戛尔尼,可以中止英属东印度公司跟中国的鸦片贸易。

那时候,英国对大清鸦片贸易的年纯利是二十五万英镑,相当于八十三万两白银。而马戛尔尼的出使,携带礼品及沿途花销高达八万英镑,相当于二十六万两白银。付出这么大的代价,你不能说,英国对大清没有诚意吧?何况,设立使馆,扩大贸易,是对双方都有利的事情。

马戛尔尼带给大清的礼物,包括望远镜、榴弹炮、地球仪、热气球等等,还有一个热气球的驾驶员,总计六百多件,都是"先进文化",而且,他带来的外交理念和贸易理念,也是"先进文化"。

我们来看看乾隆和他的满朝大臣,是怎么对待"先进文化"使者的。

马戛尔尼在澳门一靠岸,就被大清官员安排换乘中国船只北上,船上悬挂巨幅标语,用大号的黑色汉字写上"红夷进贡"。一箭双雕,第一是"夷",第二是"朝贡"。好家伙,一出手,赢了两招。

到北京,马戛尔尼先拜见直隶总督。总督要求他把"贡品"送进圆明园,供大清群臣欣赏。这等于说"朝贡"已经完成,又赢了一招。搞笑的是,大清群臣对那些"先进文化"大多不感兴趣,只对瓷器和火柴,"感到惊诧"。连很多年后的英国学者都感到遗憾,"唉,热气球驾驶员根本没派上用场"。热脸贴上了冷屁股。呵呵。

可叹那些运气不佳的"先进文化",直到1860年英法联军进京,它们还躺在圆明园的仓库里。英国人也没客气，一件一件又给倒腾回去了。

乾隆特别喜欢从胜利走向新的胜利，传话，不在皇宫里接见马戛尔尼。在哪呢？在热河皇家狩猎场的一顶帐篷里。马戛尔尼明白，这根本不是正经"会谈"，只是打个招呼："你好，先生。再见，先生。"

马戛尔尼也不是等闲之辈，他在寻找反击的机会。大清使出的前几招，他不动声色。会见那天，"这位英国大臣盛装前往。他穿着大红外套，佩戴肩带、钻石徽章，还有表明他在英国特权阶层'巴斯骑士'之列的星标。随他一同前往的随从达一百多人，其中包括乔治·斯当东爵士，一位男爵和穿着牛津大学红袍子的学者。"（《鸦片战争：一个帝国的沉迷和另一个帝国的堕落》）应该说，很是郑重其事。

最后一个回合，磕头。马戛尔尼的反击开始了。他说，好啊，磕几次都可以，不过呢，本着平等的原则，你们大清的臣子也要向我们国王磕头。他早有准备，带来一幅乔治三世的等身画像，你们大清的群臣就朝着那幅油画磕头吧。这一手，把大清群臣给干糊涂了。他们拒绝磕头，自然而然，马戛尔尼也拒绝向乾隆磕头。平等嘛。

这样一来，把所谓的会见，弄得很不愉快。乾隆心里郁闷呐。对英国的要求，想在北京设立使馆呀，不！英国船只在广州以外的港口停靠呀，不！俺就是不同意，你能把俺怎么样？

一连两个"不",还有什么可谈的呢?这样倒也省心,英国那个主动停止跟大清鸦片贸易的提议,也就跟着"不"了。

结束了,一切都结束了。马戛尔尼两手空空回到英国。这个在英国政坛有过多次上佳表现的重臣,这一回,让乾隆给玩惨了。虽然在磕头的问题上胜了一招,但最终目的没有达到。虽胜犹辱啊。

但他也不是什么收获也没有。马戛尔尼清醒地看到,大清帝国是"由一个老迈、疯狂、至高无上的好战分子带领着",要是没有精明强干、机智灵敏的官员来管理,这艘政府之舟将漂泊无依,直到"撞成碎片"。他说对了,四十七年以后,第一次鸦片战争爆发,大清帝国"撞成碎片"的过程开始了。

乾隆对这次会见也有一番总结。他给乔治三世写了一封措辞生硬的信,信中说:"我们的方法毫无共同之处。你们的公使也无此能力掌握这些礼节,并将其带到你们的蛮夷之地。那些奇异且昂贵的礼物并不能打动我。你的公使也看到了,我们应有尽有。我认为这些怪诞或精巧的物品毫无价值,你们国家的产品对我来说毫无用处。"

这个傻皇帝,他到死也不知道,如果那次他能跟马戛尔尼好好谈谈,一旦中断英国对大清的鸦片贸易,第一次鸦片战争和第二次鸦片战争,也就打不起来了,他的后世子孙也不至于那么快就闹得国破家亡。

不过，国破家亡的原因，倒是让乾隆说对了，就是那句"我们的方法毫无共同之处"以及"你们国家的产品对我来说毫无用处"。

历史证明，凡是夜郎自大的国度，凡是拒绝先进文化的国度，都是没有前途的。看官，你说是也不是？

乾隆的闹剧

乾隆六十年,也就是公元 1795 年,秋天的时候,乾隆宣布,从明年开始俺就不当皇帝了,"禅让"给太子,改年号叫嘉庆。此言一出,满朝大哗。一场华丽的表演就此开始。

类似的表演,在两千多年的专制社会里,已经不是什么新鲜事。所谓"礼",指的就是种种表演模式,只是每次演出的主角和配角有所不同,核心事件有所不同。但表现在细节上,其实都差不多。

先是准嘉庆,也就是太子,得赶紧表态,不行啊,爹爹,我的好爹爹,儿学识浅薄,怎堪大任,还是你老人家干吧。他必须这样说啊,不说就是不知"礼",那还了得。但这准嘉庆,比我说得更好,人家说,爹爹,现在不说这个好吧,等您老人家活到一百岁的时候,再让位给我,我肯定不推辞,你说好不好,好不好嘛。

满朝大臣也得来这么一下子,左一个奏折右一个奏折,都是歌颂的话,都是挽留的话,像是搞了一场以对乾隆的歌颂和挽留为主题的征文大赛,好生热闹。

龙颜大悦啊。可大悦归大悦，但这皇位不让出来还真不行。谁让他老早就把话给说出去了呢？说什么干满六十年，俺就退休。而且越到后期，说得越频，都当成流行歌曲来唱了。等把征文大赛搞完，他老人家说，唉，俺把让位这件事，已经"焚香告天"了呀，老天要是怪俺"不诚"，咋办哩？这是无解的难题，谁敢替他回答呢？

于是就选在第二年的正月初一隆重举行"禅让"大典，宣告大清正式步入嘉庆时代。但在这个大典之上，出现了一点儿不和谐的小插曲，老乾隆竟然不肯交出玉玺。你不把大印交出来，算啥子让位嘛。身边大臣急得满头汗，好说歹说，老爷子才不情愿地撒了手，总算没把好戏给演砸。

但没过几天，乾隆爷后悔了，连下诏书，说，这个这个，虽然玉玺交出去了，但"军国大事及用人行政诸大端"，俺老人家还是要过问的，俺要是不过问，出了问题谁负责？与此同时，他还赖在养心殿里不搬出去。按大清之"礼"，养心殿是皇帝的寝居啊，你赖在这里不走，算咋回事嘛。

到这时候，嘉庆总算明白，自己哪里是什么皇帝呀，顶多是个玉玺保管员。得，认命吧，啥也不管，专门伺候老爷子，安心当个"侍皇帝"吧。

人老觉少，即便是当了太上皇也是这样，乾隆每天凌晨三点就起床了，这可苦了嘉庆，两点就得爬起来，收拾收拾,赶过去问安,还要听老爷子唠叨,每一声唠叨,都是"训谕",得牢牢记在心上才行。上朝的时候,更有意思了,坐在爹爹身边,一言不发,爹爹笑,他也笑,爹爹发脾气,他赶紧做愤怒状。呵呵。

这种不是人过的日子,嘉庆苦熬了四年。

这四年对于大清,可不是什么好年景。有兴趣的读者,去查查史书吧,官员怠政、贪腐盛行、民怨沸腾、骚乱四起啊。其根源,就在乾隆身上。那时候,乾隆不仅仅是老夫,更是个病夫,老糊涂了,"御膳"刚吃完还要吃,连奏章的御批,都没人看得懂……如此这般,国事岂能不糜烂?病夫治国,国何以堪?

更重要的是,有乾隆爷在前面做榜样,后世的慈禧之流,搞什么"垂帘听政",也算有章可循,并非完全坏了"祖制"。

"天朝"的国运,就是这么一步一步坏掉的。唉。

纪晓岚的真面孔

很多历史人物,都让电影、电视剧以及小说之类的文艺作品,给弄得面目全非,比方说,纪晓岚。电视剧里边,张国立扮演的纪晓岚,何等潇洒,有才有识,幽默风趣,铁嘴铜牙。喜欢跟和珅较量,一次一次交锋,一次一次让和珅难堪。和珅是个臭名昭著的人物,让他难堪,大快人心呐。

可惜,真是可惜,这些,只是编剧和导演的白日说梦。

那么,真实的纪晓岚,或者说,比较真实的纪晓岚,是个什么样的人呢?一言而概之,犬儒而已。

说起来,在大清乾隆朝,老纪算是混得不错了,很受"重用"嘛,两次担任乡试考官,六次担任会试考官,三次担任礼部尚书,直到协办大学士、《四库全书》总编,可谓"恩宠备极"。可就是这样一个"重臣",在乾隆看来,不过是"倡优"而已。乾隆的原话是这样说的:"朕以你文学优长,故使领四库书,实不过以倡优蓄之,尔何妄谈国事!"这段话不难懂,我就不"白话"了。

乾隆骂老纪,似乎是家常便饭。主编《四库全书》

以前，老纪在都察院当过差，办案不力，也被乾隆骂过，说，这个纪晓岚呐，就是一个"腐儒"，让他当差，凑个数罢了，犯错是正常的，不犯才不正常呢，算了，不追究了。

等老纪当上了《四库全书》总编，挨骂的次数更多了，不仅骂，还要"交部议处""罚赔"，也就是给行政和罚款处分。

这样一个人，敢跟乾隆的红人和珅斗嘴？借他一个老虎胆，他也不敢。

老纪一生最辉煌的功绩，就是主编《四库全书》，耗时十五年，编成三万六千多册。看起来是一件了不起的事情，可这里边，大有奥妙。看官，听我慢慢给你道来。

严格说来，《四库全书》的编辑过程，同时也是一次大规模、长时间查缴、销毁图书的过程。销毁了多少呢？史料上说，销毁的，跟出版的，数量几乎一样多，连宋应星的《天工开物》，都被销毁了。更招人痛恨的，是在"全毁、抽毁、剜去"之外，又对古籍进行大量删改，才予以出版。后世学者为什么不重视《四库全书》呢？就是由于胡删乱改！吴晗就说过："清人纂修《四库全书》而古书亡矣。"

《四库全书》的编辑，是伴着文字狱一路走下来的，在那十五年时间里，发生的文字狱高达四十八次，占乾隆朝文字狱总量的一半。这样说来，老纪，不过是乾隆大搞文化专制的一个爪牙而已。

除此之外，老纪的主要"贡献"，就是写点儿诗文，为乾隆歌功德，为"盛世"唱太平。乾隆五十大寿，老纪献上一则寿联："四万里皇图，伊古以来，从无一朝一统四万里；五十年圣寿，自今而后，尚有九千九百五十年。"啧啧啧，这么好的文笔，这么深刻的"思想"，不给他颁个"主旋律文学奖"，太遗憾了。

再之外呢？哦，对了，老纪还写过一本《阅微草堂笔记》，用他自己的话来评价，不过是"琐记搜罗鬼一车"而已。

再再之外呢？让我想想啊，嗯，想起来了，是老纪"食"量极大，"饮时只猪肉十盘"，几乎不吃米面。同时"色"量也极大，"日御数女"而毫无倦意，在编辑《四库全书》的紧要关头，还"奉旨纳妾"呢，厉害。

如此犬儒，在当下是不是已经绝迹了呢？看官，你别问。问了，我也不说。

道光的道德之光

道德这东西，没有还真不行，但过于夸大它的作用，以为依此便可以"修身齐家治国平天下"，攻无不取战无不胜，也未免荒唐。我这样说，大概会引起国中一些"道德家"的不满。不满就不满吧，我不在乎。平心而论，本人对那些动不动就拿道德说事的"正人君子"们，早就心怀不满。

今天我要讲的，就是一位"道德家"的故事。是中国近代史上头号的"道德大家"，大清帝国道光皇帝。

这道光皇帝，上任伊始，就写下了"恭俭惟德"（出自《尚书·周官》）四个大字，还将此四字篆刻成印章以自警。他的道德之光，最突出的表现是一个"孝"字。以"孝"为万民典范。那个时候，道光已经知道，榜样的力量是无穷的。但道光的"孝"，却不是作秀，而是数十年如一日，兢兢业业。他的生母于1797年去世，由此以降，直到1850年年初，也就是继母去世以前，五十多年时间里，他都把继母孝和皇太后当作生母一样侍奉。《清实录》中记载，他每天早起的第一件事，就是向这位皇太后请安。这事看起来不大,坚持下来可不容易。要知道,道光不是普通的平民百姓,他是日理万机的皇帝啊。退一步说,即便是平民百姓,又有几个能做到这一点?

说起来,道光的死,跟这位孝和皇太后,或多或少也有点儿关系。他很伤心嘛。不光是伤心,还得亲自操办继母的丧事大典。道光的身体原本就不太好,经这么一折腾,立马就垮了。顽强支撑了一个月,终于病倒在床,并很快一命呜呼。

道光不仅身体力行恪守道德规范,以儒家学说为基础构建社会秩序,而且在选择接班人的问题上,也是以德为先。他的本意,是想用道德之光,照亮大清国的万里江山。

道光在立储的问题上,颇费脑筋。前面三子,都没活下来。小四、小五、小六等等,最看好的是小四和小六。二选一,也不容易。到底选哪一个呢?

野史上说,小四和小六的老师,也就是杜受田和卓秉恬,也为此暗中较劲。谁赢了?老杜赢了。这老杜是把道光看透了,你不是喜好道德这一口么?那好,就让小四反复给你表演道德秀。反正这孩子文才武略都不及小六,除了道德秀,没别的本事,成不成的,豁出去了。嘿,这一招还真好使。春天打猎,老杜告诉小四,不准打啊,你手下的人,谁都不准打。爹爹问起来,回话,百兽繁育季节，我不忍心伤害它们啊。道光中计了，闻言大喜："是真有君子之度也。"还有一回，道光身体欠佳，招小四、小六"入对"，就是"问答"，或者叫唠嗑也行。老杜关照，皇上要是"自言老病，将不久于此位"，你千万别说话，就趴在地上哭，做痛不欲生状，听见没？道光再次中计，"帝大悦，谓皇四子仁孝，储位遂定"。这小四，就是咸丰帝。败北的小六呢，就是后来的恭亲王。

野史关于此事的记载，流传甚广，与道光的执政方针"同声相应"，后来的《清史稿》竟然予以采信，摇身变成正史。

道光以道德为准绳，选拔上来的咸丰帝，干得咋样呢？说实话，真不咋地。刚上任时，还做励精图治状，但遇事基本上没有主见，朝令夕改，更是家常便饭。也是命苦，赶上了太平天国战争、第二次鸦片战争以及天地会、捻军造反，可谓焦头烂额，在位仅十一年，就急急忙忙向爹爹汇报国事去也。

道光的道德之光，说白了，就是鼠目之光。

Q人与Q国

看历史,看来看去,越发佩服鲁迅眼光的毒辣。不服不行啊,一声阿Q,把无数中国人叫进去了。甚至,把整个国家,也给叫进去了。

说说大清的外交吧。大清的外交,继承了大明的遗志,坚守"朝贡制度"。管你是哪的人,只要不是"中国"人,你就是个"夷"。既然是夷,到中国来,就一定是来朝贡的。既然是朝贡,就一定得给俺们的皇帝陛下磕头。

说一个典型的事件。英国使臣阿美士德来访,肩负的任务是跟大清建立"条约制度"外交关系。可大清的公务员不管这一套。你要么不来,来了,"英吉利贡使"的小旗子就得高高飘扬。一路上好吃好喝供着你,你还想怎样?可恨的是,这阿美士德不识抬举,竟然不肯行跪拜礼。进京的一路上,大清接待办的同志费了无数口舌,喷了无数的唾沫星子,都毫无收获。情急之下,竟然来硬的。使团刚进圆明园,很多王公大臣坚持让阿美士德立刻觐见嘉庆帝。他们的意思,趁这洋鬼子极度疲劳兼晕头转向之际,逼他磕几个头,这事就算结束了。

说　古

但阿美士德并没有晕头转向，他以种种理由拒绝前往。一个大臣急了，竟然上前撕扯，结果是不欢而散。嘉庆帝很生气，小样，让你磕个头，是瞧得起你，怎么这么牛呢？滚吧，俺不见你啦。

有清一代，跟外国使臣之间的磕头纠纷，上演了很多次。每次都让我们"天朝上国"很生气。唉，那些夷呀，真是不识抬举啊。

到了同治年间，情况有了逆转。国运衰微，遍体鳞伤，什么事情，都得先看看洋人的脸色。两宫太后垂帘听政的时候，还有个算是体面的借口，可以挡挡外国公使的求见。寡妇门前是非多呀，怎么好随便见野男人呢？等同治帝一亲政，这借口立马失效，不见不行。而且，也不敢再要求人家磕头了。只好硬着头皮见。日本大使作揖，西方各国公使鞠躬。事后，各国公使很高兴，觉得这是对大清外交的一次重大胜利。

可怜的洋人，他们高兴得太早。他们不了解大清的国情啊。

大清也觉得自己胜利了。为什么呢？因为接见的地点是紫光阁。而紫光阁历来都是大清接见藩属国君主和使臣的地方。嘿嘿，怎么样，俺们就是不跟你们这些夷平起平坐！

可笑的是大清皇家机关报《京报》，把这次接见大肆渲染一番，说是外国公使见了咱大皇帝，浑身发抖，汗流浃背，都不会走路啦，连会见后的赐宴，都参加不了啦。哈哈。

到这个时候，同治帝完全可以称得上是国中最大的Q人，而整个大清，也成了世界上最大的Q国。可喜可贺！

大清的逻辑是这样的：你磕头，我们胜；不磕头，叫你滚，我们胜；你作揖或者鞠躬，我们胜；你打我，我割地赔款，还是我们胜。大清就是这样一步一步从"胜利"走向"胜利"的，直到航船触礁沉没为止。即便触礁沉没，大清的遗老遗少，还可以继续写文章大骂西方列强为"帝国主义"，从道义角度，也还是我们胜。

大清以灭亡的方式，终于把阿Q进行到底，不服还真就不行。

马修·佩里与"黑船祭"

把入侵自己国家的敌人当作英雄,这种事,大概只有日本人才做得出来。美国人类学家露丝·本尼迪克特在研究日本的专著《菊与刀》中,对日本人的性格进行了高度概括:"桀骜不驯又彬彬有礼,冥顽不灵又顺从灵活,忠诚守信又出尔反尔,勇敢而怯懦,保守而创新。"总之,是一团撕扯不清的矛盾体。

在对外关系上,日本人一向遵循"强者为上"的原则。从这一原则出发,他们把美国东印度舰队司令马修·佩里当成英雄来纪念,延续一百多年而热情不减,也就不奇怪了。看官,我这就给您讲讲佩里和"黑船祭"的故事,好吧?

1853年7月8日,佩里率四艘(也有说是三艘或者十艘)军舰,到达日本横须贺市的江户湾浦贺港,要求日本幕府接受美国总统的"国书"。那国书的态度,蛮横得很啊,说,你们别闭关锁国了,跟俺们美国签订友好通商条约吧。不签的话,哼!日本人吓坏了。当天夜里,沿海城乡一片混乱,大小寺院钟声齐鸣,妇孺呼天喊地,武士叫嚣备战，有人逃难，有人祈祷……他们不是让国书吓成这样，而是让佩里的军舰吓的。他们以前从来没见过这种怪物，浑身漆黑，还不断地喷射黑烟，还像怪兽一样轰鸣，用当下时尚小女子的话说，好怕好怕哦。

这就是日本近代史上著名的"黑船事件"。

半年以后，佩里再次来到浦贺港。在七艘军舰、二百门大炮的威逼之下，双方签订了《美日神奈川条约》，两个月后又追加了《下田条约》。此后，俄、英、荷、法等国，也赶集似的前来签约。从此日本门户大开。

按照我们这里一些"主流"史学家的思维模式，凡是被迫签订的，都是"丧权辱国"条约，都是不平等条约，都应该在史书上做愤慨状才行。但日本人不这么看。他们把佩里当成了恩人。在他们看来，是佩里的到来，让日本有了放眼看世界的机会，也打开了日本通向世界的大门。想想也是，日本的改革开放、奋发图强之路，就是从佩里到来那一天开始的。此后的明治维新，仅仅用三十年的时间就走完了西方二三百年才走完的道路，这是了不起的成就。而日本海军，也先后战胜了大清帝国的北洋舰队和俄罗斯的太平洋舰队。

所以呢，日本人在横须贺市建立了一座佩里公园，还在"黑船"登陆的地方，立碑纪念，碑上有日本首相伊藤博文亲笔书写的大字："北米合众国水师提督培理（佩里）上陆纪念碑"。而且每年都有民间自发的开国纪念活动"黑船祭"。参与者身穿黑衣，蒙面，蹦蹦跳跳，做惊慌状，表现"黑船"到来时他们内心的恐惧和手足无措。如此这般还觉得不够，2003年8月，横须贺市举行了规模盛大的庆祝活动，为佩里建造了铜质雕像，纪念这家伙登陆一百五十周年。

日本"明治时期教育的伟大功臣"福泽谕吉在甲午战争之后，说了一番"怪话"，大意是，大清帝国如果能从这次战败中吸取教训，革新自强，将腐云败雾荡涤一空，就应该感谢作为"引导者"的日本。这话可能让人听着不舒服，但这就是日本人的思维方式，强者为上，同时也要以强者为师。

相反，我们的大清帝国是很不情愿向敌人学习的，只知道生气。一次次挨打，一次次生气。到最后，不学不行了，才装模作样搞搞洋务运动，但学习态度很不端正，好像不是为自己而是为敌人学的。等看清楚末路就在眼前，才惶惶不可终日搞什么君主立宪。可惜老天不再给它苟延残喘的时间。唉。

李鸿章以"诚"为守

写下这个题目,自己先笑了。历史上,敌对双方,有以攻为守的,有以咬牙切齿为守的,也有以"转进"为守的……还没有听说谁是以"诚"为守的。

但李鸿章的确是以"诚"为守。不管你信不信,反正我信。

自老李被任命为直隶总督以来,几十年间,晚清的外交,基本上是由他一人来苦苦支撑。他自称是晚清这座破屋子里的"裱糊匠",东裱裱,西裱裱,一直裱到生命的最后一刻。跟老李打交道的老外们,似乎也很买他的账,评价很高啊,"中国第一人"嘛。

慈禧这老娘们,经常耍点儿小性子,甲午战争之后,赌气不用老李。甲午战败,到日本签约,先是派别人去,但日本方面,拒不接待,点名让老李来谈,说老李来了,啥都好说,不来,哼哼。此后,俄国邀请大清派员参加尼古拉二世的加冕礼,还是点名要老李前往。老李的这一往,欧洲各国的眼睛都红了,争着抢着请他到自己国家"友好访问"。这些事实,是不是说明了一点儿什么?

再看老李自己的总结。晚年,他曾经对身边的人,总结自己的外交经验,说,跟外国打交道,无论英俄德法,我都用一个"诚"字跟他相对,果然没有差错,有时还会有意想不到的收获。接着感慨:古人说一言可以行终身,还真是有道理啊。

那么,老李的这个"诚"字,是从哪里来的?一言而概之,是曾国藩教他的。老李自己都承认,办了一辈子外交,没有闹出乱子(实际上乱子不少,不过那些乱子,主要责任不在老李身上而已),都是借老师曾国藩的一言指示之力。

老曾对老李的"一言指示",史料上有记载的,至少两次。

第一次,是老李给老曾当幕僚的时候。那时候老李还不太老,对自己要求不严,别人都去吃早餐,他不去,借口头疼,想多睡会儿懒觉。老曾没客气,派人告诉他,你不去,所有人都不吃饭,等你。老李这下慌神了,急忙披上衣服"踉跄前往"。老曾一言不发,吃完,对老李说了一句话:"少荃,既入我幕,我有言相告,此处所尚,惟一诚字而已。"说罢拂袖而去。老李"为之悚然"。

第二次,是老李刚刚当上直隶总督,向老曾请示外交策略。老曾反问,你想怎么做呢?老李说,与洋人交涉,不管什么,我只同他打痞子腔。老曾的脸色不对了,沉默很久,说,呵呵,痞子腔痞子腔,我不懂怎么打,你打一个我听听？老李多聪明的人啊，知道自己捅娄子了，赶紧承认错误，再次请教。老曾手捋胡须，注视着老李，缓缓说了一句，还是一个"诚"字啊。

老李以"诚"为守的外交路线就是这样确立起来的。只是在这"诚"的背后，有慈禧的宏论"量中华之物力，结与国之欢心"为后盾。

但老李也没有完全遵守那个"诚"字，虚头巴脑的时候也有，甚至打痞子腔的时候也有。甲午战争以前，1885年，中日为《天津条约》谈判，老李对伊藤博文的态度，那叫盛气凌人：谈判如果破裂，我就准备打仗！哼哼。看把伊藤吓得，多年后还对别人讲："前在天津见李中堂之威严，至今思之犹悸。"不过越到后来，国力越衰，越见其"诚"。

看来，老李的以"诚"为守，是不得已而为之，非初衷也。他更愿意天天打痞子腔，让西方各国都排着队向大清帝国表示"诚"意。可惜，"形势比人强"，没办法呀。老李，你地下有知，倒说说看，晚生所言是也不是？

酒桌上的玄机

我说酒桌上的事,往往跟一个人的命运相关,你可能会心一笑。你笑了,我就不说了。我说酒桌上的事,往往跟一个国家的国运相关,你可能不会笑。你不笑,我倒要好好说说。

都是曾经发生过的事,不远,在近代史上。1900年元旦,老佛爷慈禧对光绪帝越发不满,打算把他给废了,再提拔一个皇帝上来,"后备干部"是端郡王载漪十五岁的儿子溥儁。

老佛爷算盘打得不错,不过心里还是有点儿忐忑,想知道那些外国公使对这件事情的看法。想来想去,想到正靠边站的李鸿章。意思是让老李想办法探听一下。老李也没客气,张嘴就要官,说,任命我为两广总督吧,洋人必来祝贺,我在酒桌上就能把这事搞定。老佛爷一听,赶紧下文件起用李鸿章。如老李所料,各国公使果然纷纷前来祝贺。酒桌上,老李把老佛爷的意思透露出来,结果除了俄国公使,其余各国公使坚决反对。

老李用计划中的一桌酒席,提前改变了自己的命运。

同时，也为晚清的国运，埋下了突变的伏笔。

老李把探听到的消息向老佛爷汇报。老佛爷心情不爽，心说，这是俺的家事，跟洋人有啥关系？哼哼，咱们骑驴看唱本，走着瞧！

老佛爷按原定日期发布《立储书》。载漪很高兴，很快就要给皇帝当爹了，哪能不高兴？家里大摆酒席，招待各路客人。还事先派人"委婉"地"邀请"了各国公使。遗憾的是，各国公使一个没来。不来，就等于不承认这回事呗。奶奶的，气死人了。载漪就是从那天开始，摇身一变，成为激进的反抗帝国主义的"民族英雄"。用他本人的话说："自是载漪痛恨外人，几于不共戴天之势。"

这场酒席改变了晚清的国运，同时也改变了载漪的个人命运。

载漪从此成为义和团的铁杆粉丝兼后盾，还伪造了一个所谓的"洋人照会"来刺激老佛爷，弄得老佛爷很不高兴。这才暗中庇护义和团，在京津各处，闹得不亦乐乎。洋人呢，似乎更不高兴。于是有了八国联军攻占北京，有了火烧圆明园以及种种不平等条约的签订。"民族英雄"载漪也随之失势。

对载漪而言，恨的种子，是从酒桌上种下的。后来的事，都是这粒种子的发芽和生长。你说，酒桌上的事，岂能小看乎？

说 古

中国传统文化,对酒桌一向是极度偏爱的。民以食为天嘛。从文化的上游说,《周礼》中有记载,周天子一家的"饭官",就有两千二百多人,那是多大的一支队伍呀。孔子说:"郁郁乎文哉,吾从周。"不光是孔子从周,连老佛爷也从周,每顿饭都得上整整一百盘菜,把史学界辣妹子端木赐香馋得口水横流,调侃说,那得配备一个"饭用"望远镜才行啊。

近来看到不少网友对一顿饭一万元和茅台酒什么的大放厥词,我是颇不以为然的。吵个什么劲呀?那是人家在弘扬传统文化,有什么好指责的?

不过有一点我们必须承认,在酒桌上,有很多东西,都被悄悄改变。可不慎乎?

由鹦鹉想到李鸿章

一则来自印度佛经的故事：一群鹦鹉成群结队飞往一座山，远远看见山上起火了，鹦鹉们赶紧落到水塘里，把羽毛弄湿，再飞到山上抖落水珠。天神觉得很好奇，说你们这样做，于事无补嘛。一只鹦鹉回答，我们知道这样不行，可是呢，我们曾经在那座山上住过，有感情啊，不忍心看着它被大火烧光。天神很感动，施展神通，把大火给灭了。

由一群明知不可为而为之的鹦鹉，我又想到李鸿章。

后人对李鸿章的评价："权倾一时，谤满天下。"一次次的战败求和，签订辱国条约，都是老李出面。传统儒家文化的特点，骂臣子不骂皇帝，骂儿子不骂父亲，"无君无父是禽兽也"，"臣罪当诛兮天王圣明"，所以这"卖国"的罪名，不能也不敢安到皇帝头上，更不能也不敢安到皇帝他妈头上，只能零售给具体办事的人。

读晚清史，我一次又一次为李鸿章感到委屈。

别的不说，只说甲午战争之后，李鸿章去日本签订《马关条约》。临行之前，老李对光绪帝说："割地不可行，议不成则归耳。"说这话的时候，"语甚坚决"。可光绪的态度暧昧得很，说什么"宗社为重"，其他的无所谓，看情况吧，能"争得一分有一分"。

老李就背着这么个"圣谕"去谈判了，结果如何，并无多少悬念。

但老李还真就厉害，担得起外国舆论所说的"中国第一人"，也担得起梁启超所评价的"现今五十岁以上之人，三四品以上之官，无一可望李之肩背者"。

那时候，日本以瘦小之躯战胜了庞大臃肿的大清帝国，气势之嚣张，是不难想象的。别说签订和约，仅仅是停战条件，就让人目瞪口呆：大沽、天津、山海关等地的清军全部向日军缴械，天津至山海关铁路交给日本管理，停战期间日本所有军费由中国承担。

老李说，不行！

日本代表伊藤博文说，不行也得行！

结果呢，还真就"不行"！

老李利用三天后日本浪人向他行刺一事，大摆姿态，大造舆论，软硬兼施，逼迫日本无条件停火。然后呢，又"舌敝唇焦，磨到尽头处"，把日本要求的战争赔款，由三万万两白银降到两万万两。看官要问，还有三千万两是咋回事呢？那是日本被迫放弃辽东半岛，由大清提供的"补偿"，跟赔款不是一码事。

即便在谈判条件得到清廷的认可之后，老李还跟伊藤博文磨嘴皮子，说赔款再降一点儿吧。"无论如何，总请再让数千万，不必如此口紧。"看官，你见过这种模样的卖国贼么？

这个时候的老李，不就是一只救火的鹦鹉么？"以一人而敌一国"，老李羽毛上的那点儿水珠，怎么能救大清于烈焰之中呢？平心而论，晚清之颓败，就在于李鸿章这样的鹦鹉太少，不入天神法眼，更无法让天神感动。

可老李一回国就发现舆论早已沸腾，"李二先生是汉奸"。好大一场唾沫雨啊，把老李浇得落汤鸡一般。对此，在下真是感慨万端。说句不受听的话，如果所有救火的鹦鹉，都像老李那样得不到公正的舆论对待，晚清的那场大火，无疑会烧得一塌糊涂。

好在，不是所有人都糊涂，至少，晚清的军机大臣们不糊涂。他们全体联名给光绪帝上了一道折子，说："中国之败全由不西化之故，非鸿章之过。"这话，才算是说到点子上了。史料记载，闻听此言，可怜的老李，哭得像个孩子似的。我很好奇，他是哭"不西化之故"，还是哭"非鸿章之过"呢？

慈禧的生活费

读唐德刚先生《晚清七十年》，读到甲午战争的章节，不由得血脉偾张，那个狗娘养的慈禧老太婆是有史以来最大的败家老娘们儿啊。

这老东西是世界上最有钱的富婆。猜猜她的私房钱有多少？说出来吓死你，有两万万两银子！比较之下，清朝的国库，寒酸得很呐。再比较之下，同时期日本明治天皇的"额娘"，就该上街要饭了。明治维新之后，日本大力发展海军，国力贫乏，号召全国人民捐款。明治天皇捐了，老太太也要捐，可惜囊中空空，一咬牙，把自己的首饰都捐出来了。

慈禧老太婆的私房钱，是当时在大清任职的洋人给估算出来的。那些个洋人，像赫德、丁韪良什么的，都是搞经济的，还都一个个鬼精鬼精，他们的说法，比较可信。

大清也在发展海军，慈禧老太婆捐款了没有？没听说。

不仅如此，就在中日关系日趋紧张的时候，慈禧老太婆还在张罗着修颐和园，初步预算是一万万两银子。这些钱，可以组建十支北洋舰队！

如果慈禧老太太是用自己的私房钱修园子也就罢了，可她老人家舍不得啊。于是醇亲王上场，以海军衙门总理大臣身份开始张罗，以为老太太祝寿的名义，号召全国各级官员捐款，捐多少啊？年薪的四分之一。同时，还以筹办"昆明湖海军学堂"的名义，在全国各地强募强捐。这两板斧，到底弄了多少钱，鬼才知道。

就在这期间，李鸿章到海军衙门申请经费购买战舰，不仅分文没得，反倒被醇亲王从正常的海军经费中克扣了三十万两银子，说是给老太太的寿礼。

那个醇亲王，原本就是晚清时期的巨贪嘛。他在操办这件事情的过程中，到底贪了多少，也只有鬼知道啊。

实际上，从醇亲王执掌海军衙门伊始，李鸿章的苦日子就开始了。原本拟定每年从关税中拨出四百万两给海军，实质上只有一百二十万两。可怜的北洋舰队，自1888年以后，就再也没有添加一艘军舰，而日本海军呢，基本上是1889年以后购建起来的，航速快，炮速也快。人家的舰队，时速都在十八海里以上，最高达到二十三海里；北洋舰队呢，基本都在十五海里以下。你说怎么跟日本舰队打呀，胜则无法追击，败则难以逃脱。人家是每分钟打五炮，北洋舰队呢，是五分钟打一炮。不在一个量级上。北洋舰队号称名列世界八强，那是指吨位而言，海上实战，哪里是日本海军的对手呢？有史料证明，仅就吨位而言，当时日本舰队跟北洋舰队，也是不相上下。

醇亲王把海军衙门的钱都花到哪里去了呢？唐德刚先生说，一部分是拿去"接济"老太婆的生活费了。这个老太婆太擅长花钱了，她主持的宫廷，一天的生活费，达到四万两银子！乖乖，这意味着，半个月的生活费，就可以购买一艘吉野号巡洋舰，两个月的生活费，就可以购买一艘镇远号主力舰。

老太婆的嘴再大，加上太监宫女啥的，所有的嘴都算上，也吃不了这么多呀？确实吃不了。按宫里的潜规则，那些钱的七成，都被经办人吃了回扣。在颐和园看戏，嫌天热，搭建一个凉棚，花了三十万两，抛去回扣部分，那凉棚价值九万两。这老太太，她疯了。有这样的疯主子，就会有更疯的奴才。她手下的那些奴才，连封疆大吏都不放在眼里。左宗棠在新疆立了大功，回到北京觐见皇帝，太监竟然索要"关节费"三千两，狗胆包天呐。

甲午之战，非战之过也，乃天惩之。让李鸿章背黑锅，实在是冤枉。

帕森斯，眉头紧皱

在网上看到一个人的感叹，说，国中所有的文学奖，其实都是"矛盾"文学奖。我在文学的缸里酱了多年，觉得这话，是说到"七寸"上了。

其实不光是文学界，国人在生活的各个领域，都是善于自相矛盾的。外国人对此，想不犯糊涂都不行。举个例子说吧。帕森斯，美国土木工程师，晚清光绪年间，为修建粤汉铁路来到中国，从汉口，经湖南、江西到广州进行勘探，历时两年。归国后写了一本书《西山落日》，叙述了他在中国的见闻。在这本书里，他浓墨重彩地叙述了自己对中国的百思不解。

帕森斯说，如果用一个词汇来概括中国人，这个词，一定是"矛盾"。

这是帕森斯在中国"勘探"出来的真实感受。可怜的人，在中国的两年，也是他眉头紧皱的两年。他郁闷呐。

让我用帕森斯的郁闷来为读者解闷吧。

之一，这个国家，有三个名。有时候叫"中国"，意思是占据世界的中心，其他国家都在边上，依附着它。

《礼记》中有"进诸四夷，不与同中国"嘛。有时候叫"天朝"，显然是自我炫耀，是沾沾自喜的代称。最后一种叫"大清王朝"，是王室的自我标榜，以示跟那个被它推翻的"明亮的王朝"有区别。可哪一个是真正的国名呢？帕森斯搞不懂，只好叹气，说："这是一个没有国名的国家。"真实的情况是什么呢？用袁世凯的话说，大清只是一个朝代，而不是一个国家。

之二，这个国家为了选拔人才为国效力，经常举办科举考试，考试的内容却是陈芝麻烂谷子，基本上没用。他一路上听到不少朝廷命官跟他嘀咕，说他们脑子里塞满了儒家那些没用的知识，正要竭力忘掉它们，学点儿能用得上的玩意。帕森斯不理解，既然如此，为啥当初不考点儿有用的？

之三，在利益面前，自己先乱了阵脚。帕森斯到市场买马，一些人拼命帮着卖主抬价，等抬到高处，另一些人又不愿意了，又帮着帕森斯压价。众人的心理，等于说，既想让外国人吃亏，又不想让哪一个中国人占了大便宜，纠结得很呐。

之四，很多人号称信仰佛教，但一路所见的佛教寺院，大多门庭冷落，佛像肮脏残缺。这一条跟当下的情形正好相反。当下号称信仰佛教的人并不多，寺院却是门庭若市，香火鼎盛。连一些号称不信佛的人，也经常进去烧香磕头。

之五，帕森斯一路上见到各种各样的旗帜，但没有一面是大清的国旗。帕森斯在自己的船上升起了一面大清的国旗，但向这面国旗致敬的只有他自己。

之六，大清国所有的道路都残破不堪，河流是最好的运输通道。但对河道的淤积却不加治理，理由是，若加以治理，运输船上的很多苦力就会失去饭碗。

之七……算了，不说了，篇幅所限，就说这些吧。让人感动的是，帕森斯在郁闷之余，还是把自己的良好祝愿献给了中国。他说："给中国一次机会和一点儿帮助吧，它完全能够找出拯救自己的办法。"

多么善良的人。可惜，直到告别人世，他期待中的"华盛顿"也没有在大清出现，"拯救自己的办法"好像有，但没等落实，就呜呼哀哉了。

废帝宣统召见胡适

读史书,有时能读出别样的人生滋味。读溥仪《我的前半生》,更是感慨多多。没想到,那个退了位的宣统,跟文化大师胡适,竟然还有过一面之缘。更没想到,很多年后,当宣统进化到普通人溥仪的时候,提起当年他对胡适的召见,口气竟是那般地轻薄。

那年,废帝宣统十五岁,率一群遗老遗少,龟缩在故宫里,苟延残喘。虽然名不副实,但巴结宣统的人,还是不少。很多人,争着抢着跟"皇上"套近乎,只为一件黄马褂的赏赐,或者死后得一个谥号。一个叫王九成的商人,在宫里花钱如流水,随便遇到一位太监,都供奉一卷钞票,太监们乐疯了,给他起一个绰号,叫"散财童子"。

就在这种情况下,宣统从他的英文老师庄士敦那里,知道北京大学里边,有个提倡白话文的胡适博士。也是无巧不成书,宫里刚刚给宣统安装了电话,电话局还送了一个电话簿。小屁孩高兴啊,搞恶作剧,先是给京剧演员杨小楼打电话,再给一个叫徐狗子的杂技演员打,再给一个饭庄打,都不报姓名。这样胡闹一通之后,突然想起胡适,给他又打了一个。

宣统:"你是胡博士吗?好极了,你猜我是谁?"

胡适:"您是谁啊?我怎么听不出来呢……"

宣统:"哈哈,甭猜啦,我说吧,我是宣统呀!"

胡适:"宣统……是皇上?"

宣统:"对啦,我是皇上。你说话我听见了,我还不知道你什么样。你有空到宫里来叫我瞅瞅吧。"

君无戏言,这就是召见了。胡适当真了没有?还真就当真了。不过,还算谨慎,为了证实这个电话的真假,特意找庄士敦咨询。得到肯定的回答之后,又向庄士敦打听进宫的规矩。

有件事,溥仪书中没有提到。但群众出版社出版的《我的前半生(全本)》中,印了一张照片,是胡适当时使用的名片,名片上有手书的几个字:"今日因有课,不能入宫,请恕罪。胡适。"这证明,胡适没有因宣统召见而耽误给学生上课。这是很得体的。溥仪不说,不知是何用心。

那么,胡适究竟拜见过宣统没有?按溥仪的说法,当然是拜见了。但我没有见过旁证。要是在这种事情上撒谎,溥仪的德行,也就太低劣了。所以,我们姑且相信溥仪的说法吧。

看看溥仪是怎样叙述这次召见的:"我这无心的玩

笑，倒真把他引来了……这次由于心血来潮决定的会见，只不过用了二十分钟左右时间，我也没说多少话……问问他白话文有什么用，他在外国到过什么地方，最后为了听听他的恭维，故意表示我是不在乎什么优待不优待的，我很愿意多念点儿书，像报纸上常说的那样，做个'有为的青年'。他果然大为称赞，说：'皇上真是开明，皇上用功读书，前途有望，前途有望！'我也不知道他说的前途指的是什么，他走了以后，我也没费心去想这些。"

轻薄的语气弥漫在字里行间。说白了，我宣统根本没把你胡适当盘菜。

更大的轻薄，是在这次召见之后。溥仪说，胡适给庄士敦写了一封信，信中的一段内容是："我不得不承认，我很为这次召见所感动。我当时竟能在我国最末一代皇帝——历代伟大的君主的最后一位代表的面前，占一席之地！"

溥仪说他读后的感觉是："原来洋博士也有着那种遗老似的心理。"我得承认，这一拳，把胡适打得很重，至少是个乌眼青。

溥仪之所以这样肆无忌惮地轻薄胡适，一点儿面子也不给，这跟《我的前半生》写作的时代有关。这本书写于上个世纪50年代末期，那时候，胡适在美国纽约，成为一个落魄的寓公，而他的学术思想，在大陆，已经被彻底打翻在地。这种情况下，溥仪再踏上一只脚，也就不足为奇。换个人，假如宣统当年召见的是鲁迅，溥仪还敢用这种轻薄的口气来叙述么？

不过我还是很纳闷，当时，作为新文化运动的统帅人物，胡适的声望在国中如日中天，你去搭理那个被罢黜的小皇帝干吗？还卑躬屈膝说什么"历代伟大的君主的最后一位代表"，让人轻薄，让人打个乌眼青，也是自取其辱，怪不得别人。

从胡适的举动中不难看出，文化人这东西，想特立独行，不依附点儿什么，大概也很难。胡适倡导的白话文运动，还不是得益于北洋政府的大力支持，才获得成功的？这就回到那句老话了："人在屋檐下，不得不低头。"胡适不傻，懂得低头的艺术。一辈子，他跟政府之间，都是"小骂大帮忙"嘛。只是这一次，在溥仪面前低头，有点儿斯文扫地。

末代皇帝的染缸

最近在读末代皇帝溥仪的大作《我的前半生（全本）》。就内容而论，让我感兴趣的、能诱发思考的章节有很多。今天要说的，是溥仪所受的教育。那可是一个皇帝所受的教育啊。尽管溥仪已经退位，但教育不能退位。要知道，在清朝遗老遗少的心目中，溥仪一直肩负着"还我河山"的历史重任嘛。

溥仪六岁那年开始读书。很辛苦，每天早晨都在四点起床。上午三个小时课，下午两个小时课，等于是"全日制"。老师有好几位，教中文的，教满文的，教英文的，都有。师资力量很强，说是"精英"也不过分。

课程也是精心安排的，从《孝经》到《尔雅》，之间夹杂着十三经和辅助教材《大学衍义》《朱子家训》《全唐诗》等多种。不说是把中国传统文化一网打尽吧，也差不多，大鱼都在里边了，小鱼小虾的，无关紧要。我很羡慕，心说，我要是有这样的文化底子，现在不知会出息成什么样子。

但且慢。吊诡的是，溥仪长大成人以后，几乎成了白痴，尤其没有数字和地理概念。用老百姓的话说，连数数都不会。在战犯管理所，有人问他，当初宫里有多少太监呀，他旁顾左右，东一句西一句，就是不说数字。他连二十跟四十哪个大哪个小都不知道，你让他怎么说呀？管理所的领导知道这个情况，赶紧找人教他算术。那一年，溥仪五十岁。

这件事看起来很好笑，但绝不是一个笑话。用溥仪自己的话说："我从宣统三年（公元1911年）学到民国十一年（公元1922年），没学过加减乘除，更不知道声光化电。"我的心情很沉重。史学家黄仁宇先生说，传统中国的弊端，就是不能用数字来管理国家。你想想吧，一个皇帝，活到五十岁，连数数都不会，他怎么可能用数字来管理国家？

更要命的是这样一句话，溥仪说："一切有技术的人在那时是被贵族看作卑贱的等级的。"贵族这样看，皇帝自然也会这样看。我一下子明白了，洋务运动失败的根源可能就在这里。同时也明白，晚清的海关为什么要聘用外国人来管理。当然我也明白……可我明白了有什么用啊。

还有一些让人心凉的事，是溥仪的老师们，不停地用各种方式向他灌输这样的观念，皇帝是不会犯错的，想怎样就怎样，爱咋地咋地。一个小孩子，哪经得起这种挑逗啊。也多亏是个小孩子，想不出酒池肉林、羊车巡宠这类成年人的把戏，顶多跟太监宫女之类搞搞恶作剧和体罚什么的。但在这种思维怂恿之下，到了成年，他会怎样呢？历史真就会开玩笑，给溥仪一个当真皇帝的机会，伪满洲国的皇帝嘛，他在书中也谈到了，这皇帝让他当的，是昏君与暴君兼而有之。

很多年后沦为囚犯的溥仪终于知道，他小时候，身边唯一有点儿"人性"的人，是他的乳母。那是一位出生在贫苦农家的妇女。她告诉溥仪，别人跟他一样，都是人，都有牙，都不能嚼铁砂，都会饿肚子，被打的时候都会疼……可惜，溥仪九岁那年，乳母就被辞退了。溥仪说，从那时开始，他的"人性"就逐渐丧失。

我不得不承认，一个人所受的教育和他周边的环境，确实是一口染缸。人的色彩，是由染缸决定的。有什么样的教育，有什么样的环境，就有什么样的人。这话拿到今天来说，也是对的。由此推想，当年孟母者择邻而居，你能说没有道理么？由此再推想，如果一国之中所有的教育、所有的环境都几乎相同，即便孟母在世，又能做出怎样的选择呢？

马士眼里的中国

马士（1855—1934），美国人，晚年入籍英国，但他事业上的黄金时代，却是在中国度过的。1874年，他毕业于哈佛大学，同年考入中国海关，三年后出任天津海关帮办，隔年调入北京总税务司任职，此后又在上海、北海、汉口、广州等多处地方海关任职，1903年至1907年任海关总税务司统计秘书，1909年退休，择居英国。他在中国任职时间前后达三十多年，是总税务司赫德的主要助手，曾直接参与多项外交活动，甚至还帮助李鸿章整顿过招商局。1910年至1918年间，出版三大卷《中华帝国对外关系史》。

马士眼里的中国，确切说，指的是晚清。但也不仅仅局限于晚清，也可以说是时间上的整个专制政体的中国。在他眼里，中国的政府结构和行政方法，历朝历代都差不多，只是在改朝换代的年景里，有一点点细微的变化而已。

马士眼中的中国专制政体，顽强地建立在征服之上，行使由征服所获得的权力，通过一套官僚机构来推行政令。这很好理解，暴力最强者说了算嘛。"这种专制政体和官僚机构共同使用着东方的方法来统治一种具有民主素质的人民。这些民主素质，在行会生活和乡村生活之中是明白表现出来的。"他还敏锐地看到，一千年来，除了约三百年，是由本民族的明朝统治以外，其他时间里，都是由"夷"，也就是北方边远地区的少数民族，来统治中国的局部或全部。而少数民族一旦被汉化，就等于传上了禽流感，原先的草莽之气顿消。而国民经过一小段时间惊慌和观望之后，终于放下心来。噢，星星还是那个星星，月亮还是那个月亮；噢，长凳子短椅子都是木头，他大舅他二舅都是他舅；噢噢……文化还是那个文化，劣根性还是那个劣根性。

这说明，无论在上层还是下层，中国人其实一直都生活在"惯性"之中。

但这还不是让我感到意外的地方。让我大吃一惊的是，马士用肯定的语式向全世界宣布："尽管他们能用武力维持统治，也能强征贡赋，但要他们去做建设性的、细致的行政工作，就不够格了。"

这个观点，尽管让我在感情上很难接受，但又不能轻易否认，因为他是在大量事实的基础上得出这一结论的。巧合的是，王尔敏先生的《晚清商约外交》，又为马士的观点提供了一份旁证。王尔敏指出，晚清七十余年间，中国每年商业上的偷税漏税总额，可以抵得上一次鸦片战争的赔款。说起来真是触目惊心。那意味着,晚清每年白白流失的白银在一千八百万两到两千一百万两之间,大约可以组建两支北洋舰队!七十年间累计下来,可以组建多少支北洋舰队!而这笔巨款的流失,仅仅是由于官僚机构不懂管理,不善于"做建设性的、细致的行政工作"。由此可以得出结论,大清不是亡于外寇,也不是亡于革命党,是亡于自身的无能。

狼对羊的指责

自大清国势垂危以来,一个怪异的现象就出现了。那就是,每逢对外开战,老百姓要么隔岸观火,看"战争片",要么跟敌军勾勾搭搭,或者干脆为敌军服务,做"汉奸"状。而大清的君臣呢,对此感到非常闹心,非常恼火,非常暴跳如雷,混蛋呀你们这些混蛋。

第一次鸦片战争期间,这种现象已经出现。一位先主战后主和的边疆大吏刘韵珂,给道光帝上了一道"十可虑"的奏折,其中说到,英军总是用小恩小惠巴结老百姓,老百姓一点儿不怕英军,倒是怕咱们官军,跟咱不是一条心啊。

英军是怎样巴结老百姓的呢?史料记载,所到之处,不过是贴出了内容大同小异的告示:"牛羊鸡鸭青菜马料,令百姓赴营,公平交易。"

有意思。原来这"公平交易",在官方眼里就是小恩小惠。看来,官方是不屑于跟老百姓公平交易的。还真是这样。史料说:"我军饥不能堪,到处抢掠。"本来是主场作战,保家卫国,却变得像土匪强盗一般,老百姓能不害怕？

还有更可笑的事。第二次鸦片战争期间，英法联军往北京开进。北京同仁堂老板牵头，联系了一些商人，共同出资买了五百只羊、五十头牛和无数果品前去慰问。没想到，英法鬼子竟然不领情，拒绝接受，说，你们要是卖的话，我们可以按市价购买，白给我们，坚决不要。无奈之下，商人只好赶着牛羊回家，而清军竟然在半路上把牛羊等物抢得一干二净。

这些史实，乍一看，让人犯糊涂，再一想，就不糊涂了。怎么回事呢？是那些君臣自古以来就没把老百姓当人看。当什么呢？明成祖朱棣的一道圣旨，可以回答这个问题。圣旨原文如下："那军家每年街市开张铺面，做买卖，官府要些物件，他怎么不肯买办？你部里行文书，着应天府知道：今后若有买办，但是开铺面之家，不分军民人家一体着他买办。敢有违了的，拿来不饶。钦此。"

活脱脱一张抢劫檄文，活脱脱一副狼的嘴脸！

这不是朱棣一个人的问题。专制政体之下，所有的帝王以及他手下的官僚集团，对待老百姓，都是同样的嘴脸。而老百姓呢，无疑是任人宰割的羔羊。

所以，大清君臣对老百姓的横加指责，本质上就是狼对羊的指责。你这只狼受欺负了，反倒指责羊不肯帮忙，岂有此理啊。

后世学者也有指责老百姓的,嘴里也汉奸汉奸喊个不停,这在本质上,是替狼说话,是做狼的帮凶。

可能有人会说,第一次鸦片战争期间,老百姓也奋起抗英了呀,不是有三元里人民的抗英斗争么?你说得没错。但我告诉你,那只是一个神话。史学界辣妹子端木赐香对此有过详细的考证。真相是:一则,那只是一场小的冲突;二则,起因是英军对一个乡下妇女李喜"恣意调戏",李喜的丈夫生气了,鼓动村民跟英军干了一场,并不是什么"军民团结一心"。诡异的是,这件事越传越神,传到朝廷的耳朵里,竟然变成了一场大捷。君臣立马精神大振,不少人还鼓动道光帝,赶紧借此机会打击夷人,让他们有来无回。呵呵。

当政府跟老百姓之间的关系,始终等同于狼和羊的关系,就不要指望老百姓会跟政府一起同仇敌忾。无数的史实已经证明,那是痴心妄想,也是痴人说梦。

老侯不如袁世凯

说别人不合适，只能说自己。我老侯不如袁世凯啊。我指的不是权势，不是钱财，不是妻妾的数量。而是指，做人做事的态度。

袁世凯是被史学界严重妖魔化的人物，名声好臭哦。曾经有那么多史书，那么多历史学者，都在臭他。他搞复辟嘛，要当皇帝嘛，逆历史潮流而动嘛，臭他也是活该。但他是不是终生没做过一件好事？是不是毫无可取之处？历史学者端木赐香的新著，《历史不是哈哈镜：真假袁世凯辨别》，意在拨开云雾，向读者揭示老袁真实的一生。我的自愧不如，就是由这本书引发出来的。

端木赐香为袁世凯总结了人事方面的五条优点。就这五条，让老侯好生惭愧。

第一条，老袁的记忆力好。军官幕僚，甚至跑腿打杂的，只要接触过，他都记得住名字，还记得住他们的脾性。这事看起来不大，但事关亲和力，关键时刻，说大就大。老侯惭愧，最大弱点，记不住人名，除了经常接触的人。有时连阔别多日的朋友，甚至连不经常接触的上司，也"一时想不起"。不知底细的，还以为老侯是自大狂。身为草根，不是红二代富二代，就是个光秃秃的"二"，哪有自大的资格。没资格却有表现，你说扯不扯。

第二条，老袁是实干家，常常事必躬亲，不假手于人，还颇有耐力，累得昏头涨脑也不叫苦。老侯还是惭愧，除了读书写作事必躬亲，其他的，都不较劲。说好听的，叫信任别人，说不好听的，是缺乏做事的热情，也可以叫，不耐烦。一个不耐烦的人，你指望他有多大出息？曾国藩他老人家不是说了嘛，为官之道，第一就是耐烦。

第三条，老袁自己不贪污军饷，还杜绝手下人冒领克扣。就这条，老侯心里合计，可能有望跟老袁打个平手。可惜，老侯区区一介书生，妄谈带兵，谁信？所以这条，没有可比性。

第四条，老袁能与士卒同甘共苦，以身作则。据说这是提高战斗力的不二法门。他的部队，纪律严明，令人耳目一新，跟这条大有关系。还是涉及军事，按说也没有可比性。但老侯心知肚明，我这样一个散淡的人，就是带了兵，也肯定做不到以身作则。天降大雨，跟部下一起在雨中淋着，这种区区小事我也不干。害怕着凉啊。老侯懂一点点养生之道，知道着凉对人体的危害。你看老袁不同时期的照片，都很臃肿，那是寒气太大。他的短命，与此有关。

第五条，老袁宽容，善于化敌为友。在小站训练新军，才几个月，监察御史胡景桂就奏他一本，而且多是不实之词。这一下，奏得老袁耳鸣目眩，给徐世昌写信："两旬来心神恍惚，志气昏惰，所有夙志，竟至一冷如冰。军事实无心详述。"看看，上了多大的火。就是这个老胡，后来竟然成了老袁的部下，老袁要想报复，易如反掌。可老袁并不计较，还对老胡委以重任。后来庚子兵变，老胡成为八国联军名单中的"祸首"之一，掉脑袋的事啊，幸亏老袁多方奔走，巧于周旋，才让老胡免遭一劫。这种事，老侯做得出做不出？说实话，做不出。你看，老侯跟老袁，多大的差距。

我不惜自贬，比来比去，就是想说，对历史人物，不能光看他的某一面，而是要结合时代背景，全方位去看。思想界喜欢说"启蒙"，启蒙需要先弄清真相，然后再思考，寻找答案。千万别傻乎乎的，指望别人告诉你谁是坏人，然后立马张开大嘴，猛扑上去。

端木赐香说："一百年了还没读懂袁世凯，不如回家面墙去。"还真是，读她的书，别说面墙，我连撞墙的心情都有。

老天不佑詹天佑

对詹天佑其人，以前我所知不多。这不是老詹的错，是我的错。早年的历史教科书倒是提起过他，说他修啥子铁路。那时候我是一个乡下少年，连火车都没有坐过，对铁路也就没有多大兴趣，连带着对老詹也漠视起来。

几天前读端木赐香的《糊涂读史》，里边有一段老詹的"事迹"，读后大惊。原来老詹如此了得，太酷了，太帅了，酷毙帅呆。

就说说老詹的酷毙帅呆吧。

该同志十二岁那年，考中大清国第一批赴美留学预备生，随后很快赴美读书。初中、高中、大学，都是在美国读的，而且成绩优异，让美国人刮目相看。高中毕业考试，成绩全班第一，全校第二。耶鲁大学的土木工程系，他读了三年就毕业，成绩是全系第一……算了，这些不多说，还是说说他回国修铁路的事。

老詹回到大清国之后，先后修过四条铁路，其中两条是他独自修建的。确切说，是清政府独自修建的，由老詹全权负责。就说这后两条吧。一条，新易铁路，计划工期为六个月，老詹四个月完工，政府拨款六十万两白银，老詹只花了六万两，占十分之一。（这个傻老詹啊。）另一条，京张铁路。这是一个大工程，洋人也想揩点儿油水，各方争来夺去，清政府很苦恼，说干脆你们都别干了，俺们自己干。工程预算一下来，洋人全笑了，是讥笑，唾沫星子喷得到处都是。怎的？拨款只有七百多万两，不及洋人预算的一半。笑得更凶的是工期，只有六年，而洋人觉得没有十二年根本建不成，甚至需要十八年。可是，四年以后，洋人不笑了。他们目瞪口呆。工程提前两年完工，政府可怜的拨款，还剩下近二十九万两。更重要的是，跟新易铁路一样，京张铁路通车以后，没出过什么事，竟然连"大风"和"打雷"都不在乎。

有意思的是，在京张铁路的通车典礼上，有人问老詹，修建过程中，最困难的是哪一段？老詹回答："是今天我的致辞。"

好一个老詹！我心里装满了羡慕嫉妒恨，一个人，怎么可以这样优秀呢？

遗憾的是，老詹名为天佑，却没有得到老天的保佑。1918年，积劳成疾的老詹被北洋政府派到西伯利亚（怎么这样狠心呢？），担任协约国监管会技术部中方代表，一年后去世，年仅五十八岁。死亡鉴定书上有西医的结论：死于心力衰竭与体力衰竭。

说 古

我陡然想起一句成语,"快马加鞭"。老詹就是一匹快马,一而再再而三被加鞭,就这样给累死了。

相比之下,那些没有多大本事的"慢马",运气好多了。既然不能干活,就在马圈里闲着吧,也不能干闲着,吃吃喝喝,打发时间吧。由于整天吃吃喝喝,"慢马"们一个个都是肠肥脑满。

有人问我为啥国中大吃大喝之风越刮越烈,我笑而不答。呵呵。

晚清的气味

读晚清史籍,是我近年来的最大嗜好。严肃的学术专著,不太严肃的散文随笔,都在我的视界之内。有很多的感触,很多的忧思,很多的无奈。特别是阅读在晚清生活、工作过的外国人,也包括侵略者,当时写下的各种闲文闲书,感触更是不同。从那些闲文闲书里边,我竟然能闻到晚清的气味。最强烈的一种,是臭。多少次,心里暗暗感叹,怎么就,那么臭呢?

我手里有一套《西方视野里的中国形象》丛书,时事出版社1998年出版,共四部,都是19世纪后半叶,居住在中国的外国人所写,叙述他们所见所闻的晚清风情,也包括他们个人生活中的一些琐事。这四部书中的三部,都能闻到刺鼻的臭味。

一位英国女士所写的《穿蓝色长袍的国度》里边,臭味最多。可能是由于,女士的嗅觉比较发达,对臭味特别敏感的缘故。在这位名叫阿绮波德·立德的女士笔下,足迹所到之处,都有臭气缭绕。开篇就说,北京是臭的。"我们用褐色的双峰骆驼驮着行李离开北京城时,每次呼吸都让人觉得，那是不讲公共卫生的时代。"城里没有任何卫生设施，包括下水道。城门口更臭，大多数城门外都有化粪池，那就算是卫生设施了。北京的郊县通州也不怎么样。"回通州的路上，我的遗憾变成愤慨以至愤怒。通州的大街凌乱不堪，到处是垃圾，印满了杂乱的车辙。"北京如此这般，上海怎么样呢？阿绮波德说："上海旧县城以脏和令人讨厌出名。"城市脏，河水也脏，"污浊不堪，与其说是一条河，不如说它是一条被滥用的水渠，流进来的什么水都有"。居民就饮用那条河里的水。旁边的外国租界，却是另一番景象，干净整洁，有纯净水供应。上海周边的村庄，同样是臭的。"可以看到一些曲顶凸檐的宅院，周围有一些树，在傍晚的天空下显得十分漂亮。宅院附近还有些大草堆，走近它，它散发出的气味让我们感到不该靠近它。最后我们来到一个村庄，村里的特殊气味让人觉得这个村庄的全部事业，就是为附近提供肥料。"这哪是走进村庄，等于是直接走进粪坑里了。我的老家是一个小村庄，村口有一个大粪池，小时候经常路过，对那种气味有刻骨铭心之感。阿绮波德可以算作是奇女子，那么浓烈的臭味，都没有熏掉她的幽默感。

臭气缭绕中的大清百姓又是什么样子呢？阿绮波德说，很多"老百姓，肢体不全，身上长着疮，衣服破破烂烂仅能勉强蔽体，却用他们的保守和落后去抵制任何改变他们处境的努力"。这段话里有宿命的意味。实际上,岂止是破破烂烂的老百姓,就连衣饰光鲜的清廷首脑和达官贵人,绝大多数也在尽力"用他们的保守和落后去抵制任何改变他们处境的努力"。晚清的臭味,只能眼睁睁任它弥漫下去。

美国人罗斯在《变化中的中国人》一书中,也反复提到臭味。"城市的街道狭窄、弯曲、凸凹不平、肮脏不堪、臭气熏天。"他眼中的乡村,是"成堆的垃圾,粪堆,污池,泥坑,下陷的屋顶,倒塌的墙壁,腐烂中的草屋以及散乱的碎石"。还说:"在日本,一旦屋顶、墙壁、围栏、树篱、水坝、桥梁、小路等受到损坏,立即会得到修复。"这番对比,让我心中别有滋味。

在晚清生活了五十年的英国人麦高温,在《中国人生活的明与暗》中,也有对晚清城市的景象描写:"狭窄弯曲的街道,不结实的平房,坑坑洼洼的道路,贫困人家住宅的简陋,以及无论穷人富人都具有的那可怕的、令人厌恶的气味等等,构成了这个城市的特征。这些都给那些四处游览、寻找新奇的人们留下最深刻的印象。"还说:"我对任何一个城镇的描述,都能代表这个国家的所有其他城市的状况。"麦高温笔下"令人厌恶的气味",你想想会是什么?

以上所说,足以让人掩鼻而去。还有比这更刺激的。甲午战争期间,很多首次踏上晚清国土的日本人,士兵、记者或别的什么人，对晚清的臭味都有深刻感受。这"更刺激"有两个对象，先是一群闻到臭味的日本人，后是一个沉浸在阅读之中的我。

宗泽亚先生在《清日战争》一书中，提到这样一件史实，甲午战争爆发之后，日本东北新闻社发出布告，公开征集出征军人、军夫的手记、日记，也包括他们和家属之间的往来书信，由报纸公开发表。之后《国民新闻》等各家媒体纷纷效仿，激发了征集对象的写作热情，报纸销量也随之大增。

一个士兵写道："登陆不久亲睹许多清国人的生活习惯……所到之处都可以看到土民家中饲养猪狗数只，人畜粪便臭气弥漫，肮脏之状纸笔难以描述。军医部发出通告，要求兵卒军夫注意卫生，谨防传染疾病。"

另一个士兵在日记中说："清国居民的暖房设备'炕'非常舒适，便所却肮脏不洁。自家的便溺流入街道与冰雪交融，令人窒息，所到之处唯恐入厕。"看把这士兵挤对的，不怕打仗，就怕上厕所。

有个士官跟上面那个士兵的感受类似，也是打怵上厕所。他在手记中说："尤其厕所不洁让人困惑。"

更惊人眼球的是一个摄影士官的描述："花园口登陆后，金州沿岸诸炮台守军闻我军将至，便闻风而逃，炮台被我军轻易占领。进入拥有当今世界最新锐大炮的炮台，着实让人惊讶不已。兵员室内食具、食器散乱，挥发掩鼻恶臭，到处布满尘埃垃圾，不洁状难于言表。所到沿岸炮台竟无一个便所，只是在一角落排列许多砖石，出恭之人蹲于之上，粪便坠于坑内。堆积之粪便撒盖生土，谓之发酵制肥。各炮台恶臭满盈，方圆一公里四方之外亦闻强烈异臭。清军最新锐炮台内部甚至还运营粪便生意……买卖兴隆。"

这是真正的骇人听闻。你听说过有方圆一公里那么大的粪池么？大清帝国可谓无奇不有。

有史料显示，整个甲午战争，日军死亡总数一万三千多人，战死者不足十分之一，疾病死亡竟高达一万两千多人。写到这里，我忍不住要调侃一句，那些疾病死亡的人中，有没有被晚清的臭气给熏死的？这只是我的瞎想啊，读者不要当真。

可以当真的是，甲午战争之后，日本自古以来对华夏文明的敬仰，对东方大陆的憧憬，都瞬间荡然无存，大和民族自身的优越感，立刻转变为时代精神的主流。在这一转化过程中，晚清的臭气，或多或少，起到了催化剂的作用。

由此说来，气味对一个国家，有多么重要。

当然，晚清的臭味，不仅仅局限在形而下的层面，也不仅仅作用于人的嗅觉器官；在形而上的层面，也是随处可闻，对民族精神产生严重的腐蚀。两相比较，后者更是触目惊心。

论今

我提出的这几个问题,都没有找到答案,只好无限期悬下去。

什么地方叫大学

让老侯告诉你吧，只要你有心向学，什么地方都可以叫大学，比如，一家旧书店，一本书，一个码头。

我从美国人埃里克·霍弗的经历中，得出这个结论。对于霍弗，我敬佩有加。他创造了一个奇迹。什么奇迹？他为自己制造了一顶新帽子，"码头工人哲学家"。这帽子，只有他一个人戴，才合适。其他人，戴不起。

这人跟老侯一样，也是苦出身。父母是从德国移民到美国的犹太人，父亲是木匠。七岁，霍弗的眼睛，莫名其妙瞎了。因此没有受过正规教育。父亲说："对这样一个白痴孩子，我怎么办？"这话至少可以理解为，霍弗的天资并不聪颖。十五岁，他的眼睛又莫名其妙好了。他害怕自己再瞎，开始疯狂阅读。而且，这种阅读狂热，伴随着他此后的人生。

一家旧书店，成了霍弗的天堂。里边的书，他几乎都读过。店主对植物学感兴趣，这方面的书籍比较多，他的植物学知识，也随之丰富起来，丰富到让常人吃惊的程度。好了，这是他的第一所大学，算是读本科。

霍弗学会写作，得益于一本书，蒙田的《随笔集》。那是他在农场打零工时期的读物。那个喜欢，喜欢死了。反复读，读到可以随时随地，遇到什么问题，可以引用蒙田的话来解答，张口就来。以至于后来，工友一遇到问题，就跑来问他："蒙田对此怎么看？"霍弗的写作风格，跟蒙田有相似的一面。就是说，通过读蒙田，他才学会写作。这是他的第二所大学，算是读硕士。

霍弗的第三所大学，是码头。码头工人的生活，让他感觉很自在，同时，也能诱发他对人生的思考。他的灵感和观念，都在工作当中酝酿形成。他习惯于跟不同的人做搭档。他说："我从未要求一个人必须有多种长处，只要有一种长处就行。"有时，一个差劲的搭档，也能打开他的思路。就是那位，做不好自己的事，却喜欢帮别人做事的家伙，让他想到："你做不好分内的事，别人会耻笑你；你帮助别人，便没人耻笑你。"这所大学，算是读博士。

好了，读到博士，该有点儿学术成果了吧。果然有，他的"博士论文"，也就是他的第一本书，《狂热分子：群众运动圣经》，引起很大轰动，短期内发行五十多万册，被翻译成十多种语言，成为多所大学政治系的必读书。此后，他又陆续写下《我们时代的脾性》《变迁的磨难》等十多本书，多次获得美国国家图书奖，连里根总统都亲自给他颁发过奖章。

我读过霍弗的《狂热分子：群众运动圣经》。就这一本。其他的，国内没有译本，很遗憾。不过就这一本，也让我受益匪浅，让我对历史上的狂热分子，对历史上的种种群众运动，有了深刻的认识。那么多史学家没有解释清楚的事情，他解释清楚了。多厉害。而且让我知道，以后，如果我遇到狂热分子，遇到群众运动，自己该怎么办。这很重要。这样说来，霍弗的这本书，也是一所大学，我是里边的进修生。

多年前，清华大学校长梅贻琦，说过一句话："所谓大学者，非谓有大楼之谓也，有大师之谓也。"这话响亮，几十年后，还震得我耳膜生疼。这话有没有道理？有一点儿。不过我还想啰唆一句，如果无心向学，有大师又怎样？现在的大学，哪所没有大楼？哪所没有"大师"？可对有些人来说，那恰恰不是大学。

是不是可以这样说，让你心动的地方，就叫大学？

"大学不培养作家"是何道理

早在抗日战争时期,西南联大中文系主任罗常培就说过:"大学是不培养作家的,作家是社会培养的。"这是我见过的最早的"不培养作家论",是不是始作俑者,不得而知。只知道,在罗常培之后,这种论调,在教育界似乎越来越响亮,延至今日,似乎成为中国教育界的"共识"。这种论调,要是作为一种"事实",我无话可说。几十年如一日,我们的大学中文系,的确不以培养作家为己任。但作为一种观念,意思是文学创作不能教,只能由作者自己"摸着石头过河",我觉得大有颠覆的必要。

其实就在罗常培发此高论的时期,同在西南联大中文系任教的沈从文,已经用自己的教学实践,对此论调予以有力的回击。沈从文开过三门课,其中两门课,是为培养作家而设,"各体文习作"和"创作实习"。他的学生汪曾祺,很多年后写下一篇文章,《沈从文先生在西南联大》,说:"学生习作写得较好的,沈先生就做主寄到相熟的报刊上发表。这对学生是很大的鼓励……经他的手介绍出去的稿子,可以说是不计其数了。我在1946年以前写的作品,几乎全部都是沈先生寄出去的。"这说明,沈从文的学生中,很多人的作品,在当时就达到了发表水平。汪曾祺承认,沈从文对他的影响很大,没有沈从文,就没有他汪曾祺,更何况,"沈先生的学生现在能算是作家的,也还有那么几个"。汪曾祺的看法是,创作"不是绝对不能教"。

与汪曾祺的温婉相比,我最近读到的一套来自美国的"创意写作书系",则用肯定的语气宣称,写作可以教,大学就是要培养作家。想想也是,既然写作也是一种职业,那么在大学教育已经沦为职业教育的今天,为什么要漠视这种职业?

在美国有很多所大学,都开设"创意写作"课程。此外还有作家工作室、作家"阁楼"之类,也在传授创意写作技巧。所谓创意写作,就是我们平常所说的文学创作。担任这门课程的教师,清一色都是作家,包括斯蒂芬·金那样赫赫有名的作家在内。

中国的大学,为什么不屑于去培养作家?我想大概有两个原因。一是教育理念的陈旧,好像大学就是搞"学术"的,"学术"应该规范,用教学大纲来规范。而写作无法规范,文无定法嘛,与其自寻烦恼,不如干脆放弃。二是教育体制的僵化。据说目下想进大学任教,非得有博士身份才行,硕士都得靠边站。甚至,想进重点大学任教，先看你是不是重点大学的博士，最好是洋博士，此外还要追究一下你的大本，是不是重点大学，如果不是，也得靠边站。表面上看起来，是严把师资质量关。实质上，是只重文凭不重水平。这种情况下，一个作家，想混进大学任教，该多么艰难。中国实力派作家里边，符合这种条件的，你数数，有几个呀？

我很感谢有心人对"创意写作书系"的引进。这套丛书，让我深受震动。我认识到，自己的写作观念，跟他们之间有多大差距，也认识到，中国作家在写作观念方面，整体上有多么落后。这就足够了。至于中国的大学，培不培养作家，或者什么时候开始培养作家，都跟我无关。我既不想混进去任教，也不想掏钱去听课。爱咋地咋地。

人是最可笑的动物

做人做得时间长了,难免对自身也怀疑起来。人到底是一种什么样的动物?那得跟其他动物比较一下才行。我不是动物学家,不能各个部位细细比较,只能粗略比较一下。有时候,粗略比较,也能看出一些名堂。

我觉得动物的生活中,只有两件大事,一是吃喝,二是繁殖。有吃有喝,到发情期,再稀里糊涂地兴奋一番,就心满意足。还有别的需要么?好像没有。人却不是这样。人这东西,活得太复杂,复杂到让人眼晕。

佛经里说,人有三毒,"贪嗔痴"是也,跟"戒定慧"对立。"贪"不必说,你懂的。"嗔",指偏执,一种带有让人厌恶色彩的偏执。"痴"呢,连《说文解字》都感慨,"不慧也"。佛经又作"无明",指心性迷暗,愚昧无知,"诸烦恼生,必由痴故"。

这里我要避重就轻,单说痴迷。"痴"与"迷"相连,算是病情最轻的一种,不就是对什么东西着迷,找不到北了嘛。

说别人不太合适,还是拿自己开涮。我曾经的痴迷,

论 今

有三种，看足球，垂钓，读书。

先说看足球。那是在高校读书时养成的坏毛病。算不上热爱，就是跟风，号称球迷。我得承认，看足球，把我看成了小白兔，眼睛很红啊。而且，差一点儿从黄色人种，变成白色人种。你想啊，哪次世界杯转播，不是在很深很深的夜里？还像看电视连续剧一般，一夜一夜往下熬。看完，还要议论，跟这个议论，跟那个议论，摆出足球评论员的架势。精神病才这个样子嘛。

垂钓，作为业余休闲运动，花销不说它，搭上的时间，无法计算。也是精神病，强迫症。无论怎样忙，一有人邀请垂钓，立马魂不守舍。老大不小的，还年轻人一般，晚上睡不着，瞪着眼睛等天亮，心里突突地跳。当年谈恋爱，跟女朋友约会就是这个德性。那是跟女朋友，突突几下也值。你说跟几条鱼，你突突个什么劲儿？再说，跟女朋友，突突一段时间，就不再突突。跟几条鱼，却突突了好多年。傻不傻，你说。

放眼社会，像我这样的痴人，还有很多。痴书画的，痴石头的，痴下棋的，痴茶艺的，痴追星的，都一样。不是以此养家糊口，就是惯性推动，身不由己。你说图个啥？我看不图啥，就图让人看看，俺多有文化呀。看他们的痴态，我总要联想到自己，惭愧得不行。

我已经戒掉看足球和垂钓，但读书，怕一时半会儿戒不掉。好在，读书对修养和写作，会有所帮助。忘了谁说的，做事，做到痴迷，才能有所成就。但我要说，有些事你就是痴迷到死，也不会有什么成就，比如看足球，垂钓，能有什么成就？要想有成就，先要看看，你痴迷的，是不是个正经东西。可惜，为正经东西而痴迷的人，实在寥寥。大多数，都是扯淡。扯淡的劲头，比做正经事还大，岂不让人笑死。

现在我说，人是最可笑的动物，你还有什么怀疑么？

吃素·吃荤·吃素

在吃的方面,我经历了素、荤、素三个阶段。解释一下,吃素,不是一点儿荤都不吃,是偏于素。吃荤也一样,是偏于荤,不是连一片菜叶也不吃了。

眼下正处在第三阶段。虽然吃得兴致勃勃,但以后会不会变,难说。正像婚姻,你是我的唯一,我是你的唯一,海誓山盟一通,到了,却不断有人用行动证明誓言的虚妄。

不说婚姻,只说吃。从第一阶段说起。抛开吃奶的一两年,这一阶段长达二十年。以素为主,萝卜白菜土豆地瓜玉米高粱,等等。嘴里吃着素,心里想的却是荤。非常非常想。"求之不得,辗转反侧。"当然,也不是一点儿也得不到。家住海边,吃海鲜不难。不用花钱,随便到海边溜达溜达,总能弄点儿什么回来。"溜达溜达",用行话说,就是"赶海"(那时候海洋生物很丰富,能够"极大地满足广大人民群众的物质和精神需求"。不像现在……唉,现在,别说丰富不丰富,你连个赶海的地儿都找不到)。海鲜,自然是荤。不是一般的荤,是相当荤。但那时候并不觉得怎样，心里总想着肉。馋呐。等到过年，杀了猪，菜里边总算有了几块肉，手里的筷子就变得没出息，翻来覆去。气得老妈发布了一句名言："你眼珠子掉进去了么？"

第一阶段的体型，比较正常，但偏瘦。瘦是瘦，总归是人的样子。

第二阶段，参加工作之后，到几年前截止，有二十年出头，以荤为主。怎么就有了翻天覆地的变化呢？托改革开放的福，生活水平提高了嘛。再加上众所周知的原因，嗯，这个这个，总之，吃得比较尽兴。而且有时候不吃还不行。心里感慨了，激动了，有点儿扬眉吐气的意思，觉得活得像个人了。

心里觉得自己像个人，体型上却越来越不像人。乍一看，像蝈蝈。仔细一看，还是像蝈蝈。

如果仅仅是体型上的变化，我不会太在意。到大街上瞅瞅，像蝈蝈的人多了，据说那是成功男人的标志之一。但问题是，感觉越来越不舒服。检查一下，医生说，没病。我倒是不希望有病，可是，"不舒服"，不也是一种病么？

我决定自己拯救自己。所用的手段是读书。这是我的习惯，不管遇到什么难题，第一反应，就是读书。我买了些健康保健方面的书，一天一天往下读，一边读一边比较，一边比较一边用自己的身体做试验。比较同时也试验了二三十本书，才找到一个行之有效的"药方"。这"药方"的主角，便是吃素。我的身体告诉我，吃素，很舒服。于是进入第三阶段。至今吃素也有五六个年头，身体的主要变化是，告别了蝈蝈，重新做人。很好，这就是吃素的好处。

吃素的另一个好处，是我最近才恍然大悟的。几天前，晚饭的时候，老婆嘟嘟囔囔，说市场上什么都贵，说猪肉多少钱，鸡蛋多少钱，鱼虾多少钱……我听得不耐烦，打断她，说，不怕，像我一样，吃素呗。我就不信，土豆能涨到五块钱么？就算它涨到五块钱，我也吃得起。

叫一声孩子很沉重

当年,鲁迅先生说"救救孩子",大家都没意见。老侯前些日子受了点儿刺激,写了篇博文,也说"救救孩子",看过的人,似乎也没什么意见。看来,孩子是弱势群体,很容易博得同情。打个比方,大灰狼靠近小山羊,你说,救救小山羊,大家不会有意见,你说救救大灰狼,大家会说你疯了。大灰狼是强势的一方,救什么救。

父母跟孩子,谁是强势的一方?惯性思维,应该是父母。可我偏偏要说,救救父母。我也是受了刺激,才说这话。

网上新闻,一个什么领导,骂大学,说宿舍像狗窝,还有什么什么,学生群魔乱舞,还有什么什么。以我的年龄,说大学生是孩子,不过分。可他们哪里还是孩子,是"群魔"呀。

关于大学生的颓废,时有耳闻。一个重点大学毕业生,在网上痛斥大学生活:学生普遍晚上不睡,白天不起,早饭与午饭合在一起吃;男生迷游戏,女生迷肥皂剧，正经学习的没几个。可恨的，一男生，整天打游戏，挂科挂得厉害，学校劝退，该同学父母闻讯，匆匆赶来，给学校领导下跪，说俺们在家是捡菜叶吃，供他上大学，不容易，再给他一次机会吧。学校领导心软，可那男生还是继续迷游戏，还是继续挂科，最后还是退学了事。说说看，你见过这种混账孩子么？他的心有多硬，父母为他给校领导下跪，他竟然不为所动。他把父母当成了什么？

上面的例子，说的是大孩子。下面再说说小孩子。

参加一个活动，途中，听两位女士聊天，谈论小孩子。女人的话题，喜欢在孩子身上打转。她们提到的人，有名有姓，我相信是真的，不是虚构。但那名字我记不住。即便记住了，也不能公开。说事吧。

一个九岁小女孩。某天，妈妈对她说，你想不想要个妹妹？女孩愣了一会儿，说，不想，我有妹妹。妈妈说，那是你老姨的女儿，不是你亲妹妹。女孩说，要亲妹妹有什么用？妈妈说，亲妹妹是自家人呀，有什么事，能一起商量。女孩说，不要，我把老姨的女儿当亲妹妹。妈妈还饶舌，说，还是有个亲妹妹好。女孩不耐烦，冲妈妈大叫，你是不是已经怀孕了？是不是想再生一个，将来好跟我分财产？

说完这个，两位女士转移话题，说一个九岁男孩。

九岁男孩的爸爸，领养一个男婴。从男婴进门的那天起,男孩就闷闷不乐,阴天下雨的样子,不跟爸爸说话。三天。三天后,男孩叫爸爸,说,咱们得好好谈谈。表情严肃极了。爸爸吓一跳,怎么了这是?男孩说,有件事你得跟我交代清楚,指指那个男婴,又说,将来家里房子什么的,我跟他怎么分?说到这里,两位女士哈哈大笑,嘴里啧啧啧,说你看现在的孩子,都成精了。

我笑不出来。作为当事人的父母,肯定也笑不出来。都说,这是物化时代,我还真就没想到,已经物化到这种程度,才九岁,就盯着家里的财产。这样的孩子,是不是大灰狼?更重要的是,谁把他们变成大灰狼?

叫一声孩子很沉重。

我知道,父母面对孩子的尴尬境遇,是父母亲手制造的。我们讲孝顺,古时是指孩子孝顺父母,目下是指父母孝顺孩子。不光是父母,爷爷奶奶和姥爷姥姥,也都争先恐后去孝顺孩子。这种倒置的孝顺,无异于制造暴君和昏君。

街头上,两个老头对话,一个问另一个,你儿媳生了是不是?生了个啥?答,生了一个爷!这话明显带有情绪。你看,群众智慧,是不是不比精英差。

走　狗

袁中郎在《家报》里说："天下奇人聚京师者，某已得遍观。大约趋利者如沙，趋名者如砾，趋性命者如夜光明月，千百人中，仅得一二人，一二人中，仅得一二分而已矣。"

老袁的这封家书，作于何年何月，我懒得去考证。从信中的语调分析，那时候他老人家可能还比较年轻，也是满腔雄心壮志的"奇人"，到京师撞撞大运，就像当今国中数量庞大的"北漂"。而且，颇为自负。年轻人最容易犯自负的毛病，以为自己是早晨八九点钟的太阳，以为别人都是向日葵，得把脑袋朝着自己扭来扭去，以为天下俊杰舍我其谁。老了老了才幡然醒悟，这辈子，可能只是一条走狗罢了。

抛开老袁的自负不谈，仅以家信中的内容来说，他老人家还是有些眼光的。自打有了人类文明，人这东西，就有了趋名趋利的欲望，直到文明社会的目下，似乎也毫无改观。如砾如沙,真就没有说错。

老袁说的"趋性命",我的理解是,修身养性,如学佛,如学道。目下渐渐热起来的养生,包括瑜伽什么的,大概也可以包含在内。老袁似乎对这种人比较欣赏,喻为"夜光明月"嘛。只是觉得这种人数量不多,"千百人中,仅得一二人",同时他们的修行也不深不透,"一二人中,仅得一二分",很遗憾的样子。

用老袁的话观照自己,我老侯活了四十多年,属于哪种人呢?

这样一想,顿时有点儿不好意思。

首先得承认,我是一个趋利者。汗颜的是,趋来趋去,所得皆是小利,仅能用来养家糊口,让人好生惭愧。

其次,我也是一个趋名的人。打愣头青的年龄,就热爱写作,好多年的摸爬滚打,总算混出一点儿小名。到这时候,想不承认都不行。

第三,我也是一个趋性命的人。最近几年,尤其重视。虽然不穿袈裟,不穿道袍,但对养生之道还是下了不少功夫,效果也算不错,至少自己满意。

把自己梳理一遍之后,突然醒悟,人这东西,其实很难分类,不能甲乙丙丁地切开,扔到案板上去示众。名与利,以及性命,可能人人都想要,只是侧重点有所不同。

我的侧重点在最后一条。既然不能摆脱做名利的走狗,那就力争做身体的主人。

可是,即便做了身体的主人,说到底,也还是某种欲望的走狗。

看来,这辈子,走狗是当定了。奈何。

钓鱼是很可笑的事情

我不说渔民。渔民钓鱼是为生计着想。谋生是严肃的事，一点儿都不可笑。我是指，城里的有闲一族，咋咋呼呼去乡下钓鱼，很可笑。

有个叫刀尔登的人，写文章说，他曾跟人一起钓鱼，分三拨，一拨负责钓鱼，一拨负责烹鱼，第三拨只他一个人，负责挖苦钓鱼。他打算写一篇《钓鱼是很可笑的事情》，采访一个爱钓鱼的人，问钓鱼有什么好处，那人看出他的歹意，不肯好好配合，只一个劲说，没啥好处，就是玩。于是老刀写不出文章。

老刀写不出，只好由老侯来写。原因是，老侯是钓鱼界的卧底，潜伏了二十多年，无论淡水海水都钓过，连船钓也钓过，手艺虽不精湛，但钓鱼的套路，还是懂的。因此老侯比老刀更有资格说"钓鱼是很可笑的事情"。

在有闲一族眼里，钓鱼属于野外休闲活动。我要抓住这个"休闲"不放。在我看来，休闲嘛，就是让自己轻松，身体轻松，精神也轻松。钓鱼轻松？你问钓鱼人，他们十有八九说轻松。好，那咱就看看他们是怎么轻松的。

先是准备钓具。钓具分鱼竿、鱼线、鱼标等等，鱼竿里还要分手竿、海竿、矶钓竿、船钓竿、路亚竿等等，还要有鱼箱、鱼护、鱼饵等等。鱼饵还要分诱饵和钓饵。每次出行，仅鱼饵都要带好几种。鱼的口味很刁啊，有时喜欢吃家常菜，有时喜欢吃吃西餐。不同水域，鱼的口味还不同，不同的天气也不同……我说了这么多，你学会钓鱼了没有？千万别说学会了，这仅仅是皮毛。要玩这个，没有三两年摸索，连入门都不算。此外，你得有车，或者你那一伙人要有车，最好是越野吉普，还要有帐篷，还要有橡皮船，还要有野餐的灶具和餐具等等。这些都置办齐了，你才有了一点儿钓鱼人的样子。为什么只说是"样子"？你没有钓绩啊。没有钓绩，算什么钓鱼人。

如果钓鱼也分段位的话，最高九段，我只能算是两段三段的水平。且不说钓绩，仅就装备而言，就差得很远。一把手竿，品质好的，价格上千元。都按上限配备，一直配备到吉普车，所需费用能把人活活吓死。你说，这还叫休闲？我说这叫摆阔，这叫装。

接着往下说，钓鱼还需要吃苦耐劳，起早贪黑。不说别人，说我自己。曾经在夏天的树荫下，跟一群苍蝇大战三百回合；晚上在帐篷里睡觉，让野鼠咬了额头，没被传染上鼠疫算是万幸；至于整晚不睡觉，更是家常便饭。说什么有益于身体健康,这话明明是要骗鬼,整晚不睡,能有益于身体健康?说什么水边负离子有益健康呀,是有益,你到水边,坐坐,走走,不也有益?干吗非得钓鱼?

在我眼里,钓鱼就是一种毒瘾,跟鱼无关,跟钓也无关,就是毒瘾发作,跟打麻将上瘾没什么两样。我的一位好友,只有在打麻将的时候才能忘记钓鱼,只有钓鱼的时候才能忘记打麻将,你说,打麻将跟钓鱼是不是同一种毒品?我悟出这一点,立马改邪归正,决定从此不钓鱼。

老刀还有一篇文章,《喝茶是一件很可笑的事》,不是茶可笑,也不是喝可笑,是喝的过程可笑。对此我深有同感。什么事情都一样,把原本应该简单的弄复杂了,就可笑。可常人的智力,就是愿意把简单的东西往复杂上面弄,弄来弄去,还皱着眉头说这就是文化。这样的文化,岂不要笑死人。老侯于是决定要做一个没文化的人,不光不钓鱼,喝茶还要用大碗作驴马饮,看不惯你就别看,生气就气死你。

说猫说狗说其他

有人喜欢猫,这不奇怪,奇怪的是竟然喜欢到慈父的程度。这人便是刀尔登先生。他收了一只小流浪猫,在家养着。这猫爱咬人,他就耐心让它咬。这猫爱挠沙发,这个不行,他就耐心引导它不挠沙发,去挠一个专用的抓板。这人真是好耐心,再加上爱心,简直就是慈父的样板。

刀尔登在《猫及其他》一文里说:"猫路过沙发,偶尔还要起贼心,一边把爪子搭上去,一边斜眼看我,我颜色一动,她立刻飞奔逃掉。"如果不给点儿颜色,或者主人不在身边呢,我想那猫肯定要挠上一挠。其实主人还真就发现过,深更半夜,猫从睡梦中醒来,像是突然想起什么,一下跃起,到客厅挠几下沙发,然后溜回来,没事似的继续睡觉。第二天主人考察沙发,那猫就坐在旁边,义形于色,做沙发卫士状。

我以前就不喜欢猫,读了刀尔登的文章,更不喜欢了。这猫,怎么堕落到跟人一样了呢?本来做了坏事,还要装好人,这种事在人群中常见。本来做了坏事,还要装好猫,竟然在猫群里也发生。这不扯呢嘛,我做人做了半辈子,已经做得不耐烦,怎么会去喜欢像人的异类?

我不喜欢猫还有一个原因,也是像人的一面,太残忍。小时候看见,家里的猫捉了老鼠,非得拖出来让人看看。那老鼠半死不活,还能走几步,猫就让它走,不几步,猛扑过去,轻轻一咬,然后再放它走,再扑,再咬,无数次重复,很好玩的样子。我心里恨恨,你想吃就吃了它,猫吃老鼠,很正当的事,谁也不会说闲话,可你那样玩它,等于是给它上刑啊,等于是灌辣椒水啊,坐老虎凳啊。它托生为鼠,并不是它的错,你何苦这般折磨它。而且猫还很贪婪,自己吃饱了,也不会把捉到的老鼠,送给别的猫尝尝。

我不喜欢狗也出于同样原因,简单说就是狗性里边掺杂了人性。据说狗是从狼进化来的,但狼不会摇头摆尾,狗的所谓进化,也就多了个摇头摆尾。现在喜欢狗的人很多,我的一位朋友也喜欢,喜欢得也像一位慈父。每次到朋友家去,那狗就先用狗眼看我的手,我手里拿着东西,它就高兴,摇头摆尾的,还满地打滚,嘴里呜呜呜,好像说,爸爸快来,有人给你送东西啦。我手上空空,它就愤怒,冲我汪汪汪,还瞪眼。后来我跟他斗智,每次都拿东西,并不是送给朋友的,走的时候还要带走。那狗看我出门的时候,手里竟然有东西,嘴里也是呜呜呜，好像说，爸爸，那人把咱家的东西带走啦。你说这叫什么狗，怎么像贪官的孙子似的。为了捉弄它，我到狗肉馆买一条热腾腾的狗腿到朋友家，跟朋友一起下酒，那狗就在桌底摇头摆尾。我把狗骨头扔给它，它嘴里也呜呜呜，说好香啊。什么东西，连同类的骨头也啃。做狗做到这份上，真是可恨加可怜。

我喜欢植物。植物跟人的区别很大。人这东西，用两年时间学会说话，却一辈子也学不会闭嘴。植物永远不说话，但同样有表达。它渴了，它饿了，它受委屈了，你稍微细心，就能看出来。你对它好，它也回报，用枝叶茂盛和繁花似锦来回报。你看这有多好，大家心照不宣，和谐共处，携手一生也不钩心斗角。此外，猫狗跟植物不同的是，前者你一天不伺候它，它就活不下去，比伺候爷爷还难，后者你十天半月不理它，也照样活得好。

我的书房外面，有一株四五米高的白玉兰。五年前我亲手栽下的。年年开花，今年春天开得尤其多。我经常站在窗前看它，看它在春风中轻轻摇曳。我自己能感觉到，我看它的眼神，也很像慈父。

好玩的日本作家

无意中读到李长声先生的一篇文章,《不领赏的日本作家》,心中十分感慨。日本作家那种特立独行的风度,那种唯我独尊的潇洒,大面积地超出我的想象。

恕我孤陋,以前只听说萨特拒绝了诺贝尔文学奖。这回终于知道,不领奖的日本作家,大有人在,而不是个别现象。这些作家包括大江健三郎、大冈升平、吉村昭、武田泰淳、内田百闲、藤泽周平、山本周五郎等等。

不领奖的理由,大致包括以下几种:"战后民主主义的一大特征就是有接受勋章的自由,也有拒绝的自由";"因为不想要所以不要";"因为讨厌"……还有一个让人目瞪口呆的,理由是"以前当过俘虏"。

在这些喜欢不领奖的作家当中,最让人难以理解的,是大江健三郎,他要了诺贝尔,却拒绝了本国的文化勋章。这件事情如果发生在中国,可以预见的后果,肯定不堪设想,举国上下的唾沫星子能把他淹个半死。

最匪夷所思的,是山本周五郎。他的作品一度在日本非常红火,有评论称他"晚年十来年,取得了压倒性的大胜"。但他拒绝了所有的文学奖项。而且，从不参加对谈、鼎谈、座谈之类的文学活动，也不允许文学青年叫他老师，是个出了名的"拗公"。

更多的作家，是有选择地领奖，合乎心意的就领，反之就拒绝。吉村昭拒绝司马辽太郎奖，借口是没怎么读过司马辽太郎的作品。

我觉得日本作家太好玩了。这好玩之中，蕴含着普遍的"自由意志"。这东西很宝贵，它是文学的血气。在我们这里，每次茅盾文学奖和鲁迅文学奖评选，只听说各路好汉都使出百般伎俩，欲夺之而后快，并由此引发种种丑闻与口水大战，但从没听说有获奖后拒绝领奖的。可乐的是，这么多年，获奖后招摇过市的作家，倒是不在少数。由此只能得出这样的结论：中国作家，一点儿也不好玩。

突然想到一个问题，吓自己一跳。在下虽然属于文学中的末流角色，但好歹也敬陪在中国作家群的角落里边，如果有人问起，你，能像日本作家那样，享受不领奖的自由么？

这个问题严肃了，而且，明显带有以我之矛攻我之盾的性质。等着我自相矛盾。

在下不敢大意，只能严肃地想它一想，然后才能回答。

那就好好想想。五秒，十秒，十五秒，想好了。老侯的回答是：凡是需要自己皱着眉头硬着头皮主动"申报"的奖项，一律放弃申报权；而对那些莫名其妙就颁发下来的奖项呢，倒是愿意颠颠地去领几两碎银，然后到书店里花掉，买几本好书读读。

可疑的是，这年头，天不下雨天不刮风莫名其妙就颁发下来的奖项，还有么？

文化讲座里的广告

说实话,我不大喜欢听文化讲座,不是所有的都不喜欢听,是其中的一大部分,不喜欢听。怎奈,由于工作原因,有时不得不,要么组织、要么参加某种文化讲座。这样一来,我对文化讲座的"不大喜欢"就越发加大,等于说,我对文化讲座的过敏症越来越重。

我觉得文化讲座里的广告太多,多到"广告里插播一点儿电视剧"的程度。

我指的不是电视上的文化讲座,如央视《百家讲坛》之类。虽然《百家讲坛》节目播出的时候,里边也插播广告,但那是电视台的行为,而不是主讲人的行为。就讲座本身来说,我认为《百家讲坛》很干净,看不到广告的元素。

我说的"文化讲座里的广告",指的是主讲人的自我吹嘘,或者算不上吹嘘,但总是津津有味地向听众介绍自己的"丰功伟绩"。也就是说,那个主讲人,是在扮演自己的形象代言人,就像影视明星为某种商品代言一样。

我要举例说说那些让我过敏的文化讲座,就举最近一段时间听过的。一个,是关于继承传统文化的讲座。按惯例,我们面对一个问题,要从三个方面着手,是什么,为什么,怎么办。三个"W"嘛。对传统文化这个课题,"是什么"可以说得简单些,但为什么要继承和怎么继承,一定要说得详细。我的兴趣点就在这里,想听听人家有何高见。可听来听去,既没有听到"是什么",更没有听到"为什么"和"怎么办",只听到关于传统文化的一些碎片,以及主讲人为"歌颂"那些碎片所作的格律诗,偶尔也有词,《满江红》什么的。讲座原定两个小时,我提前半小时退场。不退不行,心里堵得慌,喘不上气来。我听懂了,主讲人从一开始就炫耀,炫耀他本人的传统文化修养,是多么多么深厚。

另外还有两个讲座,都是艺术类的,摄影和绘画。这两个表现形式几乎一模一样,可以合并到一起介绍。都是从大屏幕上展示自己的作品,一个接一个展示,一个接一个讲,这幅作品是什么时间创作的,后来参加了什么展览,获得了什么奖或者卖了多少钱。要么就是讲自己去哪里搞什么讲座,引起了多大的轰动。这扯不扯,我让他们彻底搞糊涂了,他们讲的,跟三个"W",几乎没有关系啊。要说有,也顶多是在广告的间隙,插播一两句。我干巴巴坐上两个小时,就听你这一两句?太浪费时间了吧,不如自己去找本书读读。所以,听这样的所谓讲座，我最大的冲动，就是"换台"或者上厕所。

我知道现在是商品时代，推销自己不丢人，而且我也不反对谁为自己做广告。但我想说，想做你尽管做去，不要披着文化讲座的外衣。你披上外衣，等于是藐视听众的智力。尤其是做完广告之后，还要以文化达人的样子自居，接受大众的"顶礼膜拜"。你怎么这般感觉良好呢？怎么这么不要脸呢？

以我的小人之心来分析，有些人之所以把文化讲座，搞成了自我的广告秀，原因有两个：一个，是他根本就不具备讲座的资格，对他所涉猎的专业领域，修养不够，糊里糊涂，讲不动；另一个，是故意排斥业内其他人的存在，唯我独尊，一脸"山登绝顶我为峰"的得意之色。如果是前者，我还有点儿同情，而后者，则让我鄙视，听一个鄙视一个，一点儿面子都不给。我就这样蛮不讲理，你把我怎么着吧？

漫天飞舞的文学奖

在一个文学研讨会上,有人大发牢骚,说本地的作家协会和文学杂志,如何如何不重视他。言辞中,隐含极大的哀怨,听起来,有点儿祥林嫂的意味。我理解他的心情,哪个人不希望被重视啊,不管重视他的,是某种组织还是某些人。不过,对他的满腹牢骚,我特别不理解。我读过那个人的作品,写得像中学生作文一样,除了中学语文老师,谁会重视呢?我纳闷,他哪来的底气如此叫嚣。听到后来,知道了,他的底气,来自他曾经"获得过二十多次文学奖"。

我差一点儿笑出声来。一边听牢骚,一边在心里嘀咕,这年头,你能找出一个没获过奖的所谓作家么?

谁都不要企图去找,你根本就找不到。别说从中国作协会员当中找,从省级作协和市级作协会员中找,你也找不到。原因只有一个,我们的文学奖,实在太多了,漫天飞舞。

文学中人,也包括很多非文学中人,都知道,中国作协,省级作协,市级作协,甚至很多县级作协,都设有名目繁多的文学奖。你算算看,全国有那么多的省,更多的市,更更多的县,单是把这些奖项加起来,就是一个很可观的数字。此外,很多文学杂志,也设有文学奖。一些地方,还要以政府的名义,或者以宣传部门的名义,设立文学奖。把这些奖项加起来,有多少?这还不是全部,甚至只是其中的一小部分。比这更多的,是各个媒体、报纸和网站,也包括非媒体,随便一个什么乌合的小团体,一时心血来潮或处心积虑举办的各类征文活动。这类征文活动的数量,很难统计。而这类征文活动的一部分主办者,是以谋利为目的的,等于说,征文只是一种手段,目的是出售获奖证书。我从媒体上看到,某校的一个班级,竟然有一半以上的学生,获得同一个征文活动的获奖证书。这不难理解,既然是做买卖,客户自然越多越好。文学奖的雪花,就是这样飞舞起来的。我上面说到那个发牢骚的人,他获得的二十多项文学奖里,有多少是这种性质的,他心里肯定清楚。

我是一个文艺工作的组织者,在工作范畴之内,经常跟作家或文学爱好者打交道。曾经有一个底层的写作者,费了好多周折找到我,给我看两张获奖证书,还声明,这两个奖,都是去北京领回来的。我不知道他找我的真实意图,但看到证书上面有什么大赛"组委会"的印章,马上明白,这奖是他买来的。我这人有时嘴黑,直截了当对他说:"你跟我说实话,这两个奖,你花了多少钱?"

那人的脸，腾一下红了。他没跟我说实话，好在，他也没说假话。他沉默无语，怔怔地看着我。我心软了，好生安慰他几句，叮嘱他，把精力用在读书和写作本身，不要把那些鸟奖当回事，好的文学作品，是写出来的，不是奖出来的，何况有些文学奖，只是骗钱的工具，本身一文不值。

话题再回到那个文学研讨会上，那个发牢骚的人，发完牢骚之后，竟然有一种阿Q式的得意。会场却一片沉寂，与会者集体失语，场面有些尴尬。这尴尬的场面让我想到，雪花般的文学奖，除了制造祥林嫂和阿Q之外，对文学本身，究竟有多少补益呢？

女 儿

王朔这家伙，给我的印象，总是痞来痞去。是他自己说的，《我是流氓我怕谁》。他要是一直痞下去，痞到天荒地老，我也不会感到意外。但这一回，看他跟记者那么诚恳，那么像一个好爹的样子，郑重其事谈论自己的女儿，我不由得也严肃起来。

是我冒失，闯进他的博客，看到那段诚恳的话。从中得知，王朔是在中考之前，把女儿送去美国读书。为什么呢？是不满意中国的教育体制。他告诉记者，他对美国的教育方式很满意，对美国的老师很满意。他说，他希望女儿能快快乐乐过一生，"不要她成功"。说到这里，他显然动了气，痞性陡然绽放："我最恨这个词儿。什么成功，不就是多挣点儿钱，被傻×们知道吗？"

这最后一句，话糙理不糙。王朔有这样的本事，三言两语，撕开血淋淋的真相，把神圣颠覆得一塌糊涂。这是我看重他的主要原因。

我把王朔的博文复制下来，转到自己的博客上，后边还一本正经加一段短评。我在短评中说："没想到，王朔的内心竟是这般柔软。比较之下，王朔是个好爹，而老侯不是。惭愧。"又说："谢谢王朔。老侯决定从今天开始当个好爹。而且，老侯将随时随地捍卫自己当好爹的权利。老侯觉得，这个权利，应该得到宪法的保护。"

由王朔谈女儿，想到自己女儿，我内心的感觉很特别，有些无奈，有些愤懑，有些羞愧，有些压抑，也有些担忧。

老侯无能，没把女儿送去美国或其他不太美的国里读书，只能让她默默或不太默默地忍受现有教育体制的折磨。简直太折磨了，看着心疼。从初中到高中，整整六年，全家的日子，由于女儿的学业，变得支离破碎。全家的作息时间几乎一致，晚上要在零点以后睡，早晨要在五点以前起。由此而引发的种种情绪上的波折，真是不说也罢。而这种折磨，国中又有多少家庭，正在咬牙跺脚地忍受呢？

女儿去年上了大学，让我长嘘一口气。但还没到高枕无忧的时候。白热化的就业竞争，总让人心里不踏实。这不踏实，大概也属于比较典型的中国特色吧。

女儿放寒假回来，我对她说，以后的日子，需要你自己在外面打拼，拼累了，就回家休息。

女儿抬起头，天真地问："你这话，什么意思呢？"

我叹了口气，不再说什么。但心里拿定主意，借用王朔对他女儿说过的那句话,"你最差的下场,就是回家来跟我一起住。"

成功,以及对成功的追求,都是常见的活法。不成功,不"多挣点儿钱",不"被傻×们知道",就不是一种活法么?

老侯活到现在,既不成功,也没成仁,挺好。

"作家"这个称谓

有时候看起来很简单的一件事,仔细琢磨,又让人犯糊涂。比如"作家"这个称谓,就让我糊涂了好长时间,直到现在,还在继续糊涂。

几年前,我向一位主管文艺的领导汇报工作,谈完正事,领导突然问我一句,"作家"这个身份,是怎么确定的呢?我愣了一下,随后告诉领导,是由作家协会确定的,市作家协会,省作家协会,中国作家协会,入了会,就是作家。领导点点头,接着又摇了摇头,半信半疑的样子。好在领导没有深问,总算把我给解脱了。

其实连我自己都没有完全相信自己的说法。原因在于,我有两位写作上的朋友,无论作品的高度还是厚度,都在我之上,但他们都不是作协会员。我呢,不仅是作协会员,还是一个市级作协的副主席,不好意思说自己不是作家。问题在于,如果我是,我的那两位朋友是不是呢?

我想,要弄清这个问题,必须先弄清"作家"的概念,然后围绕这个概念来说话。我查了一本旧版的《辞海》，不错，还真有："指文学上有卓越成就的人。"说得太好了。在文学上没有"成就"，当然不能称为作家。可我又觉得这个说法过于笼统，缺乏操作性。说句抬杠的话，发表多少篇才算是"卓有成就"？"成就"和"卓有成就"之间的界线由谁来裁定？

我走进思维的怪圈里。谁来裁定？当然是作家协会。不过，作家协会不会主动去裁定，需要本人提出申请。也就是说，那些成就很大但没有提出申请的写作者，永远不会成为作协会员。老问题又出现，既然"成就很大"，你能说他们不是作家？

这个问题不妨先悬在这里。再探讨一下另外的问题。去年的某个时候，我连续在报刊上看到几位作家公开宣布退出省作家协会的声明。这不值得大惊小怪。作协章程规定，"会员有退会的自由"。既然"自由"，想退就可以退。问题是，那些退出了作协的写作者，还是不是作家？

这个问题也不妨悬在这里。还有更稀奇的。几个月前，一位依靠"文化散文"而成名的写作者，一再声明，说他不是"作家"。对此，文学界有不同的反应。其中一个说法是，虽然他不愿意被称为"作家"，但他还是中国作协会员，这个身份并没有改变。那么，这个一再声明不是"作家"的人，现在还是不是作家？

看来这个问题也不得不悬在这里。我倒是由此想起一个小偷。小偷在公共汽车上作案,被便衣警察逮了个现行,但小偷一直大声嚷嚷,说他不是小偷。我坐在旁边,心里凭空就是一阵冷笑,你说不是小偷就不是了吗?笑话!

我提出的这几个问题,都没有找到答案,只好无限期悬下去。当然,读者完全可以把其中的一个或两个,当作是笑话。

类似"作家"如何界定的问题,还有很多,大概,也只好,无限期悬下去。

我的疲劳之书

侯德云

这是我的疲劳之书。我指的是,把文章归拢到一起,芜中去芜的过程,很疲劳。身与心,都疲劳。

这本书,若是能让读者有一些些,哪怕一丝丝,愉悦,也足以安慰我疲劳的身心。若是没有,我在这里道声抱歉。我的本意,是想让你有一些些,或至少一丝丝愉悦,倘若事与愿违,下回努力。

这里我要贩卖的,都是随笔类文字。而且,大多数是,报纸上的专栏文章,少量,是《寂寞的书》遗漏的篇章。

专栏文章的最大特点,是短小。我叫短章。短章好写,却难写好。老侯舞弄短章久矣,甘苦自知。老侯阅读短章亦久矣,麒麟皮下的马脚,也看到不少。两个视角对照,才知文章这东西,本不应谈论短长,只论好坏可也。

早年,我曾有谬论发布,道是一篇文章存在的理由,有四条,让人笑,让人哭,让人回味,让人思考。现在就用这四把尺子去考量,把不合尺寸的,统统裁去。于是有了这本书。

去芜的过程，也是再阅读的过程。不读，怎么去芜。这一读，读出大问题。我看出每一篇文章里，都有芜点。我是指，语言还不够简洁。我这人，生活上邋遢，文章语言，追求简洁。越干净越好。里边有芜点，怎么好意思让读者来看。游客进公园，是来看风景，不是看乱七八糟的东西。书也是公园，谁想进就进来，不见风景，谁还想再来？

于是又校正一遍。校对，修改，说白了是打扫卫生。前后，半个多月。其间，还有些要紧的事，不太要紧的事，不要紧却特别耗费时间和精力的事，把自己搞得很紧张。原先的写作计划，也耽搁下来。要读的书，也没有按预想的进程读完。

没想到，为文字打扫卫生，会这般疲劳。

所谓打扫卫生，重点是清除语言上的芜点，枯枝败叶等物，都一一清除，让树像树，草像草，花像花。这方面，我的洁癖很严重。我很难容忍芜点太多的文章，即便是名家名作，也很难容忍。需要我举例来说么？算了，我想歇歇，不举了。

近来，我的"语言观"，有了很大改变（其实一直在变，以后还要怎样变，不知道）。开始崇尚"峻笔"。峻的原意，是山峰，引申为陡峭。在我眼里，这是一道风景。陡峭的山峰，大多是风景，这很好理解。峻笔，按词典解释，是高超、遒劲的文笔。也还是一道风景。是文字里，陡峭的山峰。

我说这些，不是自己已经达到这样高的境界，是正往高处，往山上攀。

由此想到汪曾祺先生的话，语言不只是工具，本身也是艺术。这话，一下子戳到脊梁骨。一篇文章，站得直或站不直，能不能竣起来，最要紧的，是语言，跟别的元素无关。语言功夫，是一个写作者的看家本领。

艺无止境。对语言艺术的追求，也无止境。这是一条陡峭的山路，攀得上去，你就是风景；攀不上，你就掉到沟里，等着被埋没。没有谁会刻意来埋你，是你笔下，那些文字的尘埃，把你一点点埋没。

当然，文章里边，还要有情感，还要有思想。都是必需的元素。一篇文章，不能一点儿情感也没有，或者一点儿思想也没有。情感要真，顺乎天性，让真实情态自然流露，不能假哭，不能假笑，不能假忧郁假悲伤，说白了，不能"为赋新词强说愁"。读者的眼睛雪亮，别不小心把自己变成杨朔和秦牧。什么"北杨南秦"，都在扯淡，你瞅瞅他们的文章，里边有多少真情感。思想，也一样。不能作假。有就有，没有就没有。一个写作者，需要很长时间的积累，学与识的积累，才能在思想上闪出光芒。读万卷书，是积累过程，行万里路也是。一朝一夕，一蹴而就，把自己变成思想家，想都别想。一个写作者，能马上去做的事，能马上见效的事，就是让语言，

简洁,再简洁,向峻笔靠拢。

我这不是教训别人,是教训自己。整理这部书稿的最大感触,是语言峻不峻的问题。我得说出来,说给自己听。我需要用这种方式,缓解疲劳。退一步说,要是早几年,就有意识往峻笔上靠,此番劳作,可能会轻松得多。

疲劳之余,我要郑重感谢大连出版社。这样一套精心策划的,意在展示大连文学精品的出版工程,能容忍我这只蝙蝠前来亵渎,那需要很大的心胸,很大的情怀。深情厚谊,老侯心领。同时也郑重感谢责任编辑张波女士。没有她的巧手之炊,这本书的真面目,还不知要模糊多久。

感谢上帝。对于一个写作者来说,读者就是上帝。

2014 年 7 月 25 日

© 侯德云 2014

图书在版编目（CIP）数据

那时候我们长尾巴/侯德云著. —大连：大连出版社，2014.10
（"字码头"读库）
ISBN 978-7-5505-0759-3

Ⅰ.①那… Ⅱ.①侯… Ⅲ.①散文集—中国—当代
Ⅳ.①I267

中国版本图书馆CIP数据核字(2014)第189178号

那时候我们长尾巴
NASHIHOU WOMEN ZHANG WEIBA

| 出 版 人：刘明辉
| 策划编辑：刘明辉 张　波 卢　锋
| 责任编辑：张　波 杨　钟
| 封面设计：林　洋
| 版式设计：张　波
| 封面绘图：柳敦贵 洪　羽
| 责任校对：李　莹
| 责任印制：阎　骋

出版发行者：大连出版社
地　　址：大连市西岗区长白街10号
邮　　编：116011
电　　话：0411-83620442　0411-83620941
传　　真：0411-83610391
网　　址：http:/www.dlmpm.com
E-mail：dlszhangbo@163.com
印 刷 者：大连美跃彩色印刷有限公司
经 销 者：各地新华书店

幅面尺寸：130 mm×195 mm
印　　张：11.125
字　　数：213千字
出版时间：2014年10月第1版
印刷时间：2014年10月第1次印刷
书　　号：ISBN 978-7-5505-0759-3
定　　价：29.00元

版权所有　侵权必究